青空

井上文夫

Inoue Fumio

新日本出版社

青空＊目次

一章　霙の日

小さな駅の、朝のホームに立った能見葉月《のうみはづき》は、屋根の向こうに広がる薄墨色の分厚い雲を見上げながら、霙《みぞれ》になるのかしらと不安そうにつぶやいた。数片の雪が、ぽつぽつと降り始めた雨粒をかいくぐって花びらのように線路に落ちた。

線路をはさむ反対側のホームには、都心に向かう通勤者が切れ目なく押し寄せていたけれど、葉月が立っているホームは人影がまばらで、一様に所在無く電車を待っていた。

葉月は再び空を見上げ、ふっとため息をついた。あの陰鬱な色の雲は、まるで私の心を映しているかのよう……。

冷たい風がふいに右頬を打った。羽田空港行の電車が唸《うな》るような音を響かせてホームに入ってきた。葉月は制服の上から羽織った、焦茶《こげちゃ》色のコートの襟元を左手で合わせた。電車は次第に速度を落として止まった。

ドアが開いた。葉月は黒いキャリーバッグを右手で持ち上げると、弾みをつけて電車に乗り込んだ。

中に入った途端、葉月は足がすくんでしまった。ドアの横に先任の滝本英子が立っていた。滝本は葉月に気づかないのか、窓越しに外を見ていた。

でも、滝本さんが気づかないはずはない。このドアから乗車したのは私ひとりなのだから、と葉月は思った。

「おはようございます」

今の葉月にできる、せいいっぱいの笑顔で挨拶《あいさつ》した。長身の滝本がおもむろに顔を向け、切れ長の目の端で射るように葉月を見下ろした。

滝本は笑顔を返さなかった。かすかに頷いただけで再び顔を外に向けた。

やはり私は、滝本さんから疎《うと》ましく思われている。

ドアが閉まり電車が動き出した。吊革に摑まっていなかったので、足下が少しふらついた。

滝本の傍に立っているだけで喉《のど》が渇き、体全体がこわばってきた。せめて気の利いた言葉をかけなければと思ったが、葉月はあせるばかりでどうしても一言が浮かばなかった。

そんな初歩的なこともまだ分かっていないの。あなたはプライドばかり高くて謙虚じゃない。ひょうひょうとしていてちっとも可愛《かわい》げがないのよ。どうしてそんなにおどおどしてるの。あなたには客室乗務員としての適性がないんじゃないかしら。

乗務の度に、滝本から浴びせられた言葉の数々が一度に襲ってきて、葉月は息苦しくなった。

今では滝本に声をかけること自体が苦痛になっていた。空港までわずか数分。その数分間がとてつもなく長く感じられた。この場を離れて空いている席に座りたかった。

でも、滝本さんが立っているのに、入社してわずか八ヶ月ちょっとしか経っていない私だけが座るなんて許されるかしら。

葉月はその答えを見いだせないまま、いたたまれなくなって傍らの座席に浅く腰を下ろし、うつむいた。滝本はそんな葉月のそぶりを意に介するふうもなく、電車がトンネルに入っても暗い窓の外に目を向けたままだった。


電車が第一旅客ターミナル駅に着いた。乗客が席を立った。ドアが開くと、すぐに滝本が下車し、続いて乗客の一団、最後に葉月が降りた。

すると、降りたところに滝本がまだ立っていた。まったく予期しないことだった。

「お待ちになっていらしたのですね。申しわけありません」

葉月が消え入りそうな声で頭を下げた。滝本は冷ややかな目で葉月を見ると、歩き始めた。葉月はあわてて滝本に並んだ。

滝本は歩きながら、感情を露わにした。

「私がそばにいながら、なぜ話しかける努力をしないの。そうするのが普通でしょう？　それに座りたいのなら、先ず私に、座りませんかと尋ねるべきでしょう。あなたには社会人としての常識はないの？　そういうところが、あなたは駄目なの」

滝本は吐き捨てるように言うと、葉月を置き去りにするかのように歩調を速めた。葉月はもう、追いつく気が起きなかった。少しずつ滝本との距離が離れていった。

「滝本さぁん、おはようございます」

はじけるような、やや甘ったるい声が聞こえた。同期入社の戸倉由佳だった。後方の車両に乗っていたのだろう、戸倉はキャリーバッグを引きながら、左後方から急ぎ足で滝本に近づき、並んだ。学生時代にバスケットボールの選手だったという戸倉は、後ろ姿がすらりとしていた。

人影に隠れて見えなかったのか、ほんの少し後ろを歩く葉月には気づいていないようだった。

「あ、おはよう」

滝本が軽やかに応じた。

「今日のフライトもご一緒ですね。とっても嬉しいです。どうぞよろしくお願いします」

戸倉がぴょこんとお辞儀した。

「はい、よろしくね」

滝本がにこやかに返事した。

「新米の私が、ここまでなんとかやってこられたのは滝本さんのおかげです。本当にありがとうございます」

戸倉の言葉に、滝本が頭を二回ほど前に軽く傾けた。うん、うんと満足そうに相づちをうっているように見えた。

私に由佳のような挨拶が言えたら、邪険にされなかったのかも知れない。でも、さっきの言葉は由佳の本心なのだろうか。どこか違うような気がする。私には、やっぱり言えない……。

入社試験に合格した葉月は八ヶ月前の二〇〇八年五月に、客室乗務員としての初期訓練を受けるために宮崎から上京した。地元の大学を卒業して間もなくのことだった。最初の顔合わせで、すぐに打ち解け合っておしゃべりを始めた同期二〇人の輪から少し外れて、葉月はその様子をまぶしげに眺めていた。気後れが先に立って、すんなりとはその輪の中に入っていけなかった。

そんな葉月を気遣って、輪の中に誘ってくれたのが戸倉だった。それがきっかけとなって二人は仲を深めていった。

葉月は、いつもきびきびとしていて陽気な戸倉が好きになったし、戸倉も、「あなたは控えめで思慮深いのね。私にはないものを持ってるわ。だから、うまが合うのかもしれないわね」と言って、心を許してくれた。

乗員訓練所での二ヶ月間の訓練が終わる頃には、「葉月」「由佳」とお互いに名前を呼ぶまでになっていた。訓練終了後に配属されたグループも一緒だった。

私が後ろからついてきていることを由佳が知ったら、由佳はきっと気まずい思いをするに違いない。

葉月は地下のホームから一階のロビーに通じるエスカレーターを避けて、その横の長い階段をキャリーバッグを両手で抱えながら、ゆっくりと一歩ずつ上がっていった。

葉月はN航空オペレーションセンターの玄関をくぐると、そのままロッカールームに向かい、ドアを開けた。

葉月の隣のロッカーに戸倉がいた。

「あ、葉月、おはよう」

由佳が屈託のない笑顔を見せた。由佳はやはり気づかなかったのだと、葉月はほっとした。

「おはよう、由佳」

返した葉月の言葉には、張りがなかった。由佳はコートを掛け終わると、ロッカーの内側にある鏡に見入っていた。

葉月もまたコートを掛けてから、髪やスカーフを鏡に映して乱れを整えた。けれども、鏡の真ん中の自分の顔からは、視線をそらせた。きっと今の表情は、朝起きて身支度を整えたときの沈みきった顔と少しも変わっていないはず。そう思うと、葉月は鏡の中の自分を見たくなかった。

いつもなら、くりくりとはしっこく動く由佳の瞳が、じっと葉月を見つめた。そして、周りに人の気配がないのを確かめるかのように耳をそばだて、声をひそめて言った。

「私、どうしてもわからない。滝本さんはなぜ、葉月にだけつらくあたるのかしら。葉月は仕事ぶりも私たち同期の者とちっとも変わらないのに。葉月、かわいそう……」

戸倉が声を詰まらせて言った。

「きっと私に至らないところがいっぱいあるからだと思う。でも、それが何なのか、どうしたらいいのか、私にもわからない」

葉月が訴えるような視線を戸倉に向けた。

「滝本さんは誤解しているとしか思えない。だから、葉月を一番良く知っている私が、その誤解を解いてあげなくてはと思うけれど、どうしても言い出せないの」

戸倉が悲しげな表情を浮かべた。

「その気持だけで十分よ。心にかけてくれてありがとう」

私を庇《かば》ったら由佳も同じ目にあうかも知れないと、葉月は思った。

「力になれなくてごめんね。でも、私と郁子はいつでも葉月の味方だから」

今野郁子も葉月の同期で、三人が同じグループに配属されたのだった。

入社後八ヶ月しか経っていない由佳が、自分のことだけでせいいっぱいのはずなのに、こうして心配してくれている。そう思うと、葉月は少しだけ明るい気持になった。

「私、だいじょうぶだから。さあ、元気を出して頑張ろう」

葉月は自分自身を励ますように言うと、戸倉の背中を軽く押しながらロッカールームを出た。

葉月は、地下の社内売店でハンカチを買うという戸倉と別れてエレベーターに乗った。

三階でエレベーターを降りて、建物の側面に沿った長い通路を葉月はとぼとぼと歩いた。今日もまた、滝本さんからとがめられるのだろうかという不安が頭をもたげてきて、葉月はついうつむいてしまうのだった。

第三乗員部に着くと、入口で一礼した。新人は、出入りの際には一礼するように指導されていた。第三乗員部は、契約制客室乗務員が最初に配属される部署である。

第三乗員部の部屋の中央には、大ぶりのブリーフィングテーブルが横に三つ、等間隔に並んでいた。その右端のテーブルを囲んで、これから乗務につくグループの客室乗務員八人ほどが、緊張した面持ちで打ち合わせ《ブリーフィング》をしていた。

ブリーフィングテーブルの向こうには、マネジャーデスクが三つ、威圧するかのように横一列に並び、そこには第三乗員部に属する二〇人のマネジャーが交替制勤務を組んで、常時座っていた。

見ると、葉月の直属マネジャーである柿田亜加里《あかり》が、真ん中のデスクでパソコン画面に見入っていた。

　この部屋は、乗務前後の客室乗務員がひっきりなしに出入りするので朝から夜まで慌ただしく、同時にいつも張り詰めた空気が漂っていた。

　葉月と同じ七五Dグループの客室乗務員も、半数近い四、五人ほどが出社していて、右側にあるメールボックスの中の資料を確かめたり、左端のテーブルで作業分担表《アロケーションチャート》を見たりしていた。

　葉月もまた、羽田―札幌往復乗務に備えて、アロケーションチャートで自分の担務を確認して、例えば特殊な乗客の情報を収集するなどの事前準備を、ブリーフィングが始まるまでに済ませておかなければならなかった。

　葉月は、キャリーバッグを手前の専用スペースに置くと、左端に並んだパソコンを操作して出社確認の入力を行った。それからすぐに柿田の席に向かった。出社したら、出来る限り早くマネジャーに挨拶することになっていた。

「おはようございます。只今出社しました」

　葉月は柿田の机の前で、深くお辞儀した。柿田はパソコンからゆっくり目を離すと、葉月をじっと見つめ、細面の整った顔に薄い笑いを浮かべて言った。

「ああ、能見さん。今日のフライトが終わったら私に声をかけてください。今後のあなたの身の振り方について、面談します。そのときに、二週間前の習熟度試験の結果についてもお知らせします」

　柿田の声は甲高く、抑揚をつけて歌うように話すので、まるで雲雀《ひばり》がさえずっているかのようだった。その柔らかい響きの声で、柿田は配下の客室乗務員たちの些細なミスをなじった。申し開きをしても、聞く耳など持ち合わせていなかった。盾突いたりしたものなら、どんな仕打ちを受けるかわからないので全員が言われるがままになっていた。

　葉月は二週間前の一月四日に、乗務開始後六ヶ月目に行われる習熟度試験を受けていた。羽田―沖縄の往復便で行われたその試験で、葉月は搭乗案内《エスコート》、調理場《ギャレー》、接客《キャビン》などの担当業務を、ミスを指摘されることなく終えていた。

　しかし、試験官だった滝本は、試験後の講評も結果も知らせてくれなかったので葉月はずっと不安だった。葉月よりも後に試験を受けた戸倉と今野は、その直後に合格ラインに達していることを、滝本から告げられていた。不合格だったらどうしようという思いが先に立って、結果を滝本に訊くこともできなかった。習熟度試験の結果と共に、今後の身の振り方まで面談するという柿田の言葉に、葉月は胸騒ぎを覚えた。やはり駄目だったのでは、という思いが胸を締め付けた。

「わかりました」

そう返事をするのが精一杯だった。再び深くお辞儀するとその場を離れた。

ブリーフィングが終わると、葉月のグループは一団となって駐機場《スポット》へ向かった。

途中のコンコースの大きなガラス窓には、霙が斑模様になってへばりつき、その隙間から見える空はやはり黒ずんでいた。

せわしなく足早に行き交う乗客を縫うようにしてグループの一〇人は、緊張した面持ちで歩いた。グループの先頭に滝本、その少し後方から同期の今野、そして数歩離れて葉月と戸倉が歩いていた。

今野が、つと早足になって声をかけると、滝本が自分の肩を横目で振り向いた。今野が滝本の右肩から何かをつまんだ。そしてそれを滝本に見せた。滝本がにこやかな笑顔を今野に向けた。多分、ごく小さな糸くずでも付着していたのだろう。それは、ほんの一瞬のことだった。

滝本への今野のようなささやかなふるまいさえも、今の私には許されないのだ。と葉月は思った。

葉月は駐機場まで行き、五一五便に乗り込むと白鳥悠子、戸倉由佳と連なって機内後方に向かった。白鳥は葉月より一〇歳ほど年長で、新人を教育する乗務指導員だった。

この便では葉月が後方のギャレー、白鳥と戸倉がキャビン担当だった。

客室ではオレンジ色のつなぎの作業服を着た五、六人の女性清掃員がせわしなく動きまわってゴミを拾ったり、客席のポケットの宣伝物を補充したりしていた。後方ギャレーに着くと、白いつなぎの作業服を着た二人の男性搭載係員がコーヒーの袋、紙パックのジュース、スープの粉末の袋、缶ビールなどの入ったカートを機外から搬入している最中だった。

葉月は、キャリーバッグからマニュアルとエプロンを取り出してギャレー内の所定の位置に置き、キャリーバッグをキャビン内の収納庫に入れると、すぐに非常用設備の確認作業に取りかかった。

先ず、担当するドアの緊急脱出用滑り台《スライド》が、機体から外されていることを確かめた。それから、不時着した場合に位置を発信する装置《ELT》、消火器、酸素ボトル、フラッシュライト、メガホンなどの各種非常用器材が所定の位置に配備されていること、そしてそれらが正常に作動することを確かめた。これらの器材は緊急事態が発生した場合に使用するので、配備不足や作動不良の見過ごしは許されなかった。葉月が反対側のドアを見ると、戸倉が収納庫を開いて、やはり入念に確かめていた。

その後インターホンと客室照明の作動確認、続いてトイレの水洗《フラッシュ》や呼び出しボタンの作動を確かめ、最後にトイレットペーパーの先を三角に折った。

そうして葉月はようやくギャレーに行き、飲物サービスの準備に取りかかった。ギャレーにはもう搭載係員の姿はなかった。

搭載係員が搬入した往復便用四台のカートに、紙パックのジュース、ペーパーカップ、蓋、ストローなどが揃っているか確かめていると、滝本の声が機内アナウンスから流れた。

「只今から、運航乗務員《コックピットクルー》とのブリーフィングを行います」

葉月は作業を中断して前方のドア付近に行った。そこに乗務員全員が集まって、緊急時の対応など必要事項を確認した。ブリーフィングの最後に機長が言った。

「関東一円は、霙交じりの悪天候が終日続く見込みです。このため、高度一万フィートに達しても気流が安定しないのでベルトサインの消灯は、通常より一〇分程度遅くなると思われます。飲物サービスの時間が短くなってしまいますが、安全第一でお願いします」

ブリーフィングが終わると、ギャレーに戻り準備作業を続けた。細かく区分された棚からポットを取り出し、スープ、お茶、コーヒーと書かれたラベルをそれぞれに貼った。お茶用のポットには、ティーバッグを入れた。コーヒーメーカーには、コーヒー袋をセットした。

　ギャレーでの準備作業が終わると、離陸に備えてカートを所定の位置に収納した。それから、ギャレー内の全ての棚とカートに付いている固定金具のラッチとストッパーが、ちゃんと掛かっているか手で触れて確かめた。離陸時の衝撃で飛び出すのを防止するためだった。ラッチとストッパーは合わせて約三〇箇所あった。

「ストッパーの再確認をお願いします」

　葉月はキャビン担当の白鳥に声をかけた。

「了解しました」

　白鳥はギャレーに入ると、葉月と同じようにラッチとストッパーをチェックした。白鳥の動きはすばやかった。

「オーケーです」

　白鳥の声に、葉月はほっとした。

「搭乗五分前になりましたので最終の保安点検《セキュリティーチェック》に入ってください」と、再び滝本の機内アナウンスが聞こえた。全員で全ての収納場所と座席の下を、背伸びしたりのぞき込んだりして、不審物がないのを確かめた。

　五一五便は乗客三八二人を乗せて、定刻の午前九時五〇分に羽田を出発した。

　機長が言ったとおり、不安定な気流のせいでガタガタという揺れが続き、「ベルト着用」のサインが消えたのは、高度一万フィートに達してから一五分後のことだった。ギャレー担当の葉月は、普段にも増してすばやく準備する必要があった。

　葉月は、コーヒーを抽出してポットに分けたり、粉末をポットに入れて熱湯でスープを作った。提供する前に熱湯をカップに注いで、温度を確認した。カートに全ての飲物はちゃんと揃っているか、コップ類に不足はないか……。葉月はつい焦ってしまった。

「大丈夫だから落ち着いて」

　白鳥がキャビンから来て、穏やかな口調で声をかけた。

「はい、ありがとうございます」

　白鳥のひと言で気持が軽くなった葉月は、滞りなく飲物カートを準備した。

「まあ、こんなに早くセットしていただいて、嬉しいです」

ほっとした表情の戸倉がカートをキャビンに運び、白鳥が続いた。

飲物サービスが終わると、大量の使用済紙カップの廃棄、ポット類の洗浄と棚への収納など、後片付けに追われた。ポットに残った熱いスープとコーヒーを一本のポットに集め、乗客からのお代わりに備えた。


五一五便は新千歳空港に近づくにつれて、次第に高度を下げていった。葉月はカートを所定の位置に収納した。そして着陸に備えて、ラッチとストッパーの掛かり具合をチェックし、再び白鳥に再確認を依頼した。

「一箇所だけ、このカートのストッパーが掛かってなかったわ」

白鳥が、左から三番目のカートを指さして言った。全てを入念にチェックしたのに、思いもよらない言葉だった。白鳥の口調は淡々としていて、そのことにこだわる様子もなかった。けれども、葉月には、「ミスをした」という事実が重くのしかかってきた。

カートが客室に飛び出してお客さまにぶつかり、怪我でもさせたらどうするんですか。あなたは安全に対する心構えが不足しています。

滝本の声が聞こえるような気がした。

「私としたことが……」

「そんなに気にすることないわ。ミスは誰でも経験することよ。そうやって少しずつ仕事を覚えていくのよ。この次から気をつけてくれればいいことだから」

白鳥が優しく言った。

「でも……」

葉月が言い淀《よど》んだ。

「心配しなくていいのよ。柿田さんや滝本さんには報告しないから……。ミスが起こり易いからこそ、ダブルチェックすることになってるの。こんなこと、いちいち上司に報告することではないから、安心して」

白鳥の言葉が葉月の心にしみた。涙がじわりと滲《にじ》んできたが、こぼれるのを必死でこらえた。

「あなたはギャレーの仕事も以前より早く確実になったし、ずいぶん上達していると思うわ。だから自信を持っておやりなさい」

　白鳥は、いつも物静かで穏やかだった。葉月は今まで、白鳥から親しく話しかけられたことはなかった。

　白鳥さんのような人が、私を陰で見ていてくれている。だから、つらい毎日だけどやはり頑張ろう。

　葉月はうつむいたまま、白鳥にそっと頭を下げた。白鳥の顔を見れば、涙が一気に溢れそうだった。

　五一五便は定刻通り午前一一時二五分、雪に覆われた新千歳空港に到着した。

　新千歳空港に着陸した五一五便は、一時間後には五一四便として羽田に引き返す予定である。

　五一四便の葉月の担当は、後方のギャレー担当から前方のキャビン担当に変更になった。通常なら折り返し便の場合、行きと帰りの担当を変えることはしないので葉月は奇異に感じていた。

　葉月たち客室乗務員は乗客が降りるとすぐに出発準備に取りかかった。

　先ず、全員で客席を回って忘れ物を調べ、同時に乗客が使用したままの毛布を集めて、中央付近にまとめた。折り返し便に備えて整頓するためだった。

　葉月も、無造作にうずたかく積まれた使用したままの毛布を手に取り、折りたたみ始めた。

　折りたたみ作業には、機内販売の売り上げ額を計算しているセールス担当二人をのぞく、七人があたった。

「誰ですか、こんなにきたない折りたたみ方をしてるのは」

　葉月の背後から滝本のとがめるような声がひびいた。振り返ると、滝本は毛布を指さして葉月を睨んでいた。滝本は葉月が折りたたんだものと、決めつけているかのようだった。確かにその毛布の折りたたみ方は不揃いではあるが、よく見受けられるたたみ方だった。凍り付いたように全員の手が止まった。右隣の白鳥が唖然《あぜん》とした表情で滝本を見た。

　少し間を置いて、左隣から嗚咽《おえつ》が漏れた。今野だった。今野は口元をハンカチで押さえ、目には涙を浮かべていた。

「申しわけありません」

今野の絞り出すような声がした。滝本はあっけにとられたような顔をして今野をまじまじと見た。

「あなただったの……。わかってくれればそれでいいのよ」

「今度からしっかり気をつけます」

今野は涙声のまま、しきりに頭を下げた。

「うん、気をつけてね」

そう言うと、滝本はその場を離れた。

もし私が同じ折りたたみ方をしていたら、滝本さんはこんなに優しく接しないだろう。

乗務を始めてからもう六ヶ月も経っているのよ。それなのに、あなたはまだ毛布のたたみ方さえちゃんとできないの。

葉月の耳に、滝本の声が響いて来そうな気がした。

でも、たとえそう言われたとしても、私は郁子のように滝本さんの前で泣いたりしないだろう。

「私もこれから、葉月のように酷《ひど》い仕打ちを受けることになるのかしら」

今野がおびえた目で葉月にささやいた。

「そんな心配はないと思うわ。大丈夫よ」

葉月が元気づけた。でも、もし郁子が涙を見せなかったら、私と同じように滝本さんから反抗的だと思われたかも知れないと葉月は思った。

「葉月から励まされるなんて……。本当は私が葉月を励ましてあげなくちゃ、いけないのに」

今野がすまなさそうにつぶやいた。ふくよかな顔に少しだけ笑顔が戻った。目にはまだ涙が浮かんでいた。

七人は再び、黙々と毛布を折りたたんだ。それが終わると、葉月は清掃員たちが慌ただしくゴミを拾い集めている間を縫って、乗客が読んだままにしておいた新聞をきれいに折りたたんだり、汚れた座席カバーの取り替えを清掃員にお願いしたり、少なくなったトイレットペーパーを補充したりなどと、追い立てられるようにしてこなした。

そうしてようやく昼食をとった。下準備を終えていたギャレー担当の戸倉やキャビン担当の数人が客席に座り、客室乗務員用の小さな弁当箱を膝に乗せて黙々と食べていた。

葉月も一緒に客席に座って、サンドイッチ一切れ、おにぎり一個、鶏の唐揚げ一片だけの質素なその弁当をせわしく食べた。

乗客の搭乗する時間が刻々と迫っていた。搭乗が始まると、葉月は搭乗券リーダー付近に立って乗客を迎えなければならなかった。


五一四便は満席よりやや少ない三〇九人を乗せて、一二時三〇分にスポットを離れた。

離陸して一〇分後、高度一万フィートに達すると、「ベルト着用」のサインが消えた。葉月はすぐに乗務員用座席《ジャンプシート》を立ってギャレーに行き、通称ノベルティという幼児用のおもちゃを入れたバスケットを両手に抱えて客席に向かった。

前から二列目に、小学生と幼稚園生くらいの女の子が母親と並んで座っていた。

「好きなものを一つ選んでね」

葉月がバスケットを差し出すと、二人は身を乗り出した。バスケットの中には、折り紙、プラモデルの飛行機、シールなどが入っていた。

二人は目を輝かせて選び始めたが、なかなか決まらなかった。子どもたちにとっては、あれこれと手に取ること自体が、飛行中の退屈を紛らすひとときの楽しみでもあった。

「私、これにする」

色白でおとなしそうな上の子が、ようやく折り紙を手に取った。

「私どうしよう、決められない」

陽に焼けて敏捷《びんしょう》そうな下の子が、哀願するような目で葉月を見上げた。

「ごめんね。いくつもあげたいけれど一つだけと決まってるの。ごめんね」

葉月は笑顔で諭すように言った。

「お姉さんを困らせちゃ、だめ。早く決めなさい、お姉さんは忙しいのよ」

せかすような母親の声に、下の子が他の品物に未練を残してやっと飛行機のプラモデルを摑んだ。葉月はほっとした。葉月の担当区分には、あと四組の親子連れがいた。

早く配り終えなければと、葉月は気持がはやった。ふと反対側の通路を見ると、既にノベルティを配り終えようとしている滝本と目が合った。

何をぐずぐずしているの。飲み物サービスに差し支えるでしょう。
滝本の眼差しはそう言っていた。

滝本より少し遅れてノベルティを配り終えると、葉月は戸倉が準備したカートを押して、飲み物サービスに入った。滝本は既に反対側通路の三列目辺りの客席を進んでいた。

「本日のご搭乗ありがとうございます。お飲み物はいかがでしょうか。コーヒー、リンゴジュース、オレンジジュースなどをご用意しております」

葉月は笑顔で挨拶しながら希望する飲み物を配った。

先に始めた滝本にはなかなか追いつけなかった。むしろ間隔が更に開いたように見えた。滝本がしきりに振り返って、葉月の遅れ具合を気にしていた。

焦るな、焦るな、焦ったらお客さまにジュースやコーヒーをこぼしてしまったり、カートをぶつけてしまったりするかもしれない。落ち着いて、落ち着いて。葉月は自分にそう言い聞かせながら進んでいった。

二〇分ほどかかって飲み物サービスを終え、カートを押してギャレーに戻ると、一足先に済ませた滝本がいた。葉月の仕事が滝本より遅れたのは、乗務を始めてわずか六ヶ月目の新人と、二〇年もの経験を持つベテランとの差ゆえだった。

滝本は空になったジュースの紙パックを手で押しつぶしながら言った。

「もっとスピーディーに仕事をしなくちゃ駄目じゃないの。さっきキャプテンがおっしゃったでしょう、揺れが予想されるから、サービスは早めに終えるようにって。もう、忘れてしまったの」

そして、ひと言付け加えた。

「それにあなたの笑顔って、いつも思うのだけどどこか不自然だわ。なにかこう、引きつっているみたいよ。客室乗務員向きじゃないわよ」

葉月は体の一部分をけなされたような気がして、恥ずかしさでいっぱいになった。戸倉が悲しそうな目を葉月に向けた。

葉月は飲み物サービスをしながら常に滝本から監視されているような気がして、どうしても心からの笑顔が出せなかった。

「申しわけありません」

葉月は小さな声でお辞儀をすると、すぐに使用済みの紙コップを回収するために、お盆を持って急ぎ足で再び客席に向かった。揺れが始まる前に、全ての片付けを終えなければならなかった。

「私の言ってること分かっているのかしら。まったく可愛くないんだから……」

滝本の声が、葉月の背後から追ってきた。

飲み物サービス後の片付けが一段落したので、葉月は客席を見回っていた。

そのとき突然、体が左右に揺さぶられ、同時にガタガタという鈍く小刻みな振動音が客室内を覆った。揺れが始まったのだ。やはり関東地方の悪天候は、朝からずっと続いていたのだった。

「ベルト着用のサインが点灯しました。当機は只今、気流の悪いところを通過しております。客席のベルトを腰の低い位置にしっかりとお締めください。客室乗務員も着席いたします。なお、これより先のお手洗いの使用はご遠慮ください」

滝本がやや緊張した声でアナウンスした。葉月は確認のために、前方のトイレに急いで向かった。

トイレは誰も使用していなかったが、手洗い《シンク》場の周りには水滴が飛び散ったままで、トイレットペーパーの先端も長く垂れ下がっていた。通常であれば、その水滴をきれいに拭き取り、トイレットペーパーの先端も長さを整えて三角に折るのだけれど、突然の揺れで転倒して負傷する怖れがあるので、直ちに着席しなければならなかった。

ギャレーや通路で作業していた客室乗務員が、揺れに遭遇して負傷したことが業務連絡で通知されていた。過去には天井や壁に叩きつけられて死亡したり、骨折したりした例も紹介されていた。

そのため、葉月はすぐに引き返して乗務員用座席に着席し、肩から腰の位置までをしっかり固定するシートベルトを掛けた。

するとそのとき、反対側の乗務員用座席に座っていた滝本がシートベルトを外して、やおら立ち上がった。そして、つい先ほど葉月が確認したトイレに行き、ドアを開けて中に入ったがすぐに出てきた。それから何事もなかったかのように元の席に戻った。ほんの短い間の事だった。

滝本さんはなぜ既に私が確かめたトイレを、それもシートベルト着用時にわざわざ見に行ったのだろうか。滝本さんは私のあら探しをするために、帰りの便の担当をキャビン係に変えたのだろうか。

葉月は、そのように滝本を疑ってかかる自分自身に嫌悪感を覚えた。

五一四便は、その後も小さな揺れを断続的に繰り返しながら、次第に羽田空港に接近していった。

羽田空港は離発着の便が混み合っていて、上空を旋回しながら着陸の許可を待っていたため、定刻を一〇分程遅れて午後二時一五分に着陸した。

スポットに着いて乗客たちが降りた後、すぐに客席、上部収納庫、トイレなどを全員で入念に見て回り、忘れ物や不審物がないのを確認した。

そうして全ての作業が終了すると、全員揃って機外に出た。

キャリーバッグを引いてコンコースを歩きながら、葉月は次第に不安を募らせていった。フライトが終わったら面談を行うと言ったマネジャーの柿田のひと言が、これから何か悪いことが起きる前触れでもあるかのように、葉月の胸を締め付けた。

一歩進むごとに葉月の足取りが重くなり、みんなから少しずつ遅れ始めた。

コンコースから一階に下りるエスカレーターの前に、白鳥が一人で立ち止まっていた。葉月が近づくと、白鳥は一緒にエスカレーターに乗った。白鳥は何か言いたそうだった。そして一階に着くと、意を決したように口を開いた。

「あなたに話したほうがいいかどうか迷ったんだけど、あなた自身のことだからやはり知っておいたほうがいいと思って、話すことにしたわ」

白鳥はひと呼吸置いた。葉月は何のことか見当がつかなかった。

「毛布の折りたたみが終わってから滝本さんが言ったの。『今野さんは可愛いから許せるけれど、あれが能見さんだったら許せない』って。そういう考えって、私すごくおかしいと思うの」

そう言って白鳥が葉月を見た。

私はやはり滝本さんに嫌われているのだ。もう、いくら努力しても滝本さんから認めてもらえそうもない。私はどうしたらいいのだろう。

葉月はうつむいたまま黙って歩いた。二人が引いているキャリーバッグの床面をこするせわしげな音だけが、周りに響いた。

「でも私、滝本さんには何も言えなかった。ごめんね……。こんな話、しない方が良かったかしら」

白鳥が心持ち首をかしげてつぶやいた。

「いいえ、お聞かせいただいて良かったです。ありがとうございました」

葉月が顔を上げた。聞きたくない話だったが、白鳥が包み隠さずに話してくれて、そして白鳥自身の考えも率直に伝えてくれたことが葉月は嬉しかった。

オペレーションセンターの玄関に着くと白鳥は歩調を速め、葉月より先に廊下を進んで行った。

葉月が第三乗員部の前に来たとき、総務部の係長で人事労務担当をしている塩地征一とばったり出会った。塩地は新入社員の労務管理を担当していた。四〇歳に近い年齢だったがでっぷりと太っていて、体を揺するようにして歩いた。乗員訓練所での初日、塩地が葉月ら二〇人の新入社員を前に、にこやかな笑顔を浮かべながら話した言葉を、葉月は今でもよく覚えていた。

皆さんは契約社員として入社され、一年ごとに二回の契約更新がありますが、よほどのことがない限り三年後には正社員として採用されます。ですから安心して立派な客室乗務員になるという高い目標を持って、訓練に励んでください。

塩地のこの言葉は、不安でいっぱいだったあの当時の葉月の心に深く浸みこんだ。

葉月は塩地の言葉を励みに、教官たちによる座学と実技の授業に一所懸命取り組んだ。

座学では客室乗務員としての専門的な知識の他に、社会人およびN航空社員としての心構え、そして運航や整備などの会社業務全般を授けられた。

実技ではスライドの使用、緊急事態発生時の乗客誘導などの救難訓練、怪我人や病人への救急処置、実物大の機体の模型を用いてのサービスの基本的な知識などが授けられた。

一つの科目が終わるとその度にテストがあり、合格しなければ次のステップに進めなかった。

こうして葉月は座学と実技の試験、航空法で義務づけられている救難訓練、訓練終了直前のＯＪＴと呼ばれる実機訓練のいずれにも合格し、訓練開始から二ヶ月後に第三乗員部への配属が決まったのだった。葉月は訓練所での厳しい教育によって、乗客の命を預かっているという客室乗務員が持つ重要な使命を強く感じた。

全ての訓練が終わり、明日から職場に配属されるという日の午後、再び塩地が現れた。塩地は二〇人の新入社員を会議室に集めて、にこやかな笑顔で話し始めた。

皆さんは訓練を無事に終えて、本採用になりましたので労働組合に加入していただきます。客室乗務員の職場には、二つの労働組合があります。一つは、良識ある人たちが加入している従業員組合です。皆さんの先輩はほとんどがこの組合に加入しています。私もかつて従業員組合の役員をしていたのでよく分かっていますが、和気あいあいとした雰囲気の明るい組合です。

もう一つはキャビンユニオンという組合です。この組合に加入しているのは、一握りの人たちだけです。キャビンユニオンの人たちは目つきが悪くて、意地も悪く、怖い人ばかりです。

どちらを選ぶかは皆さんが判断することですので強制はできませんが、私の話でもうお分かりでしょう。各自の名前を書いた封筒が、入口の机に置いてあります。その中に従業員組合の加入届が入っています。私の話が終わったら、それに名前を書いて私のところに持ってきてください。書き終わった人は退席して結構です。

葉月は労働組合がどういうものか全く知らなかった。塩地が推薦する従業員組合の方が良いのだろうけれど、塩地の言うとおりであっても、自分の目で確かめてから加入しても遅くはないだろうと思った。もちろん、怖い組合だというキャビンユニオンに入る気持などまったくなかった。

周りの人たちは自分の名前が書かれた封筒を取り上げると、次々に加入届に名前を書いて塩地に渡した。葉月が封筒を取らずに部屋を出て、エレベーターの前に立っていると塩地が追いかけてきた。

君は僕の言うことに従わないつもりか。もし、従業員組合の加入届に名前を書かなければ大変なことになるぞ。

にこやかな笑顔はなく、鋭い目つきで葉月を睨んでいた。葉月はびっくりして会議室に引き返し、名前を書くと急いで塩地に渡したのだった。

「こんにちは」

葉月は塩地とすれ違うときに笑顔で挨拶した。塩地は挨拶を返すでもなく軽蔑するような視線を葉月に向けた。

塩地はしょっちゅう第三乗員室に来ては、当直のマネジャーと談笑していた。柿田と話している姿も葉月はよく見かけた。葉月は廊下や室内で塩地と会う度に挨拶したが、けっしてあのにこやかな笑顔が葉月に向けられることはなかった。

第三乗員室に入ると、滝本が柿田の前に立って話をしていた。一緒に乗務した他の客室乗務員たちは、乗務後のブリーフィングに備えて、ブリーフィングテーブルを囲んで座っていた。仕事を無事に終えて、ほっとした表情をそれぞれが浮かべていた。

まもなく柿田と話を終えた滝本が戻ってきて、ブリーフィングが始まった。

「今日のフライトは、揺れのために、行きも帰りもサービス時間が短くて忙しかったと思いますが、皆さんの努力で無事に終えることができました。お疲れ様でした。一つだけ付け加えますと、誰とは申しませんがサービスが遅れがちだったり、トイレの清掃を怠ったりした事例がありました。仕事は迅速に、そして手を抜くことなく確実に実施してください。それができなければ、客室乗務員としては失格です」

滝本は全員を見回しながら話し始めたが、後半は葉月を横目で見ながら話した。葉月は言い訳をしたかったができなかった。その後、セールス担当の客室乗務員が売り上げ額を報告して、ブリーフィングが終わった。そうして全員が第三乗員室を出て行ったが、葉月は一人残って柿田の席に向かった。

「只今、乗務が終わりました」

葉月の声に柿田は書類から目を離して、葉月を見上げた。

「お待ちしてました」

柿田は机の引き出しから茶色のファイルを取り出すと、椅子から立ち上がった。

「あちらへ参りましょう」

柿田が顎《あご》をしゃくった出入口近くには、衝立《パーティション》で仕切られた面談用の狭いスペースがあった。葉月は今まで一度もそこに足を踏み入れたことはなかった。面談用スペースは、マネジャーたちが配下の客室乗務員に対して仕事や勤怠などの指導とか注意を行うときに使われていた。

ある日、傍を通りかかった葉月はそこから叱るような声やすすり泣きが、漏れ聞こえてくるのを耳にしたことがあった。葉月は不安そうな表情を浮かべて柿田についていった。

「どうぞこちらにお座りになって。今日は往復二便だけの短い乗務だったから、時間はたっぷりあるわね」

面談用スペースに入ると、柿田はそう言って椅子に腰を下ろした。柿田は言葉遣いが丁寧だった。葉月も少し遅れて対面の椅子に座った。

「こうやって、あなたと親しくお話しするのは初めてかしら……」

柿田が、上目遣いに葉月を見ながら言った。確かに今まで柿田と同乗したのは一回しかなかった。そのとき、葉月は二階席担当だったので、一階にいた柿田とは言葉を交わす機会がなかった。

「いえ、二回目だったわね……。あなたが私のグループに配属されてきた日のこと、私はよく覚えていますよ。初対面の挨拶を交わした後、あなたは『ピアノの恩師の四十九日に合わせてお墓参りに行きたいので、できましたら来月年休をいただけないでしょうか』って、私に申し出たのよね」

柿田はそう言って葉月をじっと見た。

柿田の言葉で、葉月は亡き恩師のことを思い浮かべた。

私は小さい頃からピアノが弾きたくてたまらなかった。そのことを知っていた母は、私が小学生になると、歩いて五分の距離にある松沢先生の家まで私を連れていった。

松沢先生は中学校の音楽教師だったが、定年後にピアノ教室を始めていた。私の両親は共働きだったので、その方が母にとっても安心だったのかも知れない。先生は同じく中学の教師だった夫に先立たれて、いつも一人で家にいた。ピアノはさして広くないリビングルームの壁に沿って置かれていた。

あまり器用ではない私は他の生徒に比べて上達が遅かったが、先生は叱ることもなく根気よく教えてくれた。負けず嫌いの私は、他の人よりもうまくなりたくて毎日二時間ほど家で練習した。その甲斐あって、小学四年のときにコンクールの本選出場を果たした。

自信を持って臨んだが結果は二位、悔しくて泣いている私の肩を抱きながら松沢先生は言った。

あれほど練習したのだから、さぞ悔しいでしょうね。でも一位になった人は、あなた以上に練習したのだと思うわ。だからその人の努力に心から拍手してあげなさい。

そのとき私は、相手を思いやること、広い心を持つことの大切さを先生から教えられた。

中学二年の時、私はようやくコンクールで目標の一位に輝くことができた。翌日、ピアノのレッスンを受けていたとき、先生が今まで見たことのない厳しい表情で言った。

今の音は、昨日までの響きと全然違う。音が濁っているわ。

私は驚いた。いつもと変わりなく弾いているのに、何故だろうと思った。

一位になったことで、心のどこかに傲《おご》りが芽生えているのではないかしら。

先生は私の心を見透かしていたのだった。先生は少し悲しそうな目をして言った。

曲に対しても、人に対しても謙虚にならなければ、あなたのピアノは聴く人の心に届かないのよ。演奏の腕を磨くことは、人間性を磨くことでもあるのよ。

先生の言葉が胸の奥底まで響いた。私はいつの間にか天狗になっていたのだった。

受験勉強の一時期を除いて、大学生になってからも私は先生からピアノを習い続けた。その頃になると、ピアノの上達のためというよりも、むしろ先生といろいろ話をするのが楽しみになっていた。

先生は私がN航空の客室乗務員の入社試験に合格したことを、ことのほか喜んでくれた。けれども、その頃には先生は肝臓ガンに冒されて、入退院を繰り返していた。

東京に発つ前の日、私は先生を病室に見舞った。大柄で頑丈そうだった先生の体は、すっかり細く小さく縮んでしまっていた。もう染められることのない髪が真っ白で、せめてもの身だしなみのためなのだろう頬紅をさした顔が痛々しくさえ見えた。

先生は小物入れのバッグの中から、色紙《しきし》とマジックペンを取り出して、ベッドの上で餞《はなむけ》の言葉を書いてくれた。そこには『籠の中の鳥よりも嵐の中の人となれ』と、書かれていた。

あなたは、どんなときでも決してくじけない強い意志を持っている人だから、きっと良い客室乗務員になれると信じているわ。

別れ際に先生はそう言って、寝たままで両手を差し出した。

先生の手は長くしなやかで、今でも鍵盤の上を自由自在に舞うような気がした。

松沢先生が亡くなったことを母からの携帯メールで知ったのは、訓練を受けている最中だった。八〇歳だった。覚悟はしていたが、人生の師ともいうべき先生の死に接して深い悲しみに襲われた。アパートに帰ると、こらえていた涙がとめどなく溢れた。

もし、年休の許可が得られれば一日だけ年休をもらって、先生の四十九日に合わせて宮崎の墓に参り、客室乗務員としていよいよ乗務し始めたことを報告したいと思った。

「あの時は本当に有り難うございました」

葉月は座ったまま深く頭を下げた。しかし柿田はなぜかふんと鼻であしらうような仕草をした。

「初対面の時に年休を申請する人って、今までいなかったから、私、めんくらっちゃったわ。ずいぶんはっきりと物を言う子だな、と強く印象に残ったの。だってね、新人は全員といっていいほど、私の前では借りてきた猫みたいにかしこまっていて、とてもそんなことって言えないのよ」

柿田はマネジャーとしての権威をひけらかすように目を細めた。それから、口をとがらせて言葉を続けた。

「年休をとるのが悪いと言ってるのじゃないの。認められていることだからね。だから私もさしあげたの。でもね、認められているからって立場もわきまえずに、私に申し出るのはどうかと思ったわ」

葉月が年休のことを知ったのは、訓練所で就業規則の説明を受けたときだった。

訓練所での二ヶ月間の試用期間が過ぎて、正式に契約制客室乗務員として採用されれば、繁忙期で人員繰りに余裕がないときなどを除き、年休が認められるということだった。

　葉月は、初めての年休を松沢先生の墓参りに当てたいと思ったのだった。葉月は柿田が年休を認めてくれて、松沢先生の墓参りを実現させてくれた厚意に、ずっと感謝の念を抱いていた。けれども柿田の認識はまったく違っていたことに、気づかされた。

　年休を柿田にお願いしたという行為そのものが、常識外れのすごくいけないことであったような気になった。

「ご迷惑をお掛けしまして、本当に申しわけありませんでした」

　葉月は再び深く頭を下げた。

「終わったことと言ってしまえばそれまでだけれどそんなに単純でもないのよ、この手の話は。あなたには分からないと思うけれど……」

　柿田はずっと根に持っていたのだった。

「さて、本題に入りましょう」

　柿田がふっと小さく息を吐いた。そしておもむろに茶色のファイルを広げた。A4の白い用紙が数枚入っていた。柿田がその一番上の用紙を見ながら言った。

「それでは、習熟度試験の結果をお知らせします」

　その用紙は習熟度試験の査定表だった。葉月は急に動悸がして息苦しくなった。結果を知るのが怖かった。けれども、いつまでも知らされないままでいるのも耐え難かった。

　柿田は再び上目使いになって葉月をじっと見ていた。まるでじらすのを楽しんでいるかのようだった。

「あなたは標準レベルに達していませんでした」

　葉月はその言葉の意味を、一瞬理解できなかった。しかし、すぐに不合格であったことが分かった。

　ああ駄目だったのだ、という思いが頭の中を駆け回っていた。葉月は何も考えられなくて、ぼんやりと膝の上に組んだ両手をただ見ていた。既に合格を知らされていた戸倉と今野が遠くに去ってしまい、一人だけ置き去りにされたような気になった。

　けれども、葉月は腑に落ちなかった。習熟度試験のとき、ミスを指摘されることもなく乗務を終えたのに、どうして不合格になったのだろうと思った。

葉月は顔を上げると絞り出すような声で言った。

「どこがいけなかったのでしょうか」

「どこがって、具体的なこと？」

柿田が聞き返した。

「はい」

柿田は少し慌てたように、しばらく用紙に見入っていた。

「習熟度試験の時には、具体的なミスは何も指摘されておりませんが……」

柿田はそう言って別の用紙を手に持った。

「あなたの日々の乗務の問題点については、いろいろと私のもとに寄せられています。例えば、今日の乗務では……」

柿田が用紙から目を外して葉月を見つめた。柿田の顔にもう笑みはなかった。

「あなたがチェックした後のトイレには、シンクの周りに水滴が飛び散ったままであったり、トイレットペーパーも整えられていなかったと聞いております」

「ああ」

葉月は小さくつぶやいた。

私がトイレをチェックした後、滝本さんが再び見て回ったのはやはりあら探しをするためだった。

そして、先ほど滝本さんが柿田マネジャーの机の前で話していたのは、そのことを報告するためだったのだ。

あのときは安全第一を考えての行動だった。もし私が負傷したら、緊急事態のときにお客さまを安全かつ速やかに誘導できなくなるという思いが、先に立ったからだった。

そのことを、葉月は柿田に分かってほしかったが言葉がすぐに出なかった。

いったん息を深く吸い込み、言葉を押し出すようにして話し始めた。

「ベルト着用のサインが出ていましたので、お客様がいないのを確かめるだけにして、急いでジャンプシートに着席しました」

「水滴を拭く時間も、トイレットペーパーを整える時間もなかったっておっしゃるの？」

「いえ、そういう訳では……」

「だって、その後滝本さんは点検されたんですからね」

　終わってしまえばそう言えるかもしれないが、葉月はあのときの自分の行動が間違っているとは思えなかった。けれども柿田に対して、これ以上の弁解はとてもできなかった。葉月はただ首をすくめているだけだった。

「他にも、まだいくつもあります。これもそうです」

　柿田がまた他の用紙を手に持った。

「お飲み物のサービス中にお客様の靴にスープをこぼしてお叱《クレーム》りを受けたことが上がっております」

　それは三日前の羽田発福岡行の便で起きたことだった。でも、事実は違っていた。

　葉月は沢村貴子と組んで、中央部付近のキャビン担当が割り当てられた。沢村は白鳥と同じように新人に仕事を教える乗務指導員で、年齢は白鳥より二歳年下の三一歳だった。

　葉月は前方に向かって右側の座席、沢村は左側を担当していた。カートを押して乗客に飲み物をサービスしている間中、葉月は左側を担当している沢村から頻繁に見られているのが気になった。

　乗務指導員という立場から、葉月の仕事ぶりを目で追うのは当然とも言えるが、もし白鳥であれば沢村のようにではなく、さりげなく気を配るだろう。

　葉月がビジネスマンの希望に応じてスープを紙コップに注いだとき、ポットの口から垂れた小さな滴が黒い靴の先端に落ちた。新聞を読んでいたそのビジネスマンは、そのことに気づかなかった。

　葉月は急いでカートの中からウエットティッシュを取り出し、ビジネスマンに詫びた。

　まことに申しわけありません。スープの滴でお靴の先を汚してしまいました。

　ビジネスマンは怪訝そうに靴先を見た。

　ああ、これですかと丸くふくらんだ小さな水滴を指さした。

　はい、只今お拭きいたします。

　葉月は両膝を床についてスープの滴を拭き取った。

　ご丁寧にどうも。

　ビジネスマンはそう言うと、何事もなかったかのように再び新聞に見入った。

飲物サービスが終わって、カートを押してギャレーに戻ったとき、一足先に終えていた沢村が尋ねた。お客様と何かあったの。葉月が状況を説明した。すると沢村は、あなたの注意力が足りない証拠です、しっかりしなさい、と一方的に葉月を責めた。

葉月は紙コップを回収する際にも、先ほどは失礼しました、とビジネスマンに再度詫びた。

そんなに気にしなくていいよ、どうってことないんだからと、笑顔を葉月に向けたのだった。

葉月はそのビジネスマンからクレームなど受けなかったのである。

葉月は背筋が寒くなった。滝本さんだけでなく沢村さんからも監視されていたのだ。

でも、白鳥さんや由佳や郁子は、私のことを分かってくれている。葉月は気を取り直した。そして、本当のことを柿田に言わなければと思った。

「私の不注意でお客様の靴を汚して申しわけありませんでした。お客様には丁寧にお詫びしまして、滴をきれいに拭きましたので、お客様からのクレームはお受けしなかったのですが……」

「沢村さんが嘘を書いたとでもおっしゃるの？　そのお客様が、あなたに代わって沢村さんにクレームを言ったということですよ。そういう言い訳をしないでください」

柿田が気色ばんだ。柿田は葉月の言い分をまったく聞こうとしなかった。

もし、お客様からクレームがあったとしたら、沢村さんは間違いなくその場で私を厳しく叱責しただろう。でも、沢村さんは私に何も言わなかった。

葉月は逃げ場のない路地に、次第に追い詰められていくような不安に襲われた。

「これらのミス以上にもっと深刻なのは、あなたには客室乗務員としての適性がないということです。例えば、業務上大切な確実性、迅速性が劣っているために、先ほど指摘したミスにもつながっているのです。そして、あなたはいつもおどおどしていて自主性、積極性がまったく感じられません。あなたの笑顔も不自然で、接客にとって大事な親しみやすさが欠けています。それに、滝本さんや沢村さんなどの上司とのコミュニケーションがなくて、チームワークに大きな支障をきたしています」

柿田が語気を強めて一気にまくし立てた。柿田からは最初の柔らかな物腰がすっかり消えていた。

滝本から乗務の度に浴びせられる言葉が、そのまま柿田に報告されていた。柿田は滝本の言い分を丸ごと信じているのだった。

私自身は由佳や郁子と同じレベルだと思っているのに、なぜ私だけがこのように見られてしまうのだろう。

それはたぶん滝本さんに、私への特別な感情があるからではないだろうか。

「あのう、柿田さんに少しでもお分かりいただきたいと思いまして、お話しするのですが……」

葉月は意を決したように話した。

「伝え聞いた話ですけれど、今野さんがささいなミスをなさったときに、滝本さんが『今野さんは可愛いから許せるけれど、あれが能見さんだったら許せない』とおっしゃったそうです」

葉月は柿田の目を見るのが怖くて、机の上に視線を落としながら話を続けた。

「人は誰でも好き嫌いはありますので、滝本さんから嫌われてもやむを得ないかもしれません。でも、今野さんは許せても、私は許せないという滝本さんの言葉は、私を差別していることではないでしょうか」

柿田が少し驚いたような表情を見せた。

「その話、どなたから聞いたのですか」

葉月は顔を上げなかった。柿田の目を見ればさらに強く詰問されそうだった。絶対に白鳥さんの名前を出してはいけないと、自分に言い聞かせた。

葉月は黙ったままだった。

「答えたくなければいいでしょう。調べようと思えば分かることですから……」

柿田が感情を抑えて言った。

「私から見ても、今野さんって性格が可愛いと思いますよ。あなたが滝本さんからそのように言われたのは、あなたの言動が反抗的で、素直でないからです」

柿田は葉月の言い分をまったく聞き入れなかった。反対に滝本を擁護した。

「私の言っていること、分かるでしょう?」

柿田が葉月をのぞき込むようして、念を押した。

でも、私はいつどこで、柿田さんや滝本さんに反抗的で素直ではない振る舞いをしたのだろうか。私はいつも柿田さんや滝本さんの指示通りにしてきたと思う。

「思いあたることがないのですが……」

葉月がつぶやいた。柿田は上体をやや反らせ、不満げな表情を浮かべた。

「今のあなたの、その態度が反抗的で、素直ではないと言っているんです」

そして葉月を見据えると、冷ややかに言った。

「あなたには客室乗務員としての適性がありません。会社をお辞めになることをお勧めします」

柿田が言葉に力を込めて、断言するように言った。

柿田の言葉に、葉月は強い衝撃を受けた。激しいめまいに襲われ、一瞬にして目の前が真っ暗になった。暗闇のなかに放り込まれて、ただ一人ぽっちで佇んでいる自分がいた。光もなく深い静寂だけがあった。人の気配もまったくなかった。これから先、自分はどこに向かっていけばいいのだろうか……。

しばらくして、柿田が何か言いながら立ち上がったが葉月には分からなかった。ただそれを虚ろに聞いていた。葉月は柿田に促されてゆっくりと立ち上がった。しかし自分の足元が宙に浮いているようで、ふわふわと頼りなかった。

葉月はそのまま、オペレーションセンターを出た。ずっと夢を見ているような心地がした。気が付くと、いつの間にかアパートのベッドの端に腰掛けていた。

私はもう会社を辞めなくてはならないのだろうか。

葉月は強い不安にさいなまれた。一間だけの狭い部屋の中に、ただこのまま一人きりでいるのが耐えられなかった。

両親と高原良介の顔が浮かんだ。無性に会いたくなった。会って胸に詰まっている全てを吐き出したい、全てを聞いてもらいたいと葉月は切なく思った。

明日と明後日は二日続きの公休だった。休みを利用して実家に帰ってこよう。今なら最終便に間に合う。

葉月は居ても立ってもいられなかった。身支度もそこそこに部屋を出て、小走りに駅に向かった。

空港に着くと、葉月は宮崎行最終便に駆け込むようにして乗った。

二章　冬木立

葉月の乗った最終便は午後八時半過ぎ、暗闇に浮かぶ宮崎空港に着陸した。

葉月は他の乗客と一緒にゲートを出ると、人影のない閑散とした通路を歩いた。

葉月は飛行中、ずっと下を向いて座っていた。座席の横を通る客室乗務員たちと目が合うのが嫌だった。顔見知りの人とは会いたくなかった。盗み見する横顔に見覚えはなかったが、相手は葉月のことを知っていて声をかけてくるかも知れないという不安におびえながら、ずっと身を固くして座っていた。

階段を下りて空港ビルの玄関を出た葉月は、首筋を一撫でした風に思わず身をすくめた。北風が吹いていた。空港の道路づたいに植えられた背の高いワシントン椰子《やし》のてっぺんで、うちわの形をした葉の繁みがサワサワと揺れていた。

夜遅くなると市内循環バスの本数がめっきり減るので、バス停には誰も並んでいなかった。標示のポールに掛けられた時刻表で確かめると、かなり待たなければならなかった。葉月は少し躊躇《ちゆうちよ》したが、意を決して傍のタクシーに乗り込んだ。今の時間帯であれば二〇分ほどで実家に着くはずだった。

空港を出たタクシーは、すぐに盛土の上を走る幹線道路に入った。葉月はタクシーの左側の窓から、家々の灯りが点在する景色をぼんやりと見ていた。しばらくすると外の灯りが急に途絶え、深い闇が続いた。

この一帯は松沢先生が夫婦で眠っている墓地であるのに葉月は気づいた。昼間であれば、大きな窪地を囲むなだらかな斜面全体に無数の墓石が果てしなく林立しているのを見ることができた。その斜面の頂辺りに松沢先生の墓はあった。

もし松沢先生が生きていれば、今の私にどんな言葉をかけてくれるだろうか。でも、それはもう叶わないことだった。松沢先生、私はどうしたらいいのでしょうか。

葉月はあるはずもない松沢先生の姿を求めて、深い闇を見つめていた。

タクシーは幹線道路を左に外れて、農地の中の狭い道路を走っていった。そこから葉月の実家までは一〇分ほどだった。葉月の実家は宮崎市街地の西側に広がる丘陵地を大規模に造成した、かつての新興住宅地の中にあった。葉月が生まれて間もなく、宮崎県職員で農業普及指導員の父が購入したものだった。葉月はその家で大学卒業までの二二年間、両親の愛情を一身に浴びて育った。

タクシーは住宅地の中央を突っ切る坂道を登り切ったところを左の路地に折れ、三軒目の前で止まった。葉月は門の前に立った。玄関の右手、小さな庭を前にした居間には灯りがついていた。家を離れてからまだ八ヶ月しか経っていないのに、カーテンの隙間から漏れる灯りが懐かしかった。

葉月は押しかけたインターホンの手をふと止めると、そのまま玄関に向かい、バッグから合鍵を取り出してドアを開けた。

「ただいま」

葉月の声は力がなかった。

そのとき、左側に伸びる縁側の奥から小さなクリーム色の塊が、葉月めがけて突進してきた。

「コロちゃん、お久しぶり」

葉月は愛おしそうにコロを抱き上げた。コロは体中を小刻みに震わせながら、葉月の顔を舐《な》め回した。

高校合格の祝いに、一つだけ欲しいものを買ってあげると両親が言ったときに、葉月が迷わず選んだのが生後間もないポメラニアンのコロだった。

葉月の家に来た日から共働きの両親に代わって留守を守り、葉月の帰りを玄関でじっと待っていた。葉月が宮崎を離れる日、コロは寂しそうな目でじっと葉月を見つめていた。思いがけない葉月の帰省がよほど嬉しかったのだ。

こんなにも私の帰りを待っていたのだ。ああ、コロは私を必要としてくれている。

葉月はコロを強く抱きしめた。

「まあ、誰かと思えば葉月じゃないね」

母の智子が甲高い声を上げて、居間から飛び出してきた。

「電話してくれれば、空港まで迎えに行ってあげたとに」

　父の啓治が半開きの居間のドアから顔だけ出して言った。

「寒かったじゃろ、さあ早く」

　母が葉月を促した。葉月はコロを抱いたまま居間に入った。

　一〇畳ほどの居間の中央には炬燵《こたつ》があって焼酎の瓶とコップ、茶色の毛糸の玉が載っていた。以前と変わらない光景だった。

　冬になるといつも居間に炬燵が据えられた。そして夕食の後、父は決まって焼酎をちびりちびり飲みながらテレビに見入り、手先の器用な母は編み物やビーズの手芸に興じた。

「晩ご飯は済ませたんね？」

　母が壁の時計を見ながら訊ねた。葉月は母の言葉で、柿田との面談が終わってから何も口にしていなかったことに気づいた。

　飛行中も眠ったふりをしていたので、飲物サービスの時にも声をかけられなかった。けれども、葉月は少しも空腹を感じなかった。

「ううん、まだ。じゃけん、食べたくないっちゃ」

　葉月は炬燵布団の中に膝を入れた。ほっこりとした温もりが、身も心も冷え切った葉月を包んだ。

「食べんと体に悪いよ」

　母は叱るような調子で言うと、台所に消えた。コロは落ち着いたらしく、葉月の横に寝そべってしきりに前足を舐めていた。

「どうだ、元気でやっちょるか？」

　少し酔いの回った赤ら顔の父が、相好を崩しながら話しかけてきた。葉月が充実した日々を送っているとばかり思い込んでいるような口調だった。その父に本当のことなど話せなかった。

「うん、まあ……」

　葉月は煮え切らない返事をした。

　ほどなくして母が盆の上に副食を一皿とご飯、それに味噌汁を添えて、葉月の前に置いた。

　副食は、母がよく作ってくれたカボチャ、里芋、油揚にちりめんじゃこを加えた煮物だった。湯気の立つ白菜の味噌汁をすすると、麦味噌の素朴な味が口いっぱいに広がり、食欲がよみがえった。

　冬に熟れる黒皮カボチャは軟らかくて甘く、里芋は硬くしまって歯ざわりが良かった。

母が作った簡素な料理が、乾ききってひび割れた葉月の心の襞を、徐々に潤していくのが分かった。

私は職場で一挙手一投足をとがめられ、上司の顔色ばかりを気にして過ごしてきた。けれども、父と母とコロは、ありのままの私をまるごと受け入れてくれている。

家族の温かさが身にしみて、葉月の目から不意に涙がこぼれた。

「何かあったん?」

葉月の涙を見て母が声をかけた。葉月は箸を休め、黙ってうつむいた。今まで父や母との電話では、元気で楽しく過ごしているように装っていた。

居間に深い沈黙が生まれた。

「仕事がうまくいってないんと違う?」

母が心配そうに葉月の顔をのぞき込んだ。前触れもなく突然帰ってきた葉月の憔悴《しょうすい》しきった様子を、母が見逃す筈もなかった。

葉月はもうこらえることができなかった。涙が一気にあふれ、肩を震わせてむせび泣いた。その間、父と母は黙っていた。ひとしきり泣いたら少し気持が落ち着いてきた。

「今日、乗務が終わってから柿田マネジャーに呼ばれて、習熟度試験に落ちたと言われた。それればかりか、客室乗務員としての適性がないので辞めるようにと言われたんよ。それでもう、どうしていいかわからんごつなって、最終便で帰ってきたと」

葉月は嗚咽を漏らしながら、とぎれとぎれに言った。

「なんで……」

父が絶句した。そして信じられないとでも言うように、頭を左右に振った。母は大きく目を見開いて、ただ葉月を見つめていた。

「なんで、そんげなこつになったたっちゃろうかねえ」

母は下を向くと、まるで自問するようにつぶやいた。葉月を問い詰めるのではなく、話しやすいようにという母の気遣いを、葉月はその言葉の中に感じた。

葉月はようやく話す気になった。話す自分もそれを聞く両親にとってもつらいことであるけれど、でもやはりありのままを話さなければと葉月は思った。

葉月は込みあげる感情を落ち着かせるため、傍で眠っているコロの背中を撫《な》で続けながら話した。

話し終えると、葉月は胸のつかえがとれたような気がした。しばらくして、父が口を開いた。

「常識も教養もあるじゃろう一流会社の管理職や先任が、本当にそんげな非常識な事をするもんじゃろうかね」

父は葉月の言葉が信じられなかった。かといって葉月の作り話だとも到底思えなかった。父は混乱した様子で、頭を再び左右に激しく振った。もう、コップの焼酎に手をつけようとはしなかった。

「葉月も東京に行くまでは、生まれてからずっと宮崎でのんびりと育って他人《ひと》様に余分な気を使う必要などなかったもんね。私も葉月が自由にのびのびと、心優しい娘に育ってくれればそれで十分じゃった。そうじゃかい、柿田さんや滝本さんが葉月のことを、性格的に可愛くないとか、反抗的で素直じゃないとか言っていることが、どうしても解せんのよ。本当にそう思うとらっしゃるなら、それは葉月のせいじゃなくて、私の育て方が間違ったたっちゃろうね」

いつもはおおらかでくよくよしない母が、長い嘆息を漏らした。

「滝本さんが、葉月とはコミュニケーションが取れないと言うてるんなら、葉月のほうから近づくしかないがね。父さんのところにも毎年新人が配属されるが、熱心に訊いてくる新人ほど自分の持っている知識を惜しみなく与えようという気になるもんじゃが。そうじゃかい、葉月も恐れんでどんどん質問したほうが、良いっちゃなかろうか」

父が諭すように言った。葉月も父の言う通りにしたかった。けれども、葉月が分からないことを訊ねても滝本は丁寧に教えてくれたことがなかった。反対に、どうして今まで訊いてこなかったのかとか、そんな簡単なことも分からないのかと突き放すように言って、まともに取り合おうとはしなかった。

葉月は次第に滝本に訊ねることができなくなっていったが、そのことをとらえて滝本はコミュニケーションが取れないと言っているのだった。

「そうじゃね。お父さんの言うとおりに努力してみる」

葉月は父にそう返事した。けれどもどうしたらいいのかわからなかった。ただ、父と母をこれ以上わずらわせたくなかった。

「葉月は、はきはきした子で分け隔てをしないから、いつの間にかクラスのリーダー的な存在になっていると、小学校六年の担任の先生が感心しちょったのを思い出したわ。でも、葉月の職場じゃそういう人間は必要ないというか、かえって疎まれるみたいじゃね」と、母が首をかしげた。

「葉月ももう少しお世辞が言えたり、ご機嫌を取ることができたなら、柿田さんや滝本さんからももっと違った扱いを受けたかも知れんね。葉月は真っ正直さだけが取り柄で、そんげなこつはできんもんね」

父が苦笑しながら言った。

「お父さんとお母さんの子じゃもん。仕方ないよ」

葉月が少しむきになった。父は農家の人たちに作物の生育を指導するのが仕事で、日焼けしていて見るからに朴訥《ぼくとつ》な風貌《ふうぼう》だった。母も又、いつもこざっぱりとした身なりで、飾りっ気のない人柄だった。

父と母は仲が良く、時間を見つけては二人で登山に行くのが趣味だった。

「そりゃ、そうじゃね」

父が頭を掻きながら照れた。それを見て母が少し笑った。帰ってから初めて見る母の笑顔だった。

壁の時計を見ると日付が変わろうとしていた。

「今の仕事が好きじゃかい、私頑張るよ」

葉月が暗い気分を吹っ切るように言った。

「うん。葉月は小さい時から人一倍頑張り屋さんじゃったから、きっと乗り越えられるよ。頑張れば、柿田さんも滝本さんも葉月のこつを分かってくれるよ」

母が笑顔のままで葉月を励ました。葉月は黙って頷いた。

「もう遅いけん、お風呂に入ってゆっくり休みない」

母の言葉に促されて葉月は立ち上がった。久しぶりに、ぐっすり眠れそうな気がした。そして、明日は県立図書館に行こう、きっと良介さんに会えるはずだ、良介さんなら今の私のことをきっとわかってくれるだろうと、葉月は思った。

昨夜の北風も止んで、穏やかに晴れわたった朝になった。葉月は母が作った朝ご飯を済ませると、九時半に家を出た。

父は公休日だったが、作物に病気が発生したという電話を農家から受けて、食事もそこそこに飛んでいった。作物への深い愛情を持つ父は、相談を受けると休日であっても駆けつけた。

「良介さんに会ってくる」と、葉月は出かける前に母に言った。母は少し表情を曇らせたが、何も言わなかった。父と母は、葉月が良介とつき合うのを快く思っていなかった。葉月が上京して八ヶ月、メールでのやりとりは差し障りのない挨拶程度で、葉月は悩みや苦しみを一度も良介に伝えたことはなかった。一片のメールで知らせるには、あまりにも重い現実だった。良介に会って話したいと、ずっと思っていたが果たせなかった。

両親には心配をかけたくないという思いが先に立ったが、良介には何もかも聞いてもらいたかった。

市内循環バスをデパート前で乗り継いで、文化公園前で降りたときは午前一〇時を過ぎていた。

県立の文化公園は広大で、花崗岩を荒々しく削った外壁の美術館を真ん中に、左手にはアーチ状の屋根が二つ連なる芸術劇場、右手の奥まった位置にはギリシャ風円柱が側面に沿って並んでいる図書館と、特徴ある建物がゆとりある間隔でゆったりと配置されていた。これら建物群の背後には、だだっ広い芝生の広場があった。

そして文化公園の外周と各建物の周りには、栴檀《せんだん》や楠、椿、桜などの樹木がふんだんに植えられていて、夏ともなれば円く大きな影を地面に落とした。しかしこの季節の栴檀や桜は、裸のまま冬の日差しを浴びていた。

葉月は足早に図書館の玄関をくぐると、書架が館内の端から端まで高く立ち並ぶ間を縫って、天井が高く開放感のある閲覧エリアまで行った。開館直後だったが土曜日ということもあって、どのテーブルも閲覧者で埋まっていた。

葉月は中央付近に立ち止まって、左端のテーブルに目を凝らした。そこには四、五人の男性が座っていたが、窓際の青いセーターを着て長身ゆえに丸まって見える背中は、まぎれもなく良介だった。そしてそこは良介の定位置でもあった。やはり良介はいた。良かった、と葉月は胸をなで下ろした。もし、いなかったらどうしようと、一抹の不安を感じていいたのだった。

「良介さん」

　葉月は静かに近づくと、背中越しに声をかけた。読みかけの本から目を外してゆっくりふり向いた良介は目を大きく見開き、息を飲み込むかのように喉仏を上下させた。

　久しぶりに見る良介の顔は、さらに日焼けして逞しささえ感じさせた。

「どうしてここへ」

　良介が低い声で訊ねた。

「昨夜、急に帰ってきたんです」

　葉月が良介の視線を外して言った。

「外へ出ましょう」

　良介は本を急いでバッグに入れると、葉月に目配せして出口に向かった。目の前の受験勉強中とおぼしき高校生が、葉月と良介を好奇の目で交互に見ていた。

　葉月は良介の後を歩きながら、良介の勉強の邪魔になってしまうのではという小さな悔いを感じていた。

　葉月が良介と初めて知り合ったのも、この図書館だった。一年半前の大学四年の夏休みに、葉月はこの図書館でアルバイトをした。所定の位置に戻されていない本を元通りにしたり、傷ついた本を探したり、閲覧者の問い合わせに応じたりする仕事だった。

　アルバイトを始めて一週間ほど経ってから、午前一〇時の開館と同時に来て、きまって左端の閲覧テーブルに座り、午後二時にはきっかりと帰る三〇代半ばの男性がいるのに葉月は気づいた。その間、男性は誰とも言葉を交わさず終始無言だった。

　葉月は昼休みになると二階の休憩室で、自分で握ったおむすびと前日の夕食や朝食の残り物を詰め合わせた弁当を一人で食べた。その男性もまた、昼休みになると休憩室に来て窓際のカウンターに座り缶コーヒーを飲みながら、いつも窓の外を眺めていた。図書館のなかでは休憩室だけが自由におしゃべりができたから、大学生のカップルや女子高生などでいつも賑やかだったが、その男性だけは周りの騒々しさとは無縁だった。しばらく経ってから、葉月は男性が昼食をとらないことに気づいた。いつも缶コーヒー一本を飲み干すと、席を立って閲覧室に戻り再び本を広げるのだった。男性は細身だったので、ダイエットのためとも思えなかった。理由はどうであれ、昼食抜きでは体に良くない。葉月はそのことが妙に気にかかった。おむすび二個を余分に作って勧めてみようか、でも失礼になりはしないかと逡巡しなかなか実行に移せなかった。

葉月のアルバイトも残り一週間となった。その頃には、お互いに顔見知りになっていて、すれ違えば軽くお辞儀するようになっていたが言葉を交わしたことはなかった。

葉月は思い切って弁当を二つ作り、いつものように窓際のカウンターに座って缶コーヒーを飲んでいる男性に差し出した。

「あのう……、よろしかったら召し上がりませんか」

男性はびっくりして葉月を見つめていたが、やがて笑顔で言った。

「いただいていいんですか」

「ええ、私のも別に持ってきましたのでどうぞ」

「有り難う。嬉しいです」

男性はぴょこりと頭を下げて受け取り、美味しそうにぱくついた。

それが葉月と良介との出会いだった。それからの一週間、昼休みに二人は同じテーブルで葉月の作った弁当を食べた。

一緒に弁当を食べ始めてから三日後、良介はおむすびを頬張りながら「僕は半年前に東京からUターンしてきたんです」と切り出して、自分の過去を話した。

「僕は東京の大学を卒業すると、ある工作機械メーカーに就職しました。バブル期が過ぎて日本経済に陰りが見え始めた頃です。下請けの会社に工作機械の部品を発注するのが僕の仕事でした。年を追って企業の設備投資が減ったので、製品の売り上げも鈍っていきました。そうなると利益を確保するためには下請けの単価をたたくしかありませんでした。プレス加工を生業としていた社長のことは忘れることができません。確かな技術を持った小さな町工場でした。僕は執拗に単価切り下げを迫りました。首をたてにふらない社長に、合意しなければ今後の仕事は回さないと脅しました。社長は悲鳴を上げましたが受け入れるしかなかったのです。目的を達成した僕は、一人悦に入っていました。

　完成した部品を引き取ってから三ヶ月後、その町工場を訪ねた僕は愕然《がくぜん》としました。

　門は固く閉まり、「金返せ」というステッカーが至るところに貼られていました。資金繰りに窮した社長は悪徳ローンに手を出してしまったのです。近所の人に聞くと、社長一家はどこに消えたのかわからないということでした。このような目に遭わせたのは、僕が無理を承知で単価を切り下げたからだという思いに苦しみました。それからというもの、僕は他の下請け業者との単価切り下げの交渉を進めることができなくなりました。上司は僕を無能呼ばわりして、ぽつんと離れた場所に一人座らせました。そして、同僚には口を利くなと命じました。同じ職場に結婚を約束した女性がいましたが、そんな僕に愛想をつかして離れていきました。僕は酷い仕打ちに耐えられなくなり、一五年間勤めた工作機械メーカーを辞めて失意の内に宮崎に帰ってきたのです。両親は僕の挫折に落胆しました。しかし、僕を責めることなく見守ってくれたおかげで、元気を取り戻して両親の農業を手伝うようになりました。しかし、このままでいいのか悩みました。大学で法学を専攻したこともあって、弁護士になってもう一度人生をやり直そうと思っているのですが、そううまくいくかどうか自信がありません。片手間の勉強で受かるほど司法試験は生易しいものではありませんからね。今はキュウリやゴーヤなどを収穫して市場に持って行く早朝と夕方の時間を除いては、こうして勉強しているのです。

　良介は時折顔を歪めながら話した。良介の後ろ姿に思い詰めたような孤独の影を葉月が感じ取ったのは、つらい過去があったからだった。

　二人が親しく話すようになってから、まだ三日しか経っていなかった。にもかかわらず過去の全てを打ち明けてくれた良介に対して、葉月は言いようのない親しみを感じたのだった。

　葉月と良介は図書館の前のベンチに、少し間隔を開けて座った。風のない、柔らかな日差しが二人を包んだ。正面の小さな丘のように盛り上がった地形の先に美術館、そしてその左手に芸術劇場が見えた。美術館のひときわ白い外壁が朝日をはね返していた。久しぶりに再会した良介が懐かしかった。広い額と涼しい目元は以前のままだったが、日焼けした首筋が幾分太くなったような気がした。

「お元気でしたか」

良介が弾んだ声で訊ねた。葉月は黙ってうつむいた。良介はすぐに笑顔を消した。

「お勉強の邪魔をしてすみません」

良介の問いに応えず葉月が言った。

「いえいえ、あなたが訪ねてくれたことが凄く嬉しいです」

良介が頭を左右に振った。

葉月は昨夜と同じように、やはりすぐには切り出せなかった。二人の間に沈黙が流れた。

「僕はずっとあなたの事が気になっていたんですよ。仕事には慣れたのだろうか、職場の人たちとはうまくいっているのだろうかと」

良介が葉月をいたわるように言った。

葉月が上京してからずっと気にかけていたという良介の言葉に、葉月は胸が熱くなるのを覚えた。

「良介さんに話を聞いていただきたくて……」

葉月が良介を見て言った。

葉月の話が終わった。葉月は時折言葉をつまらせたが、両親に話したときのようには涙を流さなかった。それは感情を良介に丸ごと晒し出すことへの自制心が働いたからかもしれなかった。

「あなたがそんな目に遭っているとは、露ほども思ってませんでした」

良介が痛ましそうに葉月を見つめた。

「私は今の仕事が大好きで、ずっと続けたいのに、その思いが断ち切られようとしています。私は間違ったことをしたのでしょうか。ほんの少しだけ自分の思いを正直に上司に話したことが、そんなにいけないことだったのでしょうか。働くことって、自分を偽って生きなければならないことなのでしょうか」

葉月が訴えるような眼差しで良介を見た。良介は、美術館の上に広がる吸い込まれそうな青い空をじっと見ていた。

「そういうことがあって、いいはずがありません。

あなたが心優しい人であることは、僕が良く知っています。あなたには今まで通りのあなたでいて欲しい」

　良介の声には怒りとも憂いともつかない感情がこもっていた。

「私も自分に正直に生きたいのです。でもそうすることで、きっと私は圧力をかけ続けられるでしょう。私はそれに耐えていくことができるのか、とても不安なんです」

　葉月の声は少し震えていた。視線を足元に落としていたが、すぐに顔を上げると言葉を続けた。

「辞めようという意思もないのに、上司の圧力に屈して辞めることには、どうしても納得できないのです。もし自分の意に反して辞めてしまったら、立派な客室乗務員になるという夢を実現できなかった挫折感だけが残るような気がしてなりません」

「あなたにだけは挫折感を味わって欲しくないのです。私も職場のいやがらせによって挫折しましたが、そこから得たものと言えば自分の弱さを知ったこと、ただそれだけでした……。でも、どうしたら上司の圧力を止めさせることができるのだろうか」

　良介が長身の背中を丸め、頭を両手で抱え込んだ。良介は答えが見いだせない自分自身に腹を立てているように見えた。

　良介さんは自分のことのように、私のことを心配してくれている。

　葉月はもっと良介に近寄って寄り添いたい気がした。しかし葉月には出来なかった。

「あなたにお願いしたいことが一つあります。でも、そのことをあなたにしてもらうことが忍びないのですが……」

　しばらく考えていた良介がようやく話し始めたが、言いにくそうな表情になって言葉をつまらせた。

「何でしょう」

　葉月が促した。

「それは面談室での会話を録音しておく、ということです」

　良介が意を決したように言った。思ってもみなかった良介の言葉に葉月は驚いた。

　大それた、決してしてはいけないことのように思えた。葉月は返す言葉が見つからなかった。

「あなたが戸惑うのも無理はありません。でも、面談室は二人きりです。それをいいことに上司はありとあらゆる脅しや悪罵で、あなたを退職に追い込もうとするに違いありません。はっきりと断言はできませんが、酷いことが行われた証拠として後々役に立つような気がします」

　良介が力を込めて言った。葉月には良介の言葉の意味が分からなかった。

　上司が信頼できなくて録音しなければならないという現実を、葉月はとても悲しいことだと思った。一方では、録音することによって、面談を受けている葉月の背後で良介と両親が見守ってくれていそうな気がした。

　でも、柿田を前にして録音のスイッチを押せるだろうか、録音していることがばれないだろうか……。

「わかりました。そうします」

　葉月が逡巡《ひる》を振り払うように、きっぱりと言った。ここで怯んでは前に進まない、もう良介の言うようにするしか道がないと、葉月は心に決めた。

「よく決心してくれましたね」

　良介がほっとした表情を見せた。録音機器は、良介が持っているICレコーダーを葉月に送ると言った。

　葉月は腕時計を見た。良介と会ってから一時間が過ぎていた。もう少し良介と一緒にいたかったが、勉強の邪魔をしてはいけないと思った。

「貴重な時間を割いていただいて有り難うございました。良介さんと話しているうちに、なんだか元気が湧いてきました。八ヶ月前に希望に燃えて宮崎を発ったのに、こんなにしおれて帰ってくるなんてびっくりしたでしょう。私も、もっとましな姿を良介さんにお見せしたかったです」

　葉月が笑顔で言った。

「僕のことならかまいませんよ。もっとゆっくりしていってください」

　良介も白い歯を見せた。

「でもそろそろおいとましなくては」

「そうですか。ではお送りしましょう。ポンコツ車ですが……」

　良介が未練を断ちきるようにベンチから立ち上がった。良介は葉月に断る余地を与えなかった。葉月は良介と並んで芝生広場に隣接する駐車場に向かった。

　美術館と芝生広場を隔てるように植えられた桜の木立が、冬の日差しを全身に浴びて春の開花に備えていた。

「この車です」

　駐車場の端まで来たとき、良介が一台の軽トラックを指差した。白い塗装があちこち剝がれ落ちたり、土で擦ったような線が何本も付いていた。ハウス栽培のキュウリを市場に出荷した後だろうか、荷台の上には鼠色の空箱が無造作に置かれていた。良介は市場から図書館に直行したものと思われた。

「さあ、どうぞ」

　良介がドアを開け、葉月は助手席に座った。窮屈な空間だった。色あせた座席の角はすり切れていた。

　良介が運転席に乗り込みエンジンをかけた。小刻みな振動が葉月の全身に伝わり、まもなく発車した。

　車が揺れる度に、葉月の右肩が良介の左腕に触れた。良介からは汗の匂いがした。汗の匂いはむしろ爽《さわ》やかにさえ感じられた。葉月は今まで経験したことのない、浮き立つような感覚に襲われていた。

　道路は土曜日で空いていた。しかし、良介は歩道寄りの車線を殊更ゆっくり走った。隣の車線ではスピードを上げた車が次々に追い越していった。

　大淀川に架かる橋を走りながら、葉月は流れが止まっているような川面を見るともなしに見ていた。

「僕はあなたにいつかお礼を言わなければと、思っていました」

　良介が前方を見つめながら言った。

　葉月があわててお辞儀した。

「いえ、私の方こそ」

「あなたと初めて会った頃、僕には信じられる人が両親以外にはいませんでした。人間不信に陥っていたのです。図書館に行っても人と顔を合わせないようにしていたので、話しかける人もいませんでした。笑われるかもしれませんが、そんなときにあなたがくれた手作りのおにぎりが私を変えたのです。あのおにぎりがなんと美味しかったことか。世の中にはこんなに温かい人もいるんだと心に沁みました。そのときから僕の心の氷柱が溶け始めたのです。また人を信じられるようになるかもしれないと思い始めました。その頃は、これから先どうやって生きていけばいいのか、何を目標にしていけばいいのかということもわかりませんでした。弁護士になって人生をやり直したいという気持はありましたが、あまりにも大きな目標に思えてたじろいでいたのです。でも、あの日を境に僕は決意したのです。何年かかってもいいから弁護士になろうと……」

良介は秘めていた思いを一気に話した。

「私はただいつもお昼を召し上がっていない良介さんが気になって、ついでに作っただけなのに……」

葉月が恥ずかしそうに言った。

「あのおにぎりは僕の心に光を灯してくれたのです。あなたが東京に発ってからも、その光は僕の心を照らし続けています」

そう言うと良介は顔を赤らめた。

良介の車が住宅地の坂道にさしかかった。葉月が書いた地図を確認しながら良介は車を止めた。少し行くと葉月の実家だった。

「本来ならご両親に挨拶しなければいけないのですが、こんな年齢《とし》になってもまともな仕事についていないので、どうしても決心がつきません」

良介の顔は苦渋に満ちていた。葉月が東京に発つ前日、初めて良介のことを両親に打ち明けたとき、両親もそのことを気にして良介との交際に賛成しなかった。

葉月は両親の気持が分からないでもなかった。けれども今の葉月にとって、良介はなくてはならない存在になっていた。

「今は仕方がありません」

葉月がふっと小さくため息をついた。

「じゃあ、ここでお別れしましょう」

良介が葉月の前に右手を差し出した。

「有り難うございました」

葉月は良介の手を握った。良介の手は温かくふっくらとしていて何もかも包み込まれるような気がした。良介が手に力を込めたので、葉月も握りかえした。良介との距離が急に近くなったような気がした。

やがて良介がゆっくりと手を離し、葉月は助手席から下りた。

「元気でね。頑張るんだよ」

良介が葉月を励ました。

「頑張ります。良介さんもね」

葉月がドアを閉めた。ドアのガラス越しに、良介が真剣な眼差しで葉月を見つめた。

そして口を開いて、一言一言ゆっくりと何か言った。聞こえなかったが葉月にはわかった。

良介は確かに「す、き、で、す」と言った。葉月の目から涙があふれた。良介の車が動き始め、そして遠ざかった。

図書館前のベンチで、私は本当は良介さんの胸に顔を埋めて思いっきり泣きたかった。でも、良介さんがずっと他人行儀の言葉遣いだったのでどうしても飛び込めなかった。それは私への気配りだったのかも知れないけれど、私はちょっぴり不満だった。でももう今は、その垣根が取り払われたのだと、葉月は思った。

実家の玄関を開けると、すぐにコロが飛び出してきた。

「コロちゃん」

葉月はコロを抱いて奥の台所に行った。母は昼の支度をしていた。鯵《あじ》を焼く匂いが漂っていた。

「あら、早よう帰ったね」

母が意外だという顔をした。良介が近くまで送ってくれたことを葉月は言わなかった。母も又、良介との話を訊こうとはしなかった。

「うーん、おなかが鳴るわ」

葉月が鼻をくんくん言わせた。鯵の匂いが食欲をそそった。

「あんたは午後に帰ってくるんじゃろうと思うちょったから、二匹しか焼かんかった。じゃけん、お父さんは帰りが夕方になるげな。さっき電話があったとよ。無駄にならんで良かったわ」

母がほっとした顔をした。

「私、お昼ご飯食べたら東京に戻るわ」

葉月が母の背後で言った。

「え、明日帰っとじゃなかったと？」

母が怪訝な顔をして振り返った。

「うん、そのつもりじゃったけど、早く帰って明後日からの乗務《フライト》の事前学習をすることにした」

葉月が仕事に前向きなのを知って、母は少し微笑んだ。

「それがいいかも知れんね。お父さんとコロは寂しがるじゃろが……」

　母は台所を出て行ったかと思うと、すぐに戻ってきた。手に茶封筒を握っていた。

「あんたのお給料じゃ、飛行機賃も大変じゃったろ。これ取っときない」

　母が茶封筒を葉月に渡そうとした。

「いらんちゃが、そんげなもん」

　葉月がコロを抱いたまま、くるりと後ろ向きになった。

「遠慮せんでいいとよ」

　母が葉月のパンツのポケットに、茶封筒を押し込んだ。

「心配かけちょるとに、お金まで……」

　葉月が湿っぽい声で言った。

「一人前の客室乗務員になったら、いっぱい親孝行してくんないね」

　母が茶目っぽく片目をつぶった。葉月は預金残高も確かめずに宮崎行きの飛行機に乗ったのだった。預金はいくらも残っていないはずだった。早く一人前の客室乗務員になって父と母を海外旅行に連れて行ってあげようと、葉月は強く思った。


　母との昼ご飯を食べ終わると、葉月はすぐに東京に戻る支度を始めた。

「ご飯だけはちゃんと食べんといかんよ」

　バッグを横に置いて玄関で靴を履いていたとき、コロを抱いた母が葉月の背中に心配そうに声をかけた。


　三月に入ってすぐのことだった。羽田―札幌―福岡―羽田の長い乗務を終えて、葉月はロッカールームで戸倉、今野と並んで帰宅の準備をしていた。

「不安だったけれど、ほっとしたわよね」

　戸倉が、ロッカーの両隣に立っている葉月と今野を交互に見ながら言った。

「今晩、三人で祝盃をあげようか」

　今野が私服に着替えながら、葉月と戸倉に訊いた。

「うん、そうしよう」

　戸倉が返事した。戸倉と今野は二人ではしゃいでいた。

「何のことかしら?」

　葉月がきょとんとした顔つきをした。

郵便はがき

料金受取人払郵便

代々木局承認

5824

差出有効期間
2017年12月25
日まで

（切手はいりません）

151-8790

243

（受取人）

東京都渋谷区
千駄ヶ谷4—25—6

新日本出版社
編集部行

この本をなにでお知りになりましたか。○印をつけて下さい。

1．人にすすめられて（友人・知人・先生・親・その他）

2．書店の店頭でみて

3．広告をみて（新聞・雑誌・ちらし）

お買いになった書店名

書名（　　　　　　　　　　　　）　　愛読者カード

▫本書を読んでのご感想・ご質問・ご意見をおきかせください。

▫あなたは、これから、どういう本を読みたいと思いますか？

▫最近読まれた本を教えてください。

ありがとうございました。

おなまえ		男・女
おところ		
年齢　　歳		

「二年目の契約更新の書類がメールボックスに入っていたでしょう」

戸倉が、とぼけないでとでもいうように葉月の肩を軽く叩いた。

「私のメールボックスには入ってなかった」

やはり駄目だったのだろうかと、葉月は思った。

「まさか……」

戸倉が絶句した。

「葉月ごめんね。あなたにも配られているものとばかり思っていたの」

今野が申し訳なさそうに言った。

「でも、よほどのことがない限り三年後には正社員になれますと、訓練所で塩地さんが話してくれたでしょう。葉月はお客様から苦情《クレーム》を受けたこともなく、欠勤したこともなく、会社に損害を与えたこともないのだから、間違いなく更新されるわよ」

戸倉が励ますように言った。

「きっとそうよ。入ってなかったのは会社の手違いよ」

今野もまた葉月を慰めた。葉月もそう思いたかった。しかし心は晴れなかった。


それから一〇日ほど過ぎた三月中旬、乗務後のブリーフィングを終えて第三乗員部を出ようとしたとき、塩地が足早に近寄ってきた。

「今から部長面談を行うので、僕についてきてくれないか」

塩地はいつもの冷ややかな目で葉月を見ると、葉月の返事を待つまでもなく先に立って歩き始めた。

部長の渋谷重吉は、五〇歳になったばかりだったが既に白髪で赤ら顔をしていた。いつもスーツを着ていて身なりに隙がなかった。葉月は一度も渋谷と話したことはなかった。葉月たち新人にとって、部長としての渋谷は雲の上の人だった。

葉月は動悸が激しくなるのを感じた。部長に呼ばれること自体、良くないことが起きる前触れのように思われた。

「能見葉月さんをお連れしました」

塩地が部長席の前で一礼したので、後ろに立っていた葉月もあわててお辞儀をした。

渋谷は軽く頷くと、無言で横のソファを指差した。

手前に渋谷と塩地が並んで座った。葉月は二人に向かい合って、やや前屈みに座った。渋谷がテーブルの上に一枚の書面を置いた。

「能見さんにご足労いただいたのは、二年目の契約更新のことですがね……」

渋谷は慇懃《いんぎん》な言葉とは裏腹に、ソファに反り返って足を組んだ。

「はい」

消え入るような葉月の声だった。渋谷の次の一言がこれからの自分の運命を左右する、とてつもなく大きな意味を持っているように思われた。葉月は生唾を飲み込んだ。

「あなたは標準レベルに達していないというのが会社の評価ですが、あなたの今後の努力に期待して三ヶ月間の経過観察という条件つきで契約更新を致します。今日からの三ケ月間において、あなたに改善が見られなければ雇い止めもあるということをご承知おきください」

渋谷は勿体《もったい》ぶって言った。会社の温情で三ヶ月間延ばしてやるんだぞ、とでも言いたげだった。

葉月は黙って頭を下げた。標準レベルに達していないという会社の評価には納得できなかったので、どう返事していいのかわからなかった。

「部長注意書をお渡しします」

そう言って渋谷はテーブルの上の書面を、つっと葉月の前に押し出した。

葉月はその書面を黙読した。そこには、業務への取組姿勢が弱く努力を怠っていること、業務知識の定着が不十分であること、注意力・判断力が不足しており確実性に欠けることの三点が述べられていた。これらは面談の度に柿田から浴びせられる言葉と同じだった。渋谷は柿田の言葉を何の疑いもなく鵜呑みにしていたのだった。

「先輩の人たちからいろいろ指導を受けていることと思いますが、あなたから何か言うことはありませんか」

渋谷が葉月に言った。

部長には柿田マネジャーや先任の滝本から受けているいやがらせの事実を知ってもらいたいけれど、どのように部長に伝えればいいのか、葉月にはわからなかった。

「乗務指導員の方々からはいろいろと指導していた

だいて感謝しています。けれど、柿田さんと滝本さんからは適性がないと言われ続けております。私にはどのように適性がないのかわかりませんでしたのでお聞きしましたが、教えてもらえませんでした」

　葉月はやっとこれだけ言った。部長はその率直な言葉に驚いたように葉月を見つめた。

　その隣で塩地がメモをとっていた。

　翌日、葉月は空港スタンバイだったので、控え室に出勤して呼び出しに備えていた。空港スタンバイは、電車事故や急病などで出勤できなくなった客室乗務員に代わって乗務するのが任務である。

　そこに、柿田から面談室に来るようにとの電話があった。急いで面談室に行くと柿田は既にいた。

　葉月が座るやいなや、柿田は怒りをむき出しにした。

「あなた、仕事もろくに出来ないくせに、私や滝本さんから何も指導を受けていないと部長に言ったそうね。なんてことを言うの。お陰で私は恥をかいたわ。あなたの一言で、私は部下の指導を怠っているということにもなるのよ。私の評価はガタ落ちよ。私はこのことは絶対に忘れませんからね」

　柿田はそう言うと、音をたてて椅子をずらし面談室を出て行った。

　後には葉月がぽつんと一人座っていた。

三章　春来たりて

　グループ替えを知らせる「業務連絡」が、三月末に掲示板に張り出された。葉月と同期入社の戸倉、乗務指導員の白鳥と沢村の四人は、七五Ｄから九二Ｂグループへ異動することになった。七五Ｄグループ最後の乗務の日、葉月が滝本に「お世話になりました」と挨拶すると、滝本は顔をそむけた。今野は「頑張ってね。応援しているから」と手を握りしめた。葉月はグループ替えを機に、柿田の配下から外されることを祈るような気持で待っていたが、九二Ｂの担当マネジャー欄には柿田の名前が記されていた。

　四月の初め、葉月は九二Ｂグループの一員として、福岡での宿泊《ステイ》を伴う乗務のために午後一時半に出社した。

　乗務《フライト》スケジュールは、羽田―札幌間を往復した後、同じ飛行機で福岡まで飛び、その夜は福岡市内のホテルで宿泊する。そして、翌日は福岡から羽田、そのまま羽田から伊丹に飛び、再び羽田に引き返すというものだった。

　葉月は出社すると、いつもの通りマネジャー席まで行って柿田に挨拶をした。

「今年度もお世話になります。これからもどうぞよろしくお願いいたします」

　柿田は座ったまま言った。

「滝本さんとは別のグループになったのでホッとしているかもしれませんが、私があなたのマネジャーでいる限り、面談は続けますからね」

　柿田の言葉には、絶対に葉月を辞めさせようとする執念のようなものが感じられた。柿田のにらみつけるような目に、葉月は足元が震えた。

　初顔合わせの日だったので、乗務前ブリーフィングは自己紹介から始まった。テーブルを取り囲んで、全員が緊張した面持ちで座っていた。

　滝本に代わって、グループリーダーとして着任した先任の津山里枝が、初めに自己紹介をした。

「私は三七歳で先任に昇格したばかりです。二〇代の終わりに、それまでの大恋愛が一転して大失恋になってしまってから、ずっと独身です。目下の恋人は仕事です」

津山のくだけた自己紹介によって、張り詰めていた空気が急に柔らかくなった。津山の次は、時計回りに一人ひとりが名前と職位を簡潔に名乗った。津山はその度に、机の上に置いたメンバー一覧表の名前を確かめながら軽く会釈した。

「能見葉月と申します。入社二年目です」

葉月がそう言うと、津山はほんの少しの間だったが葉月を見つめた。それは他のメンバーに対する反応とは明らかに違っていた。

葉月のことをある程度知っているかのような仕草だった。しかし、津山はすぐに葉月に会釈を返したので、左隣に座っている客室乗務員が自己紹介を始めた。左隣と、その隣の二人はいずれも訓練所での訓練を終えて、新たに九二Bグループに配属されたばかりの新人だった。そのためか、二人とも極度に緊張して声がうわずっていた。

一〇人全員の自己紹介が終わると、津山が言った。

「私は先任になったばかりで至らないことが多いと思いますが、皆さんが働きやすい環境にすることが私に課せられた任務だと思っています。悩みや困っていることなどを抱えている人がいらっしゃいましたら、遠慮せずに相談してください」

津山は滝本より四歳ほど若く、やや早口で歯切れのいい話し方は、先任に任命されたことへの自負と意気込みを感じさせた。

津山さんなら私のことを分かっていただけるかもしれない。

葉月は一縷《いちる》の望みをかける思いで津山を見つめた。

羽田―札幌間を往復した後、羽田―福岡便に乗務して福岡市中心部のホテルに到着したのは、午後一一時近くだった。

葉月がカウンターでチェックインを済ませてルームキーを受け取り、エレベーターに向かおうとしたとき、背後から名前を呼ばれた。振り向くと、津山が立っていた。

客室乗務員たちは誰もが長時間におよぶ乗務の疲れから、キャリーバッグをだるそうに引きずりながらエレベーターホールに向かっていた。

「お話をしたいことがあるの。ちょっといいかしら」

津山は周りに聞こえないように、耳元でささやいた。

「はい」

葉月と津山は客室乗務員の一団から気づかれないように、そっと離れてロビーの隅のソファに向かい合って座った。

ロビーにはもう人影はなかった。

「こんなに遅い時間に呼び止めてごめんなさい。単刀直入に話すわね……。柿田さんから、あなたが習熟度試験に落ちて、三ヶ月間の経過観察中だとお聞きしたの。それで気になったものだから、あなたの今日の仕事ぶりを白鳥さんと沢村さんに聞いてみたの」

津山はそう言って、葉月を見つめた。津山は柿田から、それ以上のことはまだ聞いていないようだった。

葉月は、羽田―札幌間往復は沢村と、羽田―福岡間は白鳥と同じ区分の客室《キャビン》担当だった。

乗務中、沢村はしきりに葉月に目をやっていたが、白鳥は目が合うと軽く頷いたり笑顔を返してくれたりした。

沢村さんはきっと私のことを津山さんに悪く印象付けただろう。そして、津山さんも沢村さんの言い分を、何の疑いもなく信じたかもしれない。

葉月は不安になった。

「そうしたら、沢村さんは特に報告することはありませんと言うし、白鳥さんは良くやってくれましたと言ったの。作業が遅かったという話もなかったし、もちろんお客様の苦情《クレーム》もなかったよね……。だから余計に、あなたが習熟度試験に落ちて経過観察中なのはどうしてだろうと納得がいかないの。これまでの経緯を教えてくれないかしら」

津山が葉月の顔をのぞき込んだ。

沢村の「特に報告することはありません」という言葉は意外だった。

沢村さんはまだ津山さんの人となりが分からないので、私のことをどう報告したらいいのかためらっているのでないのだろうか。

葉月は黙っていた。

「ここだけの話で、誰にも言わないから話して欲しいのだけど……」

津山が穏やかな口調で促した。でも、葉月は素直に応じられなかった。

先月のことだった。葉月が渋谷部長に話した内容が柿田に伝わり、柿田はその内容を歪めて受け取っていた。あれからというもの、柿田は葉月に対して憎しみにも似た感情をいっそう募らせていった。

津山に話すことも、やはりそのまま柿田に伝わるかもしれなかった。しかしもう、今となっては津山を信じるしか、他に術がないのも確かだった。

葉月は津山に対して、両親や良介に打ち明けたときと違って出来るだけ感情を込めないで冷静に話すことに努めた。もちろん涙も見せなかった。

津山は葉月の話を大きく目を見開いて聞いていた。葉月の話が終わると、驚いたような少し怒ったような表情をして言った。

「質問してもそんなことも分からないのと突っぱねたり、あの人は可愛いから許せるけれどあなたは許せないとか、習熟度試験に落ちた理由を言ってくれなかったり、なぜ適性がないのか訊いても教えてくれなかったりするのは、指導とは言えないと思う。信じられない」

それから葉月を痛々しそうな目で見た。

「あなたも随分苦労したのね。そのように思われたり扱われたりされていたんじゃ、いくら努力しても無理だってことよね」

津山は考え事をするように、しばらく小首をかしげていたが、やがて葉月に言った。

「経過観察中のあなたにとって一番大切なことは、いかに柿田さんに気に入られるようにするかということよね。私もあなたが柿田さんに気に入ってもらえるように努力するから、あなたも柿田さんにこれ以上嫌われないようにしてね」

津山の言葉が葉月の心に沁みた。滝本にはこのような言葉をかけてもらったことがなかったので余計に嬉しかった。しかしその一方で、これ以上柿田から嫌われないようにするにはどうしたらいいのか、葉月にはわからなかった。今の葉月に出来ることといえば、できる限り柿田の意に沿うようにするということしかなかった。

「お心遣い、本当に有り難うございます。頑張ってみます」

葉月が深々と頭を下げた。

「うん、私も頑張るから、あなたも頑張ってね」

そう言って津山が立ち上がり、続いて葉月も少し遅れて立ち上がった。それから二人はエレベーターに歩いて行った。

まだ夕食をとっていなかったが、この時間帯にはホテルのレストランも閉まっていると思ったので、葉月はあらかじめ福岡空港のコンビニ店で弁当を買っていた。部屋に入ったら先ずシャワーを浴びて少しでも疲れをとり、それからその冷たい弁当を食べようと思った。


それから二週間が過ぎた四月中旬、葉月が乗務した羽田―福岡往復の帰りの便は、金曜日のせいもあって満席だった。福岡を午後五時の出発だったが、仕事を早めに終えて週末に首都圏の自宅に帰る単身赴任者らしいスーツ姿のサラリーマンが目立った。行きの便は乗客が少なく余裕を持って作業できたが、帰りの便は息つく暇もなかった。

葉月は前方のギャレー担当だった。ひと通り客席をサービスして回ったカートがギャレーに戻ってくると、葉月はその都度開封されたジュースのパックやコーヒー、スープのポットなどをギャレー台に移し、ゴミが残ってないのを確かめてからカートを所定の位置に収納した。

ポットの中のコーヒーやスープは、まだ十分に熱いものだけを選んで一本ずつお代わり用とし、空にしたポットを洗ってから所定の棚に収納した。オレンジやリンゴジュースなどの紙パックもまだ残っている分を一つのパックに集めた。そうしているうちに、キャビン担当が回収した使用済みの紙コップを盆に並べて次々に運び込んできた。狭いギャレー台の上は瞬く間に紙コップの山になった。

葉月は飲み残しをシンクに捨てながら、小山になった紙コップを手際良くゴミ袋に入れていった。

「オレンジジュースはあるかしら」

津山がギャレーに顔を出して言った。

「はい、準備できています」

葉月は残ったジュースを一つにまとめた紙パックを、津山に渡した。

「ありがとう」

津山は三つの紙コップにオレンジジュースを注ぐ

と、盆に載せてすぐに出て行った。乗客から「お代わり」の要望があったのだ。

「コーヒーある？」

今度は沢村が姿を見せた。

「まだ熱いのを選んでおきました」

沢村は黙って受け取ると、しばらくギャレー内を見回してから出て行った。

これらの作業が終わると、次の出発に備えてジュース、ストロー、シュガーセットなど少なくなった品物を補給用カートから取り出して、カートごとに移し替えた。ギャレー内は息つく暇もなかったが、葉月は体が自然に動くのを感じていた。それは今までにない感覚だった。

葉月はその訳がわかっていた。滝本と一緒のときはいつも監視されていて、あら探しをされたり、小さなミスでもきびしく咎《とが》められ叱責されていたので、心も体もすっかり萎縮してしまっていた。

そのために余計なミスを起こしたりした。でも、今はその重圧がなくなったのだった。

そしてベルトサイン点灯の五分程前には全てのゴミを片づけ、ギャレー内をきれいに整頓した。


午後六時半に羽田に到着すると、一時間後の午後七時半には伊丹に向けて出発した。

羽田—福岡を往復後、伊丹に飛んでそのまま宿泊し、翌朝の早い便に乗務するというスケジュールである。この便では葉月はキャビン担当が割り当てられた。

飲物サービスが終わって使用済みの紙コップを回収する頃になると、乗客たちは一日の疲れを癒やすかのように背もたれを倒して眠ったり、イヤホンを耳に当てて音楽に聴き入ったりしていた。夜も更けてきて、おしゃべりしたりざわついたりする人もなく、機内にはゆったりとした空気が流れていた。

「すみませんが、おしぼりを貸してくれませんか」

着陸に備えて葉月が客席を見回っていたとき、後ろの座席から声をかけられた。振り向くと老夫婦が困ったような顔をしていた。

「どうなさいましたか」

葉月が腰を落として通路側に座っている小柄な眼鏡の老婦人に訊ねた。

「主人のカーディガンに、シミが付いたのです」

葉月はどきりとした。もしかして飲物サービス中にジュースかコーヒーの滴が落ちたのではないかと思った。

「出発前に空港のレストランでスパゲッティーを食べたので、そのときにソースが零《こぼ》れたのでしょう。飛行機に乗ってから気がつきました」

隣の禿げあがった血色の良い老人が苦笑しながら言った。見ると、ベージュ色のカーディガンの右ポケット辺りに、赤いケチャップのようなものが円く滲んでいた。葉月は自分のせいではないのを知って、ほっと胸をなで下ろした。

「まあ、大切なお召し物が……」

葉月が同情して声をあげた。そのシミは、おしぼりで拭いただけでは落ちそうもなかった。

「おしぼりもございますが、もしよろしければこれをお使いください。こちらの方が良く落ちると思います」

葉月が制服のベストのポケットから、小さな棒状のスティックを取り出して言った。シミ抜きだった。

「これはあなた個人のものなのでは……」

老婦人は手を伸ばすのをためらった。

「ご遠慮なさらないでください。お役に立てれば嬉しいです」

一月のことだった。飲物サービスのときにコーヒーの滴で乗客の靴を汚したことがあった。もし、その滴がお客様のワイシャツにでも付いていたら、大変な迷惑をかけるところだった。

そう思った葉月は、それからというものシミ抜きのスティックを、いつもポケットにしのばせていた。

「そうですか。ではお言葉に甘えて……」

老婦人が頭を下げながら、葉月の手の平の小さなスティックをつまんだ。葉月は、老夫婦が喜んでくれたことが何よりも嬉しかった。

「当機は後一〇分ほどで伊丹空港に着陸します。お座席のシートベルトをお締めください。また、テーブル、お座席の背を元の位置にお戻しください」

機内アナウンスが聞こえたので、葉月は老夫婦の傍を離れて客室乗務員席《ジャンプシート》に座った。

午後九時に伊丹空港に着陸して乗客が降りた後、

葉月たち客室乗務員は座席の下や手荷物収納庫に不審物や忘れ物がないか確かめたり、後片付けをしたりして三〇分後に機外に出た。

　マイクロバスには既にエンジンがかかり、客室乗務員たちは長い乗務を無事に終えた安堵感と疲れを滲ませながら、それぞれが思い思いに座っていた。

　座席の最後部で、津山が葉月を手招きしているのが見えた。葉月が近づくと、「お疲れ様」と津山がねぎらいの言葉をかけた。

「お疲れ様でした」

　葉月が言葉を返して津山の隣に座ると、マイクロバスがすぐに発車した。

「お年寄りのご夫婦にシミ抜きを差し上げたんだってね。『能見さんにお礼を言っておいてください』と、機外にお降りになるときに言われたの。きれいにとれたって喜んでいらっしゃったわ。善いことをしてあげたわね」

　津山がにこやかな顔を向けた。

「ありがとうございます」

　葉月がお辞儀をした。ベストの左胸に付けているネームプレートの名前を、老夫婦は覚えていたのだった。そして、上司にそのことを伝えてくれた老夫婦の細やかな心遣いに、葉月は胸が熱くなった。

「ところで今日のあなたの仕事ぶりだけど……」

　葉月は背もたれにあずけていた背中を思わず浮かせ、無意識のうちに身構えていた。津山が手招きしたのは、そのことを伝えるためだったのだと、葉月は思った。

「ギャレーはすごく良くなっているわ。一つひとつのことを確実にこなして、全ての作業を時間内に終えたし、残ったジュースなどもむげに捨てるんじゃなくて、まとめてとっておいて、みんなが必要なときにすぐに使えるようにしていたしね。ただ、一生懸命にやっているのはわかるけど、もっと効率よくやることも必要ね。でもそれは、経験を積めば身につくことだから……」

　津山が葉月の横顔を見て、噛《か》んで含めるように言った。

「あなたは姿勢が良いいし、所作も丁寧ね。柿田さんは、『能見さんの姿勢は不自然よ』とおっしゃるけれど、私はそうは思わない。良い姿勢だと思うわ。ただ搭乗のとき、奥の通路を右にお進みくださいい、と言うときも腕をまっすぐにするんじゃなくて、ちょっと曲げた方が良いと思う。あなたは優しい顔立ちをしているのだから、そうすればもっと優しさが出ると思うのよ」

津山が座ったまま右腕を九〇度程度に曲げて、見本を示した。柿田が、葉月の立ち姿は胸を突きだしたようで不自然だと周りに言っていると、白鳥が教えてくれたのは先日のことだった。そのとき葉月は恥ずかしさで顔を伏せた。

津山は葉月の良い点を正当に認めた上で、改善した方がいい箇所を率直に葉月に伝えた。津山が先任になってから既に二週間が過ぎていた。

多分、津山は柿田から今までのことについていろいろ聞かされただろう。にもかかわらず、津山は偏見を持たないで向き合ってくれているような気がした。そのことが葉月は嬉しかった。

「いろいろとご指摘いただいて、本当に有り難うございます」と、深く頭を下げた。

葉月はさまよい続けてきた真っ暗闇の遥か彼方に、かすかな灯りを見つけたような気がした。

マイクロバスがホテルに到着した。ドアが開くと、客室乗務員たちが立ち上がって前方から降り始めた。二列前の席から立ち上がった客室乗務員が振り向き、葉月と津山をちらっと見た。葉月はそれが沢村であったことに気がついた。

「今日のこと、柿田さんにもお伝えしておくからね」

津山が腰を浮かしながら言った。

ホテルの部屋に入ると、葉月はシャワーも乗務前に調達していた総菜パンを食べるのも後回しにして、実家に電話を入れた。

長い呼び出し音の後、ようやく母が出た。

「ごめん、もう寝たっちゃないと？」

葉月が謝りながら言った。

「お父さんは寝たっちゃけど、私は風呂から上がったばかりじゃったから、慌てたわ」

「早よう知らせたいと思って電話したと。今度の先任の津山さん、私のことを気にかけてくれて、足りないところもちゃんと指導してくれるし、うまくいきそうな気がするわ」

葉月の声は弾んでいた。

「良かったね。頑張った甲斐《かい》があったたね」

母は涙声になっていた。父と母には今まで心配ばかりかけてきた。

「うん、じゃかい安心して。もう遅いから電話切るね」

「うん、うん、じゃお休み。お父さんにも言っとくよ」

母は明るい声で電話を切った。柿田との面談は相変わらず続いていたが、そのことには敢えて触れなかった。葉月は良介にも電話しようとして、ふと手を止めた。良介は司法試験の勉強の最中ではないだろうか、明日の夜アパートに帰ってからメールを打とう、良介には津山のことも、柿田の面談が相変わらず執拗に続いていることも包み隠さずに知らせようと、葉月は思った。

面談室に入るとすぐに柿田が言った。

「あなたの今日の仕事ぶりですが、大きなミスがなかったので全体としてはまずまずというところですかね」

「あ、はい」

思いがけない柿田の言葉だった。葉月はほっと胸をなで下ろした。

今日の羽田—福岡往復便には、柿田が同乗した。柿田はまるで葉月の動きを監視するかのように、時には傍で時には少し離れて葉月につきまとっていた。そのため葉月はまるで蛇に睨まれた蛙のように、ずっと体がこわばっていたのだった。

「でもね、たとえ大きなミスがなかったとしても、その中で至らないところを見つけ出すのが私の仕事なのよ」

安心するのはまだ早いとでもいうように、柿田は意地悪そうな目つきをした。

「気がついた点がいくつかあります」と柿田が言ったが、葉月はそれが何なのか見当がつかなかった。

ああ、今日もまた責められる。

葉月は次第に追い詰められていった。そして、膝に置いたハンドバッグに右手をそっとしのばせ、手探りでＩＣレコーダーのスイッチをオンにした。ハンドバッグはテーブルに隠れて、柿田の位置からは見えなかった。面談の度にスイッチを入れる指先が、いつもかすかに震えた。

「後部座席のお客様三人に、先ずお飲み物を出すようにに私がお願いしたわよね……。その意味が、あなたには分かったのかなあ」

柿田が上体を椅子の背に預け、葉月を見下ろすような姿勢で言った。葉月はキャビン担当だった。飲み物カートを押してギャレーを出ようとしたとき、柿田に呼び止められた。

後方の六八Cにお座りのお客様はいつもご利用くださっていて、サービスへのご不満もいろいろお持ちの方だから、あの方とお隣の二人を合わせて三人には、カートによるサービスの前にお飲み物を差し上げてください。それが終わってから、通常通り前方から後方へと、カートでのサービスを開始してください。

葉月は柿田の指示に従って、三人の乗客から飲み物の要望を聞いた。ふと気がつくと一列前の座席に三歳ぐらいの男の子を連れた若い母親が座っていて、葉月を見ていた。葉月が顔を向けると待っていたかのように、オレンジジュースをくださいと言った。その周りは空席だった。五人の飲み物を盆に載せて持って行くと、男の子はよほど喉が渇いていたのか、オレンジジュースをむさぼるように飲んだ。

「私は、お得意様とそのお連れ様の三人だけにお出しするようにと言ったよね」

柿田の口調が強くなった。

「はい」

葉月は消え入りそうな返事をした。

「勝手なことをしてはいけません。私の指示通りにできないようでは、とてもサービスリーダーを任せる訳にはいきませんよ」

サービスリーダーとは、担当区分のまとめ役のことで、新人二人を除くと葉月だけがサービスリーダーから外されていた。

確かに柿田さんの指示通りではなかったけれど、もし男の子に飲み物を出さなかったら、あの若い母親は不快な思いをしたのではないだろうか。それについでに出したのだから、時間をロスしたとも思えない。

葉月はしかしこれらの思いを口にすることはとても出来なかった。

「余計なことをして申しわけありません」

葉月はそう言うしかなかった。

「もう一つはノベルティの配布が漏れていたことです。これは沢村さんからの報告です」

柿田は前傾姿勢から、再び上体を椅子の背もたれにあずけた。ノベルティとは搭乗記念の幼児用おもちゃのことである。

それは出発前、葉月が子どもたちにノベルティを配布しているときだった。

客室乗務員はドアモードをオートマチックポジションに変更してください。

津山のアナウンスが客室内に響いた。葉月はノベルティ配布を中断して、担当するドアに向かった。そして、ドアのチェンジレバーを右に倒し、指差しをして確認した。この操作によってドアに緊急脱出用の滑り台《スライド》が装着された。万一の事態が生じてドアを開けたときに、スライドは自動的に地上まで落下しながら膨張し、乗客はスライドを滑って機外に脱出することができる。

ドアモード変更は、全ての作業に優先して確実に行わなければならなかった。航空機が離陸して水平飛行になると、葉月は中断していたノベルティを配布するために、ギャレーに行った。すると、すぐに沢村がギャレーに来て言った。

どなたか四五列付近のお子様たちにノベルティを配布していなかった人はいませんか。

私です。ドアモード変更で配布を中断していました。只今からお配りします。

葉月はそう言って客席に足を運び、遅くなってごめんねと言いながら子どもたちに配った。

配布漏れではなくて、ドアモード変更のために配布を中断したことを沢村さんはご存知のはずなのに、どうして柿田さんに配布漏れがあったと報告されたのかしら。

沢村はこれまでにも事実と違うことを、度々柿田に報告していた。葉月は沢村が信じられなくなっていた。

「何回言っても、あなたの注意力不足は、いっこうに改善されていませんね」

もううんざりとでもいうように、柿田が顔を横に数回振った。葉月はただ黙ってうつむいていた。それが今の葉月にできるただ一つのことだった。

柿田に事実を話しても、逆に反抗的だと決めつけられると思った。かといって、事実と異なることを認めたくもなかった。客室乗務員によるノベルティ配布漏れや、コーヒーやジュースの出し忘れは、忙しさのために日常的に起きていた。

葉月も乗客から、まだおもちゃをもらっていないんですがとか、コーヒーのお代わりを頼んだけれどまだですが、などと催促されたことが幾度もあった。たとえそれが葉月ではなかったとしても丁重に詫びて、おもちゃや飲み物を出すことにしていた。

そして、その後キャビン担当の客室乗務員たちに、どなたか○○番のお客様にコーヒーを頼まれていませんか、今お出ししましたのでオーケーですと、声をかけることにしていた。また、葉月の提供漏れを他の乗務員が補ってくれたこともあった。このような仕事の進め方は、白鳥はじめ経験豊かな先輩たちから日常的にそして実践的に学んだことだった。

今回のことで改善の余地があると思ったのは、ノベルティ配布を中断するとき、おもちゃは離陸してから必ずお持ちしますから少々お待ちくださいねと、四五列付近の子どもたちにあらかじめ伝えておくなどの配慮が足りなかったことだった。そうすれば子どもたちは、まだもらっていないと沢村に言うこともなかっただろう。今回の経験は次からの乗務に生かそうと葉月は思った。

客室乗務員の仕事はチームワークがとっても大事なの。ある人がミスをしたとしてもみんなでカバーし合って、決してその人を責めたりしないことね。誰でもミスはあり得るという前提に立って、助け合い励まし合ってこそ良い仕事ができるのよ。

乗務の合間に白鳥がそう話してくれた。

白鳥と沢村は同じ乗務指導員でありながら、葉月や戸倉など新人に対する接し方がまったく違っていた。白鳥はたとえミスがあっても温かく励ましたが、沢村は厳しく叱責した。四月初めに行われた昇格発表では、白鳥より二歳年下の沢村が三職級に昇格したが、白鳥は二職級に据え置かれたままだった。

柿田さんは白鳥さんよりも、自分の意に沿って動く沢村さんを評価したのだろうか。

この会社では仕事ができる人や人間的に優れていると思われる人よりも、上司におもねる人の方が大事にされるのだろうか……。

「あなたはずっと黙ったままだけど、何か言ったらどうなの」

怒気を含んだ柿田の声で、葉月は我に返った。葉月は顔を上げた。しかし、「はい」と言ったきり言葉が続かなかった。

「私に言いたいこととか、聞きたいことはないの？　私が何も指導してくれなかったと、また部長に告げ口されても困るのよね」

柿田は、部長との面談の際に葉月が言ったことを、まだ根に持っていた。柿田が葉月に求める言葉はただ一つ、「会社を辞めます」という言葉だけだった。

「もう五月の末なのだから、経過観察期間の三ヶ月もまもなく終わるのよ。この三ヶ月間で、あなたが見違えるようになるのを待っていたけれど、相変わらずミスは続くし期待はずれもいいとこだわ。判断力も注意力も理解力も全然改善していないし……」

そう言うと、柿田はボールペンの先をいらだたしそうに机に打ち続けた。トントントンと小刻みに響く音が葉月を脅迫した。葉月は体をこわばらせ、首をすくめた。

柿田が身を乗り出して言った。

「もうここまで来たら、何をいつまでに改善しますという決意書を書いてください。その決意書には、職を辞する覚悟で、っていう文言を入れてください」

葉月はどう返事したらいいのかわからなかった。柿田はさらに語気を強めた。

「はっきり言うけど、駄目ならお辞めいただきます。最初はパワハラだって言われたら困ると思ったけれど、もういい。言われてもいい。何度も言います。決意書を書いてきてください。決意書には、職を辞する覚悟でってことを必ず書いてください。期限は明日。いつまでも時間をあげる訳にはいきません」

柿田はそう言うと、またしても葉月を残して面談室を出た。葉月は席を立つ気力さえ萎《な》えたかのように、そのまま座っていた。

三月以降の面談から、柿田はささいなミスを取り上げては反省文を提出するように葉月に求めた。ミスは沢村から報告させていた。柿田は葉月が提出した反省文をただ一瞥するだけだった。

四月末の面談では、「客室乗務員の適性」についてを文書でまとめてくるように指示された。

葉月はそれに対して、人と接することが好きであること、気配りが出来て思いやりの気持があることなど一〇項目を列記した後に、客室乗務員としての適性を初めから兼ね備えていなくても、客室乗務員として頑張っていこうとめざし、努力していける人が結果的に適性のある人なのではないかと思います、と記述した。それは葉月が心からそう思っていることを表現したものだった。

それを読んだ柿田は言下に言い放った。努力したからといって適性が身につくことはないのよ。元々適性のない人は、いくら努力しても無理なのよ。

葉月の休日や乗務後の時間は、ひたすらこれらの文書の作成に費やされた。

戸倉が、たまには寄り道をしてお茶でも飲んでいこうよとか、今度の休みには買い物につきあってよと誘ってくれたが、柿田さんからの宿題が残っているのでと断るしかなかった。葉月は次第に心身共に余裕がなくなり、戸倉と話す機会も少なくなっていった。

そして今回の決意書。葉月はこれまで面談の度に辞めるようにとの圧力をかけられてきたが、自分から辞めようと思ったことはただの一度もなかった。だから、職を辞する覚悟という文言など書きたくなかった。

どうして意に反することを書かなければいけないのだろう。けれども、柿田さんの指示に従わなければいっそう反抗的だと思われ、ますます追いつめられてしまうだろう。

提出期限は明日。面談は二時間を超えたので、もう午後八時近くになっていた。明日までに残された時間も少なかった。葉月は途方にくれた。

アパートに帰ると、すぐに良介の携帯番号を押した。葉月は良介の声が聞きたかった。

これまでは良介の司法試験の勉強を邪魔してはいけないという思いからメールで近況を知らせていたが、今は話をせずにはいられなかった。

「やあ、葉月さん、こんばんは」

表示された着信番号を見て、葉月からだと分かったらしく良介はすぐに名前を呼んだ。良介の声はいくぶん弾んで聞こえた。

　良介の声を聞いた途端、今までこらえていた思いが葉月の胸からあふれ出た。話そうとしても言葉にならず、うっうっと小刻みに肩を震わせながら押し殺したように泣く葉月の声だけが部屋に満ちた。

「ああ」

　良介が低くうめいた。

「少し泣かせて……」

　葉月が途切れ途切れに言った。

「思いっきり泣いていいよ」

　良介は悲痛な声で言った。良介には面談の度に録音したICチップを送っていたので、葉月の置かれた状況をよく理解していた。

　葉月はテーブルにうつぶすようにして見えない良介に向かって泣き続けた。良介は電話の向こうで沈黙していた。今、良介の涼しげな目元はきっと悲しみに満ちているだろうと葉月は思った。葉月が良介を前にして泣くのは初めてのことだった。

　この部屋に良介がいたら、どんなに心が安らいだことだろう。でもそれは叶わないことだった。葉月はたった一人で耐えなければならなかった。目の前にはいないけれど、こうして受け止めてくれる人がいる。それが今の葉月にとっては唯一の救いだった。

　数分が経って気持が落ち着いてくると、葉月は大きく深呼吸をして言った。

「ごめんなさい、突然泣いたりして」

「今日もつらいことがあったんだね」

　良介が心配そうにつぶやいた。

「今日の面談で、いつまでにどこをどのように改善しますという決意書を書いてくるように指示されたの。そしてその決意書には、職を辞する覚悟でという文言を入れて明日の朝までに持ってくるように迫られて」

　葉月の声は沈み込んでいた。

「何ということを」

　良介が絶句した。

「私は一度も会社を辞めようと思ったことはないから、職を辞する覚悟っていうことは書きたくないの。でも、書かなければ柿田さんにもっと追いつめられそうだから、書くしかないのかなとも思ったりして。もうどうしたらいいかわからなくなって……」

良介はしばらく黙っていたが、やがて諭すようにいった。

「君はこれまで柿田さんに認められるようにと、反省文などなんでも指示通りにしてきたよね。それでも少しも事態は好転しなかった。だから、職を辞する覚悟という文言を書いたところで、柿田さんが良い方向に変わることはないと思う。むしろ君はもっと酷い目にあうかも知れない。職を辞する覚悟と書いたことを盾にとって、いっそう強く辞職を迫るだろう。だから決してその文言を書いてはいけないと僕は思うよ」

葉月はハッとした。良介の言葉で自分を取り戻した。今までは追い詰められて、良介のように考える余裕がなかったのだ。

「私、やっぱり職を辞する覚悟なんて絶対書かないように頑張る」

少し間を置いて葉月が言った。でも、どこか強がっているようだった。

「君がそんなに苦しんでいるのに、僕は君を救ってあげることもできない。ただ、君の話を聞いてあげることしかできない」

良介はよほど悔しいのか、深いため息をもらした。

「ううん、そんなことないわ。私の話を聞いてもらって助言もしてくれて、それで頑張ろうという気持になれたのだもの。だから私はすごく嬉しいし有り難いわ」

今度は葉月が良介を元気づけた。

「君の苦しみは僕の苦しみだよ。勉強のことは気にしないでいつでも電話してきてね」

「ありがとう。受験勉強、頑張ってね」

「うん、お休み」

葉月は夕食を手短に済ませてから決意書を書き始めた。書き終えたときには新聞を配るバイクの音が通りから聞こえてきた。

翌日、葉月は小松空港に最終便で到着した。ホテルの部屋でくつろいでいたとき、津山からロビーに来るようにとの電話を受けた。

ロビーに下りると、津山は窓際のソファに座って葉月を待っていた。

「先ほど柿田さんから電話があってね。今日が提出期限の決意書をまだ能見さんからもらっていないがどうなっているのか、明日は必ず提出するようにと強く言われたの」

津山が心配そうに葉月を見た。

「決意書は今日の明け方までかけて仕上げたのですが、職を辞する覚悟という文言を入れるようにと言われたのに、その文言だけはどうしても書けなかったのです。それで出しそびれてしまって……」

葉月が下を向いて言った。葉月が出勤したとき柿田は席にいなかったので、渡せなかったのだった。

津山はしばらく考えこんでいた。

「それじゃ、こうしましょう。あなたがその文言を入れたくないのならそれでもいいから、ともかく決意書は出した方がいいわ。明日の面談には私も同席して、私がそう言ったと柿田さんに伝えるから」

津山の善意が葉月の身にしみた。

その次の日の乗務後に面談が持たれ、津山も同席した。

「提出が遅れて申しわけありません」

レポート用紙二枚に書いた決意書を、葉月がおそるおそる差し出した。

「私がいなかったら机に置くとか、私のメールボックスに入れるとかいくらでも方法があるでしょう。とにかく期限はちゃんと守ってください」

柿田が不機嫌そうに言った。

柿田はしばらく決意書に見入っていたが、怪訝《けげん》そうな顔を上げた。

「私が指示した、職を辞する覚悟という文言はどこにも見当たりませんね」

葉月はただ黙ってうつむいていた。

「能見さんがそのことはどうしても書けないというので、そういうことなら書かなくていいから決意書だけはちゃんと出しなさいと、私が言ったのです」

葉月と並んで座っていた津山が、少し得意気に言った。柿田は、余計なことをとでも言いたげに口をとがらせたが何も言わなかった。柿田にとっては、職を辞する覚悟という文言を入れさせることが、唯一かつ最大の目的だった。しかし、そのことを津山が知るよしもなかった。

「あなたは改善すべき点として五項目を上げた上で、直ちに改善することができるよう誠心誠意努力します、と結んでいるけれど私にはまったく信用できません。だってこれまでも次々にミスを連発しているのよ。だから私は、職を辞する覚悟という強い意志表示を、あなたに求めたのよ」

柿田は決意書から目を外すと、とげとげしく言った。津山は、自分の行為が柿田の機嫌を損ねたことにびっくりしたのか、上体をしきりにゆらしておろおろし始めた。

「勝手なことをしてしまって申しわけありませんでした。これからは気を付けます」

津山がしどろもどろに言った。

「能見さんとの面談はこれで終わりますので、お帰りになって結構です。津山さんは少し残ってください」

予期しなかった柿田の言葉に、津山はしきりにまばたきを繰り返していた。

葉月はロッカールームに向かった。私服に着替えたが、一人で帰る気になれなかった。津山が気がかりだった。ロッカールームの隅の椅子に腰を下ろした。

もしかしたら、津山さんは私を庇ったことで柿田さんから責められているのではないだろうか。

葉月は不安にかられ、ドアを薄く開けては廊下をのぞいたりした。一時間ほど経ってようやく津山が入ってきた。津山は憔悴した顔をしていた。目が赤かった。柿田の前で泣いたのが分かった。

「待っていてくれたのね」

津山は力なく微笑んだ。葉月は津山にかける言葉もなかった。津山が着替えるのを待ってロッカールームを出た。どちらから声をかけることもなく、並んで歩いた。

「コーヒーでも飲んでいこうか」

地下の駅前広場に来ると、津山が言った。

午後九時を過ぎたコーヒーショップはがらんとしていた。コーヒーに砂糖とミルクを入れてかき混ぜながら、津山が言った。

「職を辞する覚悟って書かなくていいと、どうして能見さんに言ったのって言われたわ。でも、能見さんがかわいそうだったからとは言えなかった……。あなたは能見さんに甘すぎます、沢村さんは能見さんのミスをいっぱい報告してくれているんですよ、それに比べてあなたはただの一枚もないじゃないですか、もっと厳しい姿勢で接しないと駄目です、って厳しく言われたの」

津山はようやくコーヒーを一口飲んだ。

葉月は、津山にまで迷惑が及んでしまったという思いに胸が苦しくなった。

「私のことで本当に申しわけありません」

葉月が声を震わせて言った。

「実はあなたのことだけじゃなくて、私自身のことも責められてね」と言って、津山はつらそうに顔をしかめた。

津山がその訳を話した。津山は数日前、社員証《ラスター》をロッカールームに忘れたまま帰宅した。翌朝出社したが社員証がないため、玄関受付で足止めにされた。受付の係員が第三乗員部に電話をして、津山が所属の客室乗務員であることを確認した上で、ようやく入構が許された。そのことが柿田の耳に入った。

「あなたは指導する立場でありながら、どうしてこんな初歩的なミスをするのですか、新人たちにしめしがつきません、もっと自分の立場を自覚してください、って言われたの。本当に柿田さんの言うとおりだよね」

津山は弱々しく笑った。髪に櫛《くし》を当てなかったらしく後れ毛が目立ち、ひどく疲れているように見えた。

葉月はコーヒーに砂糖を入れたが、もう手をつける気になれなかった。

四章　再びの夏

六月半ば、葉月は羽田―沖縄線の乗務を夕方に終えた。往復とも沢村と同じ客室区分のキャビン担当だった。

乗務後の打ち合わせ《ブリーフィング》が終わって葉月が席を立とうとしたとき、沢村がつかつかと近づいてきた。沢村は四月に三職級に昇格してからというもの、横に張った怒り肩でいっそう風を切って歩いた。いかにも、のしあがったふうに見えた。

「津山さんから乗務前に言われたの。今日は能見さんの誕生日だから大目に見てあげてねって。だから今日は何もミスがなかったって、柿田さんに報告しておくわ。それにしても津山さんはあなたをひいきにしているんじゃない？」

沢村はいまいましそうに言った。沢村は今日もまた、柿田から葉月のミスを探し出して報告するように指示されていたのだった。

しかし、葉月は何もミスを起こしていなかったので、沢村が報告すべきことがないのはあたりまえのことだった。沢村は柿田の席に歩きかけたが、思い直したように振り返って言った。

「私が帰ってくるまで、ここで待ってて」

葉月はブリーフィングテーブルに再び座った。津山はじめ全員が既にその場から立ち去っていて、葉月だけが残った。沢村はマネジャー席の右奥にあるソファで、柿田と額を寄せて話していた。そこは乗務前後、時間のゆとりが出来たときに雑談する場所でもあったが、マネジャー席のすぐ傍なのでくつろげなかった。

葉月はそこで数人と談笑したことがあったが、言葉を交わした相手が柿田から、「能見さんと何を話したの」と後で訊かれたことを打ち明けてくれた。それからというもの、葉月は話した相手に迷惑がかからないようにという思いから、ソファには座らないようにしていた。

今日は能見さんの誕生日だから大目に見てあげてと、沢村に言ってくれた津山の心遣いに葉月は胸が熱くなるのを覚えた。

　でも沢村さんが言うように、津山さんはけっして私をひいきにしているのではなくて、由佳や今年入社した新人たちと平等に接してくれているのだと思う。私が柿田さんから気に入られるようにと津山さんが心を砕いていることが、沢村さんにとってはひいき目に映るのだろうか。

　沢村さんは津山さんからかけられたその言葉を、柿田さんに伝えているだろう。もしそうなら、津山さんはまた柿田さんから責められるかもしれない。

　そう考えて葉月は津山のことが心配になった。

　三〇分ほど経った頃、沢村が戻ってきた。

「一緒についてきて」

　沢村が顎をしゃくって言った。葉月は沢村の後についていき、柿田と沢村に向き合って座った。

「もう容赦はしないからね」

　沢村が脅すように言った。これからは津山への気配りは止めて、柿田の意に沿って動いていくのだということでもあった。

「あなた、柿田さんに対して失礼なことが多すぎるわ。面談では反省するどころか、にやにやしているというじゃない。機内での立ち姿も良くないわ。横柄に見えてお客様に失礼よ。それに今、バッグを膝に置いて私の話を聞いていること自体がすごく失礼よ」

　沢村は一気にまくしたてたが、仕事のミスを指摘したものは一つもなかった。柿田が話したことを、沢村はただ繰り返しただけに過ぎなかった。

　柿田は沢村の横でほくそえんでいた。葉月は黙ってうつむいていた。

　柿田がおもむろに口を開いた。

「あなたが決意書を出してから、もう二週間になるわね。あのなかで、あなたはいくつかの改善すべき点をあげて、直ちに改善できるよう努力しますと結んでいたけれど、この間にどう改善したのかを明後日までに文書で出してください」

「はい」

　葉月は小さくうなずいた。柿田の指示には逆らえない。ただ従うしかなかった。

　ああ、また書かされる。今日も恐らく明日も夜を徹して書かなければならない。

　葉月はアパートに帰って反省文を書こうとしても、乗務の疲れからボールペンを握ったままテーブルの上のレポート用紙にうつぶせになることがよくあった。書かなくてはと自分を奮い立たせるけれど、筆はいっこうに進まず最後には眠りに引きずり込まれてしまうのだった。そんなときは決まって、「提出期限は明日です」という柿田の声が繰り返し耳元で聞こえた。その声にハッとして葉月が目を覚ますと、額にはいつも大粒の汗が浮かんでいた。葉月は夢の中でも追い詰められていたのだった。

「今日はこれで終わります。期限は必ず守ってください」

柿田が念を押しながら立ち上がった。沢村も慌てたように柿田に続いて立ち上がった。

それから三日目の朝、葉月はラッシュ時の川崎駅の改札口を出ると駅前のホテルに向かった。梅雨に入っていたので道路には雨がしとしとと降っていた。

傘をすぼめてホテルの玄関を入ると、ロビーのあちこちでスーツ姿の宿泊客がソファにゆったりと座って新聞を広げていたり、談笑したりしていた。

正面のやや奥まったカウンターの前には、チェックアウトを待っている五、六人が並んでいた。葉月はロビー内を見回したが、同期入社らしい人影はなかった。腕時計を見ると午前八時半を指していた。

入社一年目のリフレッシャー教育は午前九時から始まることになっていた。過去一年間を振り返って不十分な点を見つけ出し、今後の乗務に生かすのがリフレッシャー教育の目的だった。

三〇分前だから誰か来てもいい時刻なのにと葉月は思って玄関を見続けた。しかし一〇分が経過しても誰も姿を見せなかった。

葉月は次第に不安になってきた。以前の教育もここだったから、ここで良いはずだと葉月は思った。日にちを間違えたのだろうかと思い、バッグから勤務表を取り出して確かめたが間違いはなかった。

葉月は狐につままれたような気持になった。訳が分からなくなって、急いで戸倉に電話した。

「もしもし由佳、今日のリフレッシャー教育、誰も来ないのだけど由佳はどこにいるの」

「ええっ、葉月こそどこにいるの」

戸倉がびっくりしたように叫んだ。

「今、川崎のホテル」

葉月が心細そうに答えた。

「場所が違うよ。会社の第三会議室だよ」

悲鳴に似た戸倉の声だった。

「とにかく急いで来て。柿田さんには私から話しておくから」

「なんてことを……」

それだけ言うと葉月は雨の中を小走りに駅に引き返した。

羽田空港行きの急行は出たばかりだった。電車を待つ間気持が焦るばかりで、ホームを行ったり来たりしていた。ようやく電車が来た。通勤時間帯のピークを過ぎて車内は幾分空いていたが、葉月は座る気になれずにドアの横に立った。急行のため途中駅をいくつも通過していったが、葉月にはとても遅く感じられた。腕時計を見ると、ちょうど午前九時だった。遅刻が現実のものとなった。

リフレッシャー教育の開催場所は掲示室の壁に貼り出されているはずなのに、どうしてそれを確かめずに川崎のホテルだと勝手に思い込んでしまったのだろうか。

葉月はそんな初歩的なミスをした自分が信じられなかった。柿田との度重なる面談。休日と乗務後には、夜半や明け方までかかっての反省文作成と事前学習の連続。そしてここ二日間、三日前の面談で指示された文書を夜半までかかってようやく仕上げたのだった。葉月はこのような日々のなかで心身ともに疲れ果てて心の余裕を失い、その他のことが考えられなくなっていた。

そして、リフレッシャー教育の場所を確認する意識もすっぽり抜け落ちてしまったのだった。けれども場所を間違えて遅刻したという事実は、どんなに言い訳をしても許されないことだった。しかも経過観察期間がまもなく終わろうとするこの時期に、よりにもよって遅刻という取り返しのつかないミスをしたことが、葉月の胸を締め付けた。

葉月が第三会議室に着いたのは午前九時三五分だった。三五分の遅刻だった。ドアのノブをそっと回して薄く開けると、抑揚を付けて歌うように話す柿田の声が耳に飛び込んできた。葉月は動悸が高鳴るのを覚えた。

室内はロの字型に机が並べられ、右奥の中央に柿田が座り、柿田を囲むようにして一九人の同期の者が座っていた。柿田は第三乗員部の教育担当マネジャーでもあった。葉月はみんなの前で叱責されるかもしれないという思いから、柿田の顔を見るのが恐かった。葉月は黙って深くお辞儀をした。しかし柿田は葉月に目をやっただけで、何も言わずに講義を続けた。

葉月はドア近くの空いている席に音を立てないようにゆっくり座った。その間、同期の者は机の上の教材を食い入るように見つめていて顔を上げなかった。ただ、葉月の正面に座っていた戸倉だけが、不安そうな目を向けた。

遅刻したことを悔いて落ち込んでばかりはいられない、三五分の遅れを取り戻すために柿田の講義に全神経を集中しなければと、葉月は自分に言い聞かせるのだった。

リフレッシャー教育は午後五時に終わった。同期の一九人は受講の緊張から解き放されて、ホッとした表情で立ち上がった。

「能見さん」

柿田が座ったまま葉月を呼んだ。葉月は出口に急ぐみんなの流れに逆らうようにして、柿田の席に向かった。

「今から面談します。面談室で待っていてください」

柿田が強い口調で言った。昼休みの休憩中に、葉月は柿田に遅刻したことを詫びた。柿田は小さく頷いただけで叱責こそしなかったが、柿田が許してくれたとは到底思えなかった。やはり柿田は看過しなかったのだ。遅刻は葉月を辞めさせるための格好の材料でもあった。

今日はいつにも増していっそう厳しくとがめられるだろうが、私自身の不注意が招いた結果だから仕方のないことだ。私には遅刻を正当化する理由などまったくない。すべて私が悪いのだ。なんということをしてしまったのだろう……。

葉月は一人面談室の椅子に座って、自分を責め続けた。ほどなく柿田が現れた。柿田は椅子に座ると、我慢していた怒りをぶっつけるようにして言った。

「航空会社として最も大切なのは定時の運航であることぐらい、あなたも良く知っているでしょう。定時制を遵守すべき客室乗務員が遅刻するなどもってのほかです。あなたには客室乗務員としての適性などないことが、これではっきりしましたね」

柿田は話しながらボールペンの先で机を小刻みにたたき続けた。

「本当に申しわけありません。もう二度と遅刻はいたしません」

葉月は震える声で言うと、立ち上がって深く頭を下げた。

「どうして事前に場所を確認しなかったの？　私にはそれが不思議でならないの。あなたはそんな基本的なこともできないの？」

柿田がなおいっそういらだたしそうにボールペンの先で机を数回たたいた。

「どうして確認しなかったのか……」

葉月が言葉をつまらせた。

「掲示室に貼ってあるのを知っていながら、なぜか見るのを失念してしまったのです」

葉月はやっとそれだけ言った。

「とんでもないことだわ。あなたはひょっとして、若年性認知症か記憶障害でもあるんじゃないの？」

柿田が葉月の顔をのぞき込んだ。そして語気を強めて言った。

「そんな人には安心して仕事をまかせることなどできません。あなたにはお客様の命をお預かりする資格などありません」

私は若年性認知症でも記憶障害でもありません、私は正常です。

葉月は心の中で叫んだ。けれども遅刻という事実が重くのしかかってきた。

葉月は自分が情けなくなってきた。

涙がじわりと浮かんできた。膝に置いた手の甲に、涙が一滴、また一滴と落ちた。

葉月が柿田の前で涙を見せたのはこれが初めてだったが、嗚咽だけは必死にこらえた。

「あら、あなた可愛いところあるじゃない」

柿田が薄笑いを浮かべた。

「いいの、いいの。泣かなくても……」

柿田はスカートからポケットティッシュを取り出した。そして三、四枚をつまみ葉月に差し出した。

「分かったでしょう？　分かればいいのよ」

今までにない優しいふるまいだった。

「それでは反省文を今日中に書いてね。面談はこれで終わりよ」

柿田の言葉には目的を達成したかのような響きがあった。

葉月はそのまま面談室に残り、二時間ほどかけて反省文を書いた。反省文は何度も書き直しながら、遅刻したことへの詫びと反省を述べた後、「失った信頼を取り戻すことは容易ではありませんが誠心誠意日々の業務に取り組み、同じ失敗を二度とくり返さないようにいたします」と、自分の気持のままに書いた。

出来上がると葉月は柿田に持って行ったが、内心は気が気ではなかった。「職を辞する覚悟」という文言がない反省文を柿田は受け取ってくれるだろうか、もし受け取ってもらえなかったらどうすればいいのだろうという思いが先にたって、柿田の顔をまともに見ることができなかった。

「これでいいでしょう。もうお帰りなさい」

柿田は一読すると、ほほえみを浮かべながら言った。葉月は胸をなでおろした。張り詰めていた気持が一気に緩んだ。

葉月は帰り支度のためにロッカールームに行った。面談の後にロッカールームで着替えるときは、いつも気持が押しつぶされそうになることにただ耐えていたが、今は心が軽かった。

柿田さんはどうしてあんなに優しく遅刻を許してくれたのだろう、なぜ職を辞する覚悟という文言を強要しなかったのだろう。

そう思いながら私服に着替えてロッカーの扉をパタンと閉めたときだった。その音に誘発されたかのように疑問が解けた。

柿田さんはきっと優しさをつくろっていただけだわ。私の涙を見て、もうあきらめて遠からず会社を辞めると思ったに違いない。私はただ自分が情けなくて涙を流しただけなのに……。柿田さんは、私の思いを知ったら今までよりもっとひどく退職をせまるだろう。

葉月は津山に迷惑がかかると思った。

毎日のように葉月のことを気にかけてくれる津山に、恩を仇で返してしまったような気がして苦しくなった。津山は今日は札幌便に乗務していたから、今頃は宿泊先の千歳のホテルにいるはずだった。葉月はロッカールームの隅の椅子に座って、携帯メールを打ち始めた。

乗務でお疲れのところ失礼します。今日のリフレッシャー教育で、三五分の遅刻をしてしまいました。私は大きな失敗をした自分に強い憤りを感じ、またとても情けない気持でいっぱいです。いつも親身になっていただき、沢山のアドバイスをくださる津山さんを裏切る形になってしまいました。メールで大変失礼だと思いましたが、一刻も早くお詫びしたくてお送りしました。本当に申しわけありません。

メールを作成し終わった後に、発信キーを押す人差し指が重かった。

数分後に津山から返事がきた。

今のあなたにとって、遅刻は致命的です。これまで、あなたが柿田さんの気に入られるよう陰で応援してきたことが、一瞬にして崩されてしまったようでとても絶望的になっています。今後、どうしたら良いか私にも見当がつきません。

津山の困惑した様子がメールににじんでいた。葉月は返信が打てなかった。

葉月は重い足取りで会社を出た。駅で下りると降りしきる雨の中を歩いた。

途中コンビニに立ち寄り、大きめの缶ビール二本とサンドイッチ一パックを買った。

アパートに帰ると、小さな丸いテーブルの椅子に崩れるように座った。何もしたくなかった。葉月はサンドイッチを頬張り、流し込むようにしてビールを飲んだ。酔って何もかも忘れたかった。サンドイッチをつまんでは、飲みなれないビールを立て続けにあおった。昼から何も食べてなかったのですぐに酔いがまわった。葉月は酔うにつれて、遅刻という呪縛から徐々に解き放されていくような気がした。

両親にも良介にも電話したくなかった。電話しても、遅刻しただらしない自分をさらけ出し、みじめさがよりいっそう深くなるだけだと思った。

一本目の缶を飲み干し、二本目の缶のタブを弾くと泡がテーブルにこぼれ落ちた。

もっと酔いたい、酔えばつかの間であっても苦しみが消える。明日は公休日だから酔いつぶれてもいい。葉月は缶を持ち上げて一気にあおった。身も心も疲労困憊《こんぱい》している葉月の頭がくらくら回り始め、まぶたが重くなり、体が前後に揺れてきた。

「お父さん、お母さん、ごめんね。良介さん、ごめんね。津山さん、ごめんなさい。みぃんな私が悪い……」

葉月はテーブルにうつぶせになって、深い眠りにおちいりながらつぶやいていた。

葉月は鳴り続けるドアのチャイム音で目が覚めた。葉月はテーブルにうつぶせになったまま寝入ってしまったのだった。

カーテンの隙間から差し込んだ日差しが床に伸びていた。朝になっていた。

ドアを開けると戸倉が立っていた。

「居なかったらどうしようと思った。どうしても葉月と話がしたくなったの」

戸倉がほっとしたように言った。

「わざわざ訪ねてくれたのね。うれしい」

葉月がスリッパを並べた。

「葉月の部屋にお邪魔するのは本当に久しぶりだわ。あの頃は楽しかったね」

戸倉がなつかしそうに言った。乗務したての頃、休日になると戸倉と今野が葉月のアパートに来て、三人でマニュアルの学習をしたり、おしゃべりしたりした。

「これ飲みながら話をしようよ」

戸倉が缶コーヒーを葉月に手渡した。

「まあ、ありがとう」

冷たさが葉月の体を目覚めさせた。

戸倉がコーヒーを一口飲んで言った。

「昨日メールボックスを見たらこれが入っていたの。葉月はまだ見ていないかもしれないと思って急いで持ってきたわ」

戸倉がハンドバッグから取り出したのは、「キャビンユニオンニュース」だった。葉月は昨日、メールボックスを見るだけの余裕がなかった。

「この中に、いやがらせを受けて退職した契約制の人の手紙が載ってたの。その人も今の葉月とまったく同じ境遇に置かれていたのよ。読んでみて」

戸倉がページを開いて葉月に渡した。

私は一方的に契約の更新はないと、マネジャーから言われました。面談ではうつ病になってしまうくらい適性がないと言われたり、人間性を否定されたりしました。見張り役的な乗務指導員を付けられ、ミスをでっち上げられましたが何も反論できず、YESとしか言えない辛い状況が続きました。レポートの提出を毎日のように言い渡され、休日も休めませんでした。私には沢山の夢がありましたが、もう一歩で自殺寸前というところまで追い詰められ、耐えきれずに会社を辞めました。私の知っているだけでも四人が、同じように追い詰められて会社を辞めていきました。キャビンユニオンの皆様が契約制客室乗務員の立場を守ろうとなさっていることを知りました。どうか今も誰にも言えずに苦しんでいる友人たちを助けてください。

葉月は、マネジャーから酷い仕打ちをうけているのは自分一人ではなかったことに気づかされた。そして、夢半ばで辞めなければならなかった人たちの心情を思い、つらくて胸が張り裂けそうになった。

「由佳、私くやしい」

葉月が小さくうめいた。

「葉月、もうキャビンユニオンに相談するしかないよ」と、戸倉が真顔で言った。

キャビンユニオンの人たちは目つきが悪くて意地も悪く怖い人ばかりです、と訓練所で言った塩地の言葉が頭に浮かんだ。

第三乗員部に配属されてから、葉月も戸倉も定期的にメールボックスに配られる「キャビンユニオンニュース」を見て、キャビンユニオンが契約制客室乗務員の劣悪な労働条件の改善を熱心に会社に要求しているのを知った。もしかしたら、キャビンユニオンは塩地の言葉とは違って自分たちの味方ではないだろうかと、葉月も戸倉も次第に思うようになっていった。

「うん……。でもやっぱり怖いよ」

葉月はキャビンユニオン所属の客室乗務員と会ったこともなく話したこともなかったので、塩地から押しつけられた怖いというイメージがまだ心の隅に残っていた。それは戸倉も同じだった。

「そうだよね、勇気がいるものね」

戸倉が残念そうに相づちをうった。

でも本当に怖いのはキャビンユニオンではなくて、柿田や塩地など会社の監視の目なのかもしれないと、葉月は思った。


七月下旬、葉月は羽田―伊丹往復便を柿田と一緒に乗務した。乗務後のブリーフィングが終わると、すぐに面談が始まった。

「先日の英語試験の結果ですけど……」

柿田が受験者の採点一覧表に目を通しながら言った。英語の試験は、入社一年目の契約制客室乗務員を対象に行われた。

柿田の言葉は歯切れが悪かったので結果が思わしくなかったのではと、葉月は不安になった。

「聞取り《ヒアリング》と筆記《ライティング》、会話《オーラル》のいずれも標準ラインを超えていますが、会話《オーラル》がやや低いですね……」

柿田が葉月を上目遣いに見た。

ああ今日は会話の成績が低いことを口実に、退職を迫られる。

葉月はうつむいた。

「でもオーラルはあなただけじゃなくて、ほとんどの人が低いわね。オーラルは難しいからねえ。あなたの場合は全て標準ラインを突破しているので問題ありませんが……」

葉月はほっと胸をなでおろしたが、やはり言葉の歯切れが悪いのが気になった。

葉月が標準ラインに達しているのが気にくわないのか、柿田はにこりともしなかった。

「それよりも、あなたの場合は基本です。基本が問題なのよね」

英語の結果をことさら低く評価するかのように、基本という言葉を繰り返した。

葉月は約一ヶ月前、七月初めの面談のときも柿田から同じように言われたことを思い出していた。


それは六月に行われた、定期救難訓練の結果を告げられたときのことだった。

定期救難訓練は乗務開始後、年一回行わなければならないことが、航空法関連の細則によって義務付けられていた。

訓練内容としては五〇の設問を解く筆記が午前中にあり、午後には機種ごとに違う実物大のドアや機体模型を使って緊急事態発生時の対応や乗客への指示、脱出用滑り台《スライド》や救命艇《ラフト》の操作方法など、複雑かつ多岐にわたる実技が行われた。

　座学・実技とも八〇点以上を取らなければ不合格になり、乗務できないことになっていた。葉月は一ヶ月前から事前学習に励み、訓練に備えた。

　過去には管理職を含む複数の人が合格できずに、再訓練を受けた事例もある厳しいものだったが、葉月はこの定期救難訓練にも合格した。

　英語の試験も定期救難訓練も、社内の別組織が担当したもので合格基準が明確だった。

「定期救難訓練の合格よりも、あなたの場合は基本が問題です」

　あの日の面談でも、柿田は今日と同じようなことを言ったのだった。葉月の合格は、ただ葉月を辞職に追い込みたい柿田にとっては、邪魔でいまいましいことでしかなかった。

　定期救難訓練に合格しなければ乗務が継続できないし、英語ができなければ外国人との意思疎通もうまく図れないので、二つとも基本的なことそのものなのではないかしら。

　葉月はそう思ったが口には出せなかった。

「基本がなってないことが、今日もはっきりしましたよ。先ず、出発前の搭載さんの作業を邪魔しようとしたことです」

　柿田が葉月を見据えて言った。

　いいえ、搭載業者の邪魔をしないように気をつけていました。いつものようにギャレー内の所定の位置にエプロンとマニュアルを置いたら、邪魔しないようにすぐにギャレーから離れようとしただけです。誰もがそうしています。

　葉月は心の中で、そうつぶやくしかなかった。

　それは葉月が機内に入ってすぐにギャレーに足を踏み入れたときだった。

　搭載さんの邪魔になるから立ち入らないでください。

　ギャレーの中で仁王立ちしていた柿田が、声を張り上げて葉月を威圧した。葉月はびっくりして足がすくみ、思わず後ずさりした。柿田はまるで葉月を待ち構えていたかのようだった。

「すみませんでした。今後気をつけます」

　葉月は小さな声で返事した。

「もう一つは紙コップの回収です。あなたは重ねた紙コップをまるで長い筒のように立てて、客席を歩いていたというじゃありませんか」

そう言うと柿田はボールペンを立てて机を打ち始めた。感情が高ぶるときの柿田の癖だった。葉月はその小刻みな音を聞く度に、身の縮む思いがした。

葉月は飲物サービスを終えると、盆《トレイ》を持って紙コップを二度ほど回収した。それでもまだ飲み終えていない乗客も何人かいたので、三度目はトレイを持たずに素手で回収し、五、六個ほどになった紙コップを重ねてギャレーに持っていった。柿田が言うように長く筒状になったわけではなかった。

沢村さんが誇張して柿田さんに言いつけたのだろうか。

葉月は小さなため息をついた。

「回収のときは必ずトレイを使いなさいということではないけれど、本来は使ってくださいということなのよ。まして、あなたのように長い筒にして回収するなんて、当社のキャビンアテンダントとしては恥ずかしい限りよ……。どこで、どういうしつけを受けてきたの？　もう、びっくりだわ」

柿田は非常識の極みだとでも言うように、大仰に首をかしげ両腕を横に広げた。柿田は両親をも引き合いに出して、葉月を非難した。葉月は両親に対して、申し訳なさで胸がいっぱいになった。

両親は私を自由にのびのびと育ててくれたけれど、けっして甘やかしはしなかった。両親とも礼儀作法には厳しかったと思う。

特に母は私が小さい頃から「ご近所の人には必ず挨拶をしなさい」「玄関に入ったら靴は必ず揃えなさい」「食べ終わったら、自分のお茶碗は自分で台所に持っていきなさい」などと、いつも注意してくれた。

そのような父と母が柿田に蔑《さげす》まれたような気がして悲しくなった。

「紙コップは五、六個ほどでしたので、みっともないふるまいではなかったと思いますが……」

「でもね、その報告は津山さんから受けたのよ」

信じられない柿田の言葉だった。葉月は息を呑みこんだ。柿田に報告したのは、沢村だとばかり思っていた。

確かに今日の便は津山と組んで、キャビンを担当した。けれども葉月は柿田の言葉を信じたくなかった。柿田の作り話であって欲しいと思った。でも、仮にそれが本当だとしたら、私はこれから誰を信じ、誰を頼りにしていけばいいのだろう……。

葉月は動揺した。心臓が激しく波打ち息遣いが荒くなったが、柿田に気づかれないように、じっとつむいたまま身動き一つしなかった。

「津山さんは、よく私に教えてくれたと思うわ」

柿田は葉月の動揺を見透かし、さらに追い打ちをかけるかのように平然として言った。

嘘だわ。嘘に違いない。津山さんがそんなことを言うはずがない。柿田さんがなんと言おうと、私は津山さんを信じている。

葉月は自分に強く言い聞かせた。

柿田は言葉を続けた。

「あなたみたいに、次々にミスを繰り返す人って他にいないわよ。三月中旬から三ヶ月に限定して経過観察期間を設けたけれど、少しも進歩が見えなかった。そこで更に三ヶ月延ばして様子を見ているわけだけど、やはり進歩がないのよね。あなたが私のグループに配属されてからちょうど一年が経ったわね。あなたの同期は更に一段上の習熟度試験を受けて、国際線乗務に備えているのよ。でも、あなたはまだ最初の習熟度試験にも合格していない。このままでは、三年目の契約更新はないわよ。もう、後がないってこと、わかってる？」

柿田が前のめりになって、うつむいている葉月の顔をのぞき込んだ。

「はい、承知しております」

葉月はそう返事するしかなかった。

「あなたは決意書で、克服すべき課題を直ちに改善しますと述べているけれど、舌の根も乾かないうちにリフレッシャー教育で遅刻はするし、ミスはなくならないし、あなたの言うことってちっとも信用できない」

柿田が軽蔑するような表情を浮かべた。葉月はうつむいたままだった。

「本当はあなたは、あの遅刻のときに会社を辞めるべきだったのよ」

柿田がくやしそうに言った。

やはり柿田は、リフレッシャー教育の遅刻を機に、葉月は遠からず辞めると判断していた。しかし、葉月は辞めなかった。柿田の思惑は外れたのだった。

「口でいくら注意してもだめだから、今度からアドバイザリースリップを渡すことにします……。今回は、ギャレーに立ち入ろうとしたことと、紙コップを筒状に立てて歩いたことの二件を書きます」

柿田は茶色のファイルを開いてA５の紙片を二枚取り、目の前で書くと葉月に差し出した。

「いいですか、これはあなたのためですよ。二度とくり返さないようにしてくださいね。後でコピーをとって、原紙の方は私に返してください」

柿田はおしつけがましく言った。

「わかりました」

葉月は腰を浮かせて、机越しに二枚の紙片を受け取った。

アドバイザリースリップは、注意を喚起するために設けられているが、しかし乗客から苦情《クレーム》を受けた客室乗務員でも、ほとんど出されたことはなかった。アドバイザリースリップを葉月に手渡すようにしたのは、心理的圧力をかけて一刻も早く退職に追い込もうという、柿田の新たな手口だった。

八月になった。葉月は羽田―伊丹間を往復した後、羽田を午後六時三〇分に出発して一時間三〇分後に新千歳空港に到着した。その夜は千歳宿泊《ステイ》だった。機内の後片付けを済ませてから、ターミナルビルを出てホテル行きのマイクロバスに全員が乗り込み、葉月は後部座席に座った。一〇人の客室乗務員のうち、最後に乗り込んだ津山は運転席のすぐ後ろの席に腰を下ろした。以前の津山なら、葉月の隣に座って乗務中に気づいたことを注意してくれたり、とりとめのない話をして葉月の心を和ませてくれたが、このところ言葉もあまり交わさなくなっていた。肩を前に落として背中を丸めた津山の後ろ姿は、すっかり生気をなくしているように見えた。

七月には四回の面談が持たれたが、いずれの場合も津山の面談が一時間ほど先にあって、それが終わってから葉月の面談に入った。今までにはないことだった。面談室から出てきた津山の目はいつも赤く、思い詰めた表情をしていた。葉月に声をかけることもなかった。

津山が二度も社員証《ラスター》をロッカールームに忘れて、柿田から執拗に責められているという噂が、グループ内でささやかれていた。

津山さんはそれだけでなく、私にもっと厳しく接するようにと柿田さんから圧力をかけられているのではないかしら。

噂を耳にして葉月の胸は痛んだ。葉月は津山に悪いことでもしているような気持になった。

「今晩の夕食つき合ってね。あなたと話がしたいの。二〇分後にここで待ってるわ」

マイクロバスを降りて、ホテルの玄関をくぐりながら津山が葉月に耳打ちした。

今まで宿泊先でみんなで連れ立って食事に行ったことは幾度かあるが、津山から個人的に誘われたのは初めてだった。

「はい……」

葉月は突然のことにとまどったが、津山の言葉には有無を言わせない響きがあった。

二〇分後、葉月が紺色のパンツと萌葱色《もえぎいろ》のシャツに着替えてロビーに行くと、玄関の外に津山の後ろ姿が見えた。津山はベージュ色のゆったりとした半袖のワンピースを着ていた。

「お待たせしてすみません」

葉月が背後から声をかけた。

「早めに来て外気にあたっていたの。北海道の風はエアコンよりも爽やかね」

津山がかすかな笑みを浮かべた。涼しい夜風が葉月の頬を撫でた。二人は並んで歩き始めた。

「この時刻にまだ開いているのはファミレスぐらいかしら」

津山が道路に面した左右の商店街を交互に見やりながら言った。葉月が街灯の光に腕時計をかざすと、針は午後一〇時近くを指していた。

「駅の方に行ってみようか」

少し間を置いて、津山が葉月に言った。

「はい」

二人は右に歩を進めた。駅に続く商店街はシャッターが目立ち、人通りも途絶えていた。商店街のところどころから灯りが漏れて道を照らしているのは、大抵が居酒屋だった。それらしいものが見当たらないので、葉月はしきりに周囲を見回していた。

「ありました」

しばらくして葉月が前方を指差して小さく叫んだ。一〇分ほど歩いた交差点のはす向かいに、こうこうと灯りをつけたファミリーレストランが見えた。

「見つかって良かったわ」

津山もホッとしたように言った。二人は歩を早めて交差点を渡り、店内に入った。

広めの店内は閑散としていて、数組の若い男女が思い思いに座っていただけだった。

葉月と津山は回りに誰もいない窓際の席に、向かい合って座った。

座るとすぐに津山は右の脇腹を指で押さえ、少し顔を歪めた。顔には艶《つや》がなかった。

「どこか具合でも悪いんじゃないんですか」

葉月が心配そうに訊ねた。人に知られたくないことなのか、津山はバツが悪そうに顔を伏せた。しかし、すぐに顔を上げて言った。

「このところ、お腹が空くと胃の辺りがしくしくと痛くなってね。かかりつけの医者に診てもらったら、十二指腸潰瘍だと言われて治療薬をもらって飲んでいるの。医者からは、規則正しくストレスのかからない生活を送るようにと言われているけれど、私たちの仕事では無理だよねえ」

津山は仕方なさそうに力なく笑った。

津山さんは社員証をロッカールームに忘れたことや、私を庇っていることを柿田さんに責められ続け、それが原因で十二指腸潰瘍になったのではないかしら。

そう思うと葉月はつらかった。

「このこと誰にも口外しないでね。もし、柿田さんにわかったら、仕事を干されるかもしれないから……」

津山が葉月の目をじっと見つめた。

「はい、誰にも言いません」

葉月がうなずいた。

津山が安心したようにメニューを開いた。

「本当は私、スパイスが利いたものや脂っこいものが大好きなんだけど、差し控えるように医者から言われているから、野菜サンドイッチとホットミルクにするわ」

そう言ってからも、津山は未練が残っているのかしばらくメニューを眺めていた。葉月も時間が遅いので、消化が良さそうなオムライスにした。

ウエイトレスを呼んで注文すると、葉月は席を立ってセルフサービスコーナーに行き、コーヒーを注いだ。席に戻ると、津山は両肘を立てて顔をあずけ、ぼんやりと窓の外を見ていた。

まもなくウエイトレスがホットミルクだけを運んできた。津山はカップを両手に包むようにして飲んだ。葉月もコーヒーを飲んだ。苦みが口いっぱいに広がった。

「あなたにお聞きしたいことがあるの」

津山はカップをテーブルに置くと、改まった口調で言った。

「覚えているかしら。羽田出発の時に『ドアモードをオートマチックに変更してください』って、私が業務放送《アナウンス》して能見さんを見たとき、あなたはドアモードをすぐに変更しないで、訓練生をじっと見ていたでしょう?　あれはどうしてなの」

津山が小首をかしげて言った。

あのとき葉月はR１と呼ぶ、機体前方右側のドア担当だった。先任の津山はL１と呼ぶ、葉月と反対側のドア担当だった。

R１の客室乗務員席《ジャンプシート》には訓練生が座っていた。その訓練生はR２と呼ぶ、後方右側のドア操作を訓練生指導員のもとに行うことになっていた。

「はい、あのときはその訓練生が間違いなくR２に向かうのを確認して、それからドアモードを変更しました」

葉月はそのときの様子をありのままに言った。

「そうだったの」

津山は軽く頷くと、言葉を続けた。

「どの位の間、その訓練生を見ていたの?」

「二、三秒間だと思います」

「私にはもっと長く、あなたが立ちつくしていたように見えたの……。いえね、私はあなたが訓練生にドアの操作をさせるために、声をかけるのかと思ってびっくりしたのよ」

訓練生は訓練生指導員とともにドア操作をすることになっていた。葉月は訓練生指導員ではなかったので、訓練生と一緒にドア操作をすることはできなかった。そのことは実施要領に記載されていて葉月は事前に知っていたから、訓練生と一緒にドア操作をすることなどあり得なかった。

「津山さんに誤解を与えるような動作をしてしまって申しわけありません。以後、気をつけます」

　葉月が頭を下げた。

「それでね……」

　津山は言いにくそうに口ごもった。そして、バッグから小さな紙片を取り出した。アドバイザリースリップだった。

「こんなもの、あなたに渡したくないのだけれど……」

　津山が葉月の前にアドバイザリースリップをそっと差し出した。葉月は紙面に目を凝らした。そこには「訓練時のドアモード実施要領を正しく理解して、間違いなく安全業務を遂行すること」と書かれていた。葉月はそれを見て、津山がここに来る前にホテルで書いたものだろうと思った。

　津山さんは私の説明で分かってくれたはずだわ。それなのに、どうしてこれを私に渡すのだろう。

　葉月が怪訝な顔をして津山を見た。

「柿田さんから、能見さんのアドバイザリースリップを書くようにと、しつこく言われているの。書くこともないし書きたくもないからずっと出さなかったのだけれど、もう断り切れなくなってね。この件もあなたの説明を聞いて納得したことなので、本当は渡したくないのだけれど……」

　そう言う津山の表情は苦渋に満ちていた。

　葉月は津山の言動が信じられなかった。今までの津山なら「わかったわ。これからは誤解されないように気をつけて」と言って、けりをつけたはずだった。葉月は柿田によって、アドバイザリースリップという楔《くさび》を津山との間に打ち込まれたような気がした。葉月はそのことによって、津山との信頼関係にひびが入ってしまうのではと、心配になった。

　ウエイトレスが野菜サンドイッチとオムライスを運んできた。二人はただ黙って食べ続けた。硬く重苦しい空気が、二人の間に流れているのを葉月は感じていた。

「私のグチを聞いてくれる？」

　津山がぼそっと言った。

「はい」

　沈黙を破るように津山が話し出した。

「あなたがずっと私を慕ってくれたし、私も可哀相だと思ったので、あなたが柿田さんの気に入られるように頑張ってきたけれど、私の力ではもう無理な気がしているの。あなたを庇えば庇うほど、私は柿田さんから責められるわ」

津山は葉月と目を合わせるのがつらいのか、話し終えると視線を落とした。

葉月は押し黙っているしかなかった。

「あなたと一緒の乗務《フライト》でないと、正直ホッとするの。あなたのことで、あれこれ柿田さんに言われたり聞かれたりしなくて済むからなの」

津山がサンドイッチの最後の一切れを手に取った。葉月は胸がいっぱいになって、オムライスを半分ほど残したままだった。

「これからはあなたに厳しく接しない限り、昇進どころかグループリーダーからも外すと柿田さんから言われたわ。私は柿田さんが怖くなってきたの。もう柿田さんの言うとおりにしか動けない……。でも私は、あなたを嫌いになったわけじゃないのよ。いっそあなたを嫌いになれたら、私はどんなにか気が楽になるだろうにと思うわ」

そう言って津山は顔を歪めた。

「いつか、あなたが柿田さんから気に入られて、楽しく乗務《フライト》することを望んでいるわ。でもそうなるには、もうあなた自身が努力するしか方法がないと思うのよ」

津山は最後の一切れを食べると、残りのミルクを飲み干した。葉月はもうオムライスに手をつける気がしなかった。

私は、信頼していた津山さんからも見放されてしまうのだろうか。私はまたひとりぼっちになってしまう……。どうか、この場面が夢であってほしい。

葉月は祈るように、ただ宙を見つめていた。

八月中旬の羽田―那覇往復便も、葉月は柿田と一緒だった。

このところ柿田と一緒の乗務が増え、監視はいっそう強まっているように思えた。

あなたの笑顔は、ひきつっているみたいで不自然だわ。

見つめられているだけで、柿田の声が葉月の耳元に押し寄せてきそうだった。

羽田空港を午前一〇時四五分に出発した九〇九便は、二時間半後の午後一時一五分に灼熱の那覇空港に到着した。

そして約一時間後の午後二時二〇分には九一二便として羽田に出発する。葉月は、E区分と呼ぶ機体後部の客室《キャビン》エリアの右側担当で、同じE区分の左側担当は沢村だった。九一二便の乗客の搭乗は、出発時刻の一五分前から始まった。

葉月がE区分の前方に立って乗客を待っていると、姿を見せたのは一歳くらいの女の子を抱いた二〇代の母親だった。搭乗順位は、小さな子ども連れや車椅子に乗った乗客などが優先された。彼女は葉月とさして違わない年齢のように見えた。

「こんにちは。ご搭乗まことにありがとうございます」

葉月がにこやかに挨拶すると、若い母親は弾けるような笑顔を葉月に返した。その笑顔が、葉月の心をなごませてくれた。真っ白な半袖のブラウスもまばゆかった。

葉月は、母親が左腕にかけていた大きめのバッグをあずかると、座席に案内した。

彼女の座席は一番後方の五八Eで、葉月が座るジャンプシートのすぐ前だった。

「出発の際は安全のために、シートベルトをしたお母様の膝の上に、しっかりとお子様をお抱きくださいね」

葉月がそう言うと、座席に座った若い母親は軽くうなずいた。隣が空席の場合、出発までの間その席に幼児を座らせていることはよくあることなので、念のために出発前に彼女が子どもを膝の上にしっかりと抱いているか確かめなければと、葉月は思った。

葉月はこの後E区分の前方に戻って、一般の乗客を迎えなければならなかった。

ほどなくして、乗客が搭乗口からあわただしく列をなして入ってきた。

今日の便は夏休みとお盆休みが重なったこともあって、行きも帰りも家族連れや若い男女が目立ち、機内は話し声や笑い声に満ちていた。

葉月は、乗客一人ひとりのシートベルト着用を確認したり、頭上の収納庫がいっぱいで困っている乗客のために手荷物を整理して隙間を作ったり、子どもたちが興味本位で広げたテーブルを元の位置に戻したり、座席の背を倒している青年にベルトサインが消えるまでは倒さないようにお願いしたりしながら、混雑している座席の間を後方に進んでいった。

最後尾の座席に座っている若い母親の少し手前に来たとき、彼女が幼児を隣の空席に座らせているのが目に入った。

それから、ふと正面を見ると突き当たりに沢村が立って、葉月を見ていた。葉月は少し躊躇したが、若い母親を通り過ぎて沢村に近づいた。

「何でしょうか」

葉月が声をかけた。

「五八Ｅのお客様が、お子様を隣の席に座らせたままよ。わかっているの」

沢村が頭ごなしに強く言った。

「はい、承知しております。他のお客様の安全確認に時間をとられて少し遅くなりましたが、抱いて頂くよう只今ご案内するところでした」

葉月がありのままを言った。

「本当に気がついていたの？」

沢村が疑わしそうな目で葉月を見た。

「はい」

葉月がはっきりとした口調で返事した。沢村は何か言いたそうだったが、しぶしぶとでもいうようにその場を離れた。葉月はすぐに引き返して若い母親の席まで行くと、女の子が座席にちょこんと座っていて、つぶらな瞳で葉月を見つめた。葉月は「おいで」と言って、手をさしのべたくなったが時間がなかった。

母親に声をかけた。

「まもなく出発致します。お子様を膝の上でしっかりとお抱きくださいね」

「ごめんなさい。膝の上に乗せていましたらぐずり始めましたので、つい座らせてしまいました。もう出発の時刻なのですね。ごめんなさい」

彼女は自分の行為を詫びるかのように、しきりに頭を下げた。

「ベルトサインが消えましたら、お嬢様は隣の席に座って頂けますよ。ずっとお母様のお膝の上では、お嬢様もきっとご窮屈でしょう」

「ありがとうございます」

葉月の言葉に若い母親はホッとした表情になっ

た。葉月は彼女のシートベルト着用を見届けると、ジャンプシートに向かった。

これらの一部始終を、柿田はE区分の前方から凝視していた。しかしそのことを葉月は知らなかった。


九一二便は太陽が傾きかけた頃、羽田空港に着いた。乗務後のブリーフィングが終わると、柿田は待っていたかのように葉月を面談室に呼んだ。

「幼児《インファント》のことなんですけど……」

柿田が切り出したのは、あの若い母親とその子どものことだった。

「あなたは沢村さんが指摘するまで、どうしてあのインファントに気がつかなかったの」

柿田がなじるように言った。柿田はあのとき、若い母親が子どもを隣の空席に座らせていたのを知っていたのだった。

ああやっぱり、私は柿田さんから四六時中監視されていたのだ。

葉月の体全体に寒気が走った。

「私も気がついていました」

葉月が言った。

「私にはそう見えませんでしたよ。あなたはインファントの席を通り越して、沢村さんの傍まで行ったとき、沢村さんから指摘されて初めて気がついたのよ」

「お客様にお声がけしようと思ったときに、沢村さんが正面にいらっしゃるのに気づいたものですから、それで……」

葉月が事実を話そうとするのを遮り、柿田がたたみかけるように言った。

「私は念のために、沢村さんに聞きました。能見さんはインファントに気づくことなく、そのまま通り過ぎてジャンプシートに座ろうとしているように私には見えたけれど、実際はどうだったのって……。すると沢村さんは、その通りです、私が指摘して初めて能見さんは気がついたのですと、はっきり言いましたよ」

柿田が葉月を睨んだ。

「あのとき、沢村さんも気づいてくださったのですが、私も気がついていました」

葉月は本当のことを柿田に知ってもらいたかっ

た。

「私はこの目ではっきり見てたし、沢村さんもその通りだと言っているのよ。どうしてあなたは正直に認めないで、そういう嘘をつくの」

柿田が葉月を強く叱った。柿田は葉月の言葉を信じようとはしなかった。

「嘘……」

葉月は思わずつぶやいた。

「それとも嘘じゃないっていうの?」

柿田が探るような目で葉月を見た。葉月は黙ってうなずいた。

私は嘘なんかついていません。沢村さんがご存知のはずです。

葉月は心のなかで叫んだ。

「まったく、素直じゃないんだから」

柿田が怒りをにじませて言った。

「たとえあなたが認めなくても嘘をついたってことは、厳然たる事実ですからね」

柿田がボールペンの先で机を小刻みに、とんとんとんとたたき始めた。

「あなたのその態度が本当に不愉快なのよ。私を馬鹿にしたようなその表情も、すっごくいやなの。第三乗員部のマネジャーになって三年になるけど、こんな不愉快な思いは初めてよ」

柿田は思い通りにならない葉月にいらだってい た。葉月は途方にくれた。今の葉月には、ただ耐え忍ぶことしかできなかった。

面談がようやく終わった。葉月は足を引きずるようにして第三乗員部を出た。

あなたは嘘つきよ。

背後から柿田の声が追ってくるようで、葉月は思わず両耳をふさいだ。

両親と良介には、どうしても今日のことを知ってもらいたかった。録音したICチップを一刻も早く送らなければと、葉月は思った。

津山さんは私の気持を聞いてくれるだろうか。

今の葉月には津山が頼りだった。けれども不安が胸をよぎった。今まで葉月のことを気にかけてくれた津山も、葉月から遠ざかろうとしていた。

津山さんと話がしたい。そして私のことをわかってもらいたい。

しかし、津山の姿はどこにもなかった。

突き当たりの階段を一つ下りて、帰り支度のためにロッカールームのドアを開けたとき、沢村と鉢合わせになった。

「お疲れ様でした」

葉月が声をかけると、いつもは鼻であしらうような仕草をする沢村が、ばつが悪そうに下を向いて足早に出て行った。


翌日も羽田―那覇の往復乗務だった。羽田に到着後、第三乗員部に戻り、打ち合わせを済ませてマネジャー席を見たが、柿田の姿がなかった。三つ並んでいるマネジャー席には誰もいなかった。マネジャー会議でも持たれているらしかった。

乗務後に私の姿を見たら必ず声をかけてくださ い。葉月は以前から、柿田にそのように指示されていた。只今乗務が終わりました。葉月は指示通り、柿田を見つけると必ず声をかけていた。そして、その後には面談が待っていた。

柿田の姿が第三乗員部内にないときは、葉月はいつも解放されたような、ほっとしたような気分になるのだった。柿田との面談がなくなったので、津山と話すのによい機会だと葉月は思った。

「津山さん、ご相談したいことがあるんですが、少し時間をとっていただけませんでしょうか」

部屋を出ようとしている津山の背後から、葉月が声をかけた。

津山が足を止めて振り向いた。

「私もあなたと話がしたかったの。ちょうどよかったわ」

私と話したいこととは何かしら。

葉月は気になったがその場で聞くことはしなかった。

津山は少し間をおいてから、すぐに斜め上を指差して言った。

「それじゃ、南ウイングの屋上デッキに行こうか」

屋上デッキなら、他の客室乗務員から気づかれることもないので気兼ねなく話せるだろうと、葉月は思った。

「その前に、私は医務室で薬を受け取ってくるから、先に行っててね」

津山が周りを気にするかのように小声になって言った。

津山さんはまだ十二指腸潰瘍が治っていないのだろうか、そしてそのことはまだ誰にも打ち明けていないのだろうか。

津山の心中を思うと、葉月もまた気が重くなった。

葉月はロッカールームで私服に着替えると、旅客ターミナルビルに行き、六階までエレベーターに乗って、南ウイングの展望デッキに行った。

外は黄昏《たそがれ》ていて、稜線が低く連なる西の空だけがわずかに茜色《あかねいろ》に染まっていた。

滑走路の彼方《かなた》には、夕闇に沈んだ都心のビル群が長い光の帯になってきらめいていた。

昼間の暑さがまだこもっていて葉月の体にまとわりついたが、気まぐれに吹いてくる海風は心地よかった。

さして広くない展望デッキは高いフェンスに囲まれていた。一組の若いカップルが、フェンス際の手すりに寄りかかっていた。

葉月は展望デッキから見下ろした。

眼下の駐機場《スポット》では、翼を休めた旅客機が照明を浴びて浮かび上がっていた。

目を移すと、駐機場と滑走路をつなぐ誘導路の青い表示灯、そしてその先には滑走路の両側に沿って埋め込まれた白い表示灯が、一直線に光っていた。

突然、耳をつんざく音がしたので滑走路を見つめると、中型旅客機が猛スピードで目の前を通り過ぎた。遠ざかっていく旅客機は次第に機首を持ち上げ、両翼の赤い灯を点灯させながら夜空に消えていった。

あの旅客機はどこへ飛んでいくのだろうか、宮崎へなら、乗っていきたい……。

ここからはわずか一時間半で宮崎空港に着くことができる。それなのに、宮崎はなんて遠いのだろう。

葉月は見えなくなった旅客機のエンジン音に耳をそばだてながら、切なく思った。

「待たせてごめん」

振り向くと津山が両手に透明のカップを持って、立っていた。

「アイスコーヒーでよかったかしら。私は刺激物を控えているので、この暑さだけどホットミルクにしたわ。外はまだ暑いわね」

展望デッキ入口のコーヒーショップで買ったのだろう、津山が右手に持ったカップを葉月に差し出した。

「まあ、すみません。いただきます」

葉月は両手で受け取った。津山の細やかな気配りが、葉月の心をほぐしてくれた。

「あちらで座りましょう」

コーヒーショップの前の狭いエリアに丸いテーブルと椅子が雑然と置かれていたが、誰も座っていなかった。二人は一番手前のテーブルに向かい合って座った。アイスコーヒーをストローで一口吸うと、葉月のほてった体を、アイスコーヒーが一気に冷ましてくれたように思えた。

「お話って何かしら」

津山がホットミルクを少し飲んだ後、おもむろに口を開いた。葉月はしばらくためらったが、単刀直入に切り出した。

「実は昨日の面談の際に柿田さんから、私が嘘をついた、と言われました」

「ああ、そのことなら柿田さんからお伺いしているわ」

津山は柿田から一部始終を聞いているかのように、少しも驚かなかった。

柿田さんは、津山さんにも私が嘘つきだと言ったのだろうか。

葉月は心配になったが、津山には本当のことを話さなければと思った。

「私はあのときお母様に前もってお話をしていましたので、出発前にもう一度お声をかけなければと思っていました。そして、出発間際の安全確認で、お母様が赤ちゃんを隣の空席に座らせているのに気がついたんです。でも、あなたは沢村さんから言われるまで気がつかなかったのだと、柿田さんがおっしゃいました。そして、そのことをなぜ正直に認めないのかと強く迫られました」

葉月が訴えるように言った。

「うん、うん」

既に柿田から聞いている津山は、全てが分かっているかのように、軽い調子で相づちをうった。そしてゆっくりホットミルクを口に含んだ。

「でもそれは事実と違いましたので、私は柿田さんのご指摘を受け入れることがどうしてもできませんでした。そして柿田さんから私が嘘をついていると言われました。それから面談の席で、私が柿田さんを馬鹿にしたような態度をとったとおっしゃって、とてもご立腹になりました」

　葉月が悲しそうに目を伏せた。

「それがあなたの言いたいことよね」

　津山が静かにつぶやいた。そしてしばらく考え込んだ後、口を開いた。

「柿田さんとあなたの言い分のどちらを信じるかと言えばね……」

　葉月は息を飲み込んだ。津山は言いにくいのか一語一語を押し出すようにして、再び話し始めた。

「どうしても柿田さんということになるの。また、そうするしか今の私にはとるべき道がないといった方が正しいのかもしれないんだけど」

　津山は自分自身に言い聞かせるかのように、二、三度うなずいた。

　ああ、津山さんも柿田さんの言い分を信じるというのだ。

　葉月は落胆したが、自分の偽らない気持を津山にだけはどうしても知ってもらいたいと思った。

「私は本当のことを言っています。けっして嘘なんかついていません。津山さんにだけは信じてほしいのです」

　葉月の声は悲痛に満ちていた。

「でもねぇ、そこで意地をはってても少しも前には進めないのよ」

　津山が諭すように言った。

「私のとった態度は間違っていたのでしょうか。事実を主張しないで、柿田さんの言うとおりに謝罪すべきだったのでしょうか」

　葉月は涙声になっていた。

「確かにあなたはこれまで、その素直な気持のままに頑張ってきたのよね。私も入社したての頃は、あなたと同じように、なんて理不尽な会社なんだろうと思い悩んだわ。あなたの考えは世間一般では正しいことだし、私もそう思う。でもこの会社では何が真実かではなくて、上司の考えが全てなの。それで私は考えを変えたわ。上司が何を考えているか、何をしようとしているかを摑むことが一番大事なことだ、上司の意向に沿って動くことが自分を生かし、自分の将来を約束する道だって……。私はあなたと同じように契約制客室乗務員として入社してから一五年、こうして先任という職位になれたのだから、自分の考えが間違っていたとは思わない」

津山は諄々《じゅんじゅん》と諭すように言った。

そうだったんだ、津山さんが事あるごとに、柿田さんに嫌われないようにしてね、と言っていたのは、津山さんの長い間の経験から出た言葉だったんだ。

しかし葉月は共感することはできなかった。津山の言葉通りにしたら、自分が自分ではなくなってしまうように思えた。

「あなたにお願いがあるのだけれど……」

津山が改まったように言った。

「柿田さんに謝って欲しいの。嘘をついて申しわけありませんでしたって。あなたはとんでもないと思うかも知れないけれど、あなたが柿田さんに気に入られる最後のチャンスだと私は思っているの。私が『能見さんと話して、謝ってもらうようにしました』って柿田さんに前もって言えば、私の評価にもつながるのよ。そうすれば柿田さんは、能見さんもやっと逆らわなくなったと思うに違いないわ。それがあなたの今後にとって、とても大事なことよ。ね、いいでしょう？」

津山が葉月の同意を求めた。

葉月はどう返事していいかわからずに、困ったように眉を寄せていた。

「明日、柿田さんにそう話しておくから、私の言ったとおりにしてね。わかったわね」

津山は念を押すように言うと席を立った。葉月は一人残された。

今までずっと気にかけてくれた津山さんの厚意に報いるためにも、言われるとおりにしたほうがいいのだろうか。でも私にはできない。どうしたらいいのだろう。

葉月はいたたまれなくなって、デッキの端に行くと夜空を見上げた。先ほどまで、茜色に染まっていた西の空はもう闇に包まれていた。

父と母の顔が夜空に浮かんだ。

私たちはお前を嘘つきに育てた覚えなんかないよ。お前は嘘つきなんかじゃない。けっして自分を偽ってはいけないよ。偽ればきっと後悔するよ。父さんと母さんはいつでもお前を信じているからね。

葉月を励ましてくれた良介の声も、胸によみがえった。

君の苦しみは僕の苦しみだよ。勉強のことは気にしないでいつでも電話してきてね。

「お父さん、お母さん、良介さん、すごく心細いよ。会いたいよ」

葉月は南の夜空に向かって叫んだ。葉月の目から涙がこぼれ落ちた。


展望デッキで津山と会ってから、二日後のことだった。福岡発の最終便に乗務した葉月は、午後一〇時過ぎに羽田に到着した。乗務後の打ち合わせが終わると、津山がにこりともせずに葉月に言った。

「お話ししたいことがあるの。面談室で待ってて」

津山は乗務中も硬い表情のままで、葉月には一言も声をかけなかった。

柿田さんはすでに帰宅しているので、代わりに津山さんが面談するように言われているのだろうか。

葉月は腑《ふ》に落ちないまま待っていると、津山が入ってきて、いつもは柿田が座る椅子に腰を下ろした。

津山が怒りの表情を浮かべて言った。

「あなたは結局、柿田さんには謝らなかったのね」

「どうしても言えなかったんです」

葉月の声はわずかに震えていた。

私は自分を偽ってでも、十二指腸潰瘍にまでなっている津山さんの心労に報いるために、「嘘をついてました」と柿田さんに謝るべきだろうか。

葉月はこの二日間ずっと悩み続けていた。

葉月は出社するといつもの通り、まず最初に「只今出社しました」と柿田に挨拶した。

柿田は椅子に座ったまま葉月をじっと見上げていた。葉月が謝るのを待っているかのようだった。しかし、葉月は言えなかった。

「柿田さんから嫌みたっぷりに言われたわ」

津山はそう前置きして、柿田の言葉を葉月に繰り返した。

能見さんには謝るように念を押しておきましたとの、あなたの言葉を信じて待っていたけれど彼女は何も言ってこなかったわよ。彼女にはあなたの指示に従う気持など、さらさらないのよ。あなたが能見さんを思うほど、能見さんはあなたのことなど何とも思ってないわよ。配下の乗務員の気持を読み取ることもできず、指導もできないのなら、あなたはリーダーとしては失格だわ。

柿田は津山をあざ笑うかのように言ったのだった。

「私は柿田さんからもあなたからも馬鹿にされたような気がして、悔しいやら情けないやらだったわ……。ねえ、あなたにはあれほどお願いしたのに、なぜ聞き入れてくれなかったの」

津山が葉月をにらんだ。津山からにらまれたのは初めてのことだった。葉月は切なかった。

「津山さんがずっと私のために心を砕いてくださったことに、なんとお礼を申し上げていいのかわかりません。心から感謝しています。ですから、津山さんのご意向にはなんとしても応えていかなければと、いつも思っています。でも、今回の件で謝ることだけはどうしてもできませんでした」

葉月はやっとそれだけ言った。

「今からでも遅くはないのよ。柿田さんに謝ってほしいの」

津山が葉月の目を見つめた。葉月はうつむいた。しばらく沈黙が続いたが、やがてゆっくり顔を上げて言った。

「やっぱり、私にはできません」

葉月の言葉はうめき声のようだった。

「そう、これで私もやっとふんぎりがついたわ。これからはあなたの肩は一切持ちませんからね」

津山が強い口調で言った。

「私は本当のことを言っています。津山さんにだけは信じてほしいのです」

「たとえそれが本当だったとしても、あなたがそれに固執するかぎり八方ふさがりの状態から抜け出すことなど、ほとんどできないと思うわ。お先真っ暗よ。あなたはこの会社では生きていけない。会社を辞めるしかないと私は思うわ。そして、あなたをまるごと受け入れてくれるような会社を探すことね。そんな会社ってないと思うけれど……。世の中って、甘くないのよ」

津山は突き放すように言うと、やおら立ち上がった。

「私は津山さんだけが頼りです。どうか、これからも相談に乗ってください」

　葉月の目には涙が光っていた。

「私は今まで、あなたが少しでも柿田さんから認めてもらえるようにと努力してきたけれど、そのことで逆に柿田さんから散々な目にあわされたわ。もし、あなたに出会わなかったら、私もこんなに苦しむこともなかったと思う。今の私にはあなたを指導する力も、そのつもりもまったくないわ。今後の私にとっては、柿田さんの信頼をどうしたら取り戻せるかがすべてなの。そのためには柿田さんの指示にはどんなことでも従う覚悟でいるわ」

　津山は立ったままそう言うと、十二指腸潰瘍の痛みが走ったのか脇腹を押さえ、顔を歪めた。津山は葉月に声をかけることもなく、さっさと足早に面談室から出て行った。葉月は椅子に座ったまま、津山の後ろ姿を呆然と見ていた。


　葉月が駅の改札口を出た頃は、午後一一時半を回っていた。葉月はホーム際の踏切を渡った。

　小さな店舗が連なる駅前通りに、既に人影はなかった。街灯の下を歩く葉月の黒い影だけが、道路の上に染みのように落ちていた。

　本当は泣き虫で、けっして強くはない私だけれど今まで必死に頑張ってきたわ。そして誰にも負けないくらい努力もしてきたと思う。でも、その努力を柿田さんにも滝本さんにも、そして津山さんにも認めてもらうことができなかった。客室乗務員として働き続けたいという私の切実な願いは、もう閉ざされてしまった。

　葉月はうなだれて歩いた。商店街を通り過ぎると、住宅地にさしかかった。そこから数分歩き、通りに面したところに葉月の住むアパートがあった。

　葉月は道路に立ち止まって、三階にある自分の部屋を見上げた。両隣の部屋は、あかあかと明るい光に満ちていた。けれども灯りの消えた葉月の部屋だけは、真っ暗な空間をのぞかせていた。

　葉月はあの密閉された部屋に帰りたくないと思った。閉じ込められるようで、一人になるのが怖かった。まもなく日付が変わろうとしていたが、葉月はこのまま真っ直ぐ歩いて多摩川に行きたいと思った。人がやっとすれ違うことができるような細い路地を、葉月は前屈みに歩いた。

肩を寄せ合うようにして並んでいる家々の灯りはすでに消えていた。葉月の靴音だけが狭い路地にコツコツと響いた。

会社にとって必要のない人間と見なされてしまった私は、もう何をしても評価されることはないだろう。そんな私がこうやって生きていることに、いったいどんな意味があるというのだろう。そしてこれから先、私は何を信じ、誰を頼りにして、どう生きていけばいいのだろうか……。

葉月は全てが終わってしまったような気がした。

住宅地が果てると、街灯に浮き上がった多摩川の高い堤防が横一直線に走っていた。葉月は堤防の垂直の壁にへばりつくような階段を上がっていった。堤防の上は歩道になっていた。

葉月はそこに立ち止まって、河口にほど近い広々とした多摩川を見た。多摩川は暗闇の中に黒々と横たわっていた。はるか向こう岸の住宅から漏れる灯りが、小さな円をいくつも描いていた。

葉月は休日の午後、気分が滅入ったり寂しくなったりすると、多摩川まで来て川の流れに見入ることがあった。悠々と流れる川面を見ているだけで、葉月の心は安まるのだった。

けれども、こんな夜更けに来たのは初めてだった。周りに人の気配はなかった。ただ葉月だけがぽつんと立っていた。葉月は反対側の階段を下りると、川岸まで歩いた。川岸には夏草が繁っていた。街灯の灯りがかすかに届く水際で、さざ波がちゃぷちゃぷと音をたてて戯れていた。

さざ波が私を手招きしている。沖合の黒い流れに身をゆだねれば、私は苦しみから解放される。身も心も楽になれるだろう。私はすっかり疲れてしまった。もうゆっくり休みたい。

葉月はふとそう思った。葉月はさざ波に引き寄せられるように更に歩を進めた。

「葉月、何《なん》しちょっとね」

背後から母の声がした。振り返ったが母の姿はなかった。

「早《は》よ、そこから離れんね」

母の叱る声が続いた。

「お母さん」

私は何をしているのだろう。葉月はようやく自分を取り戻した。アパートに早く帰らなければと思った。街灯の下の狭い路地を引き返しながら、葉月の目からひとりでに涙がこぼれた。

葉月はやはり、このままアパートに帰って、一人になることが不安だった。葉月は睡眠導入剤を求めて駅前通りに向かった。今はただ、頭の中の全てを消し去りたかった。一秒でも早く、深い眠りに落ちたいと葉月は思った。けれどもこんな時刻に薬局が開いているはずもなかった。

私はこのままでは夜明けまで眠れそうにないわ。眠るためには、またあの日のようにお酒の力を借りるしかないのだろうか。

葉月は二ヶ月前、リフレッシャー教育の会場を間違えて遅刻した自分が情けなくて、その夜、自分の部屋で酔いつぶれてしまったことを思い出していた。駅のそばのコンビニはまだ開いていた。葉月はウイスキーの小瓶を買った。今までウイスキーを口にしたことはなかったが、ビールとは桁違いのアルコール度数なのは知っていた。

アパートに帰ると冷蔵庫を開け、製氷室の氷をグラスに入れた。その中にウイスキーを注ぐと、グラスは琥珀色《こはくいろ》の液体で満たされた。

葉月は椅子に座った。丸いテーブルにはウイスキーの小瓶とグラスだけがあった。

夕食は、福岡空港を出発するまでの短い間に、機内で客室乗務員用の弁当で済ませていた。弁当は、サンドイッチ一切れとおにぎり一個、太巻きと鶏の唐揚げがそれぞれ一片、それに小さなトマトが一個という粗末なものだったが、今は何もほしくなかった。葉月はグラスを口元に持っていった。ウイスキーの甘い香りが口いっぱいに広がり、つんと鼻に抜けた。口に含んだウイスキーを飲み込んだ。すると喉から食道にかけて灼けつくような刺激を覚えた。葉月はたまらず流しに行くと水を飲んだ。

喉のひりひりが少しやわらいだので、さっきより多めに飲んだ。そしてまた、水をごくごくと飲んだ。

葉月はグラスが空になるまで飲み続けた。葉月は早く酔って、何もかも忘れて眠りたい一心だった。

飲み干したグラスの底に溶けきれなかった氷の塊が沈んでいた。小瓶の中には、まだ半分ほどウイスキーが残っていた。

しばらくすると酔いが回り始めた。

葉月が腕時計で確かめると、午前一時を指していた。今日と明日は、二日続けての公休日なので時間は気にする必要もなかった。

そのとき、葉月の携帯電話から、メールの着信を知らせる音が鳴った。バッグの中から携帯を出して確かめると、良介からだった。

ICチップが今日届きました。司法試験の勉強が終わってから今し方まで聞きました。『嘘をついた』と責めるマネジャーの言葉に、僕は胸が苦しくなりました。君は今どうしていますか。とても心配です。君の声が聞きたい。起きていたら電話をください。待っています。

良介さんは今の私を見たらがっかりするだろう。でも私はこうするよりほかなかった。私は今までいつも良介さんから励まされて一歩ずつ足を踏み出してきたけれど、今はたとえどんなに励まされたとしても何もできない。ただみじめになるだけだ。でも良介さんと話がしたい。どうしようもなくなった今の私の気持を、良介さんに聞いてもらうだけでいい……。

葉月は良介の携帯番号を押した。酔いが回り、キーを押す手元がふらついた。

「ああ、葉月さん」

ほっとしたような良介の声だった。

「津山さんもぉ、私を信じてくれなかった。『嘘をつきました』って、柿田さんにぃ、謝るように言われたわ。でも私はぁ、言えなかった。そうしたら、津山さんからもぉ、見放されたよ」

葉月は呂律《ろれつ》が回らなくなっていた。

「今まで君をかばってくれた、あの津山さんまでが……」

良介は言葉を失ってしまった。

「ついにぃ、一人ぼっちになってしまった。誰もぉ、信じられなくなったよ」

葉月が投げやりに言った。

「葉月さん、しっかりするんだよ」

良介の声が葉月の耳元で叫んだ。

「私の夢はぁ、もう完全に壊れちゃった」

「あきらめちゃいけないよ。あきらめたらおしまいだよ」

　良介が懸命に葉月を諭した。葉月は朦朧《もうろう》としてきた。

「もっと聞いてもらいたいけれどぉ、もう眠くなったよ。良介さん、聞いてくれて、あ、り、が、と、う」

　耳元で良介がなおも叫んでいたが、葉月は携帯電話の電源を切ると、崩れるようにテーブルにうつぶした。


　葉月は外を走る救急車のサイレンで目が覚めた。いつの間にか、ベッドに身を投げ出していた。

　服装は帰ったときのままだった。腕時計を見ると正午を過ぎていた。外の気温が上がり、部屋には暑さがこもっていた。葉月は枕元に手を伸ばし、リモコンのスイッチを押してエアコンを入れた。

　頭の芯がずきずき痛み、胸の辺りもむかむかして気分が悪かった。体全体がけだるく、立ち上がれなかった。

　あなたはこの会社では生きていけない。会社を辞めるしかない。津山の声がよみがえった。葉月は津山の声を追い払うかのように、うつぶせになったまま頭を左右に激しく振った。

　そのとき、ドアのチャイムが鳴った。葉月は誰とも顔を合わせたくなかった。そのままにしておけば、あきらめて帰るだろうと思った。

　チャイムは三度、四度と間を置いて執拗に繰り返し鳴り続けた。葉月は無視できなくなった。根負けして大儀そうに起き上がった。勧誘ならすぐに閉めるつもりだった。ドアを薄く開けて、用心深く外を窺《うかが》った。葉月は思わず息を呑んだ。そこには、良介が立っていた。

「良介さん」

　葉月は小さく叫び、ドアを全開した。

「どうしてここへ」

　葉月は信じられなかった。しかし、目の前にいるのは紛れもなく良介だった。良介は白いワイシャツとグレーのズボン姿で、肩には黒いショルダーバッグを掛けていた。

「君が心配でじっとしていられなかった」

　良介が葉月を見つめて言った。陽に焼けた良介の顔は憂いを帯び、額には大粒の汗が光っていた。

良介はドアの前で佇んでいた。葉月の部屋に入るのをためらっているようだった。

「どうぞ入ってください」

葉月の声に促されて、良介は遠慮がちに部屋に入った。

葉月が良介と会うのは、一月の県立図書館以来七ヶ月ぶりだった。図書館での昼食は缶コーヒー一本で済ませていたほど生活を切り詰めていた良介が、高い航空運賃を払って会いに来てくれることなど、葉月は考えたこともなかった。

それほどまでに良介さんは、私のことを思ってくれている。

葉月は胸がいっぱいになった。

「良介さん」

葉月が良介の胸に飛び込んだのと、良介が腕を広げたのは同時だった。長身の良介がまるで外敵から葉月を守るかのように、両腕の中に包み込んだ。

「真っ正直で嘘のつけない君が、どうしてこんな目にあわなければならないんだ」

良介が怒りに満ちた声で言った。

「良介さん、私……」

葉月は良介の肩に顔をうずめながら、泣きじゃくった。言葉にならなかった。

「君の気持はよく分かるよ。でもこんな理不尽なことをやられて、納得できないまま辞めてしまったら、将来きっとすごく後悔するよ。今はとても苦しいと思うけれど、負けてはいけないよ」

良介がいたわるように葉月の背中をさすりながら言った。良介の腕の中はなんと温かく、そして心が安らぐのだろうと葉月は思った。

「どんなときにも希望を持とう。持ち続ければきっと道が開けることを信じていこうよ」

良介が葉月の髪に右頬を乗せた。

葉月はいつまでもこのまま抱かれていたいと思った。絶望の淵をさまよった昨夜の心の痛みが、少しずつ癒やされていくような思いがした。

「もっと強く抱いて」

葉月は良介の目を見つめた。良介が葉月の背中に回した腕に力を込めた。陽に焼けた良介の顔が近づいてきた。葉月は目を閉じた。

ずいぶん長く眠っていたように思う。いや、短かったのかもしれない。葉月は深い眠りから覚めると、あおむけになったまま目を開けた。隣に良介はいなかった。ふと見ると、椅子に座っていた良介が葉月に笑顔を向けた。

葉月は、はにかみながら良介の視線を外し、上半身をゆっくり起こした。

「今、何時かしら」

「もうすぐ夕方の五時。君はすごく疲れていたんだろうね。ずっと熟睡していたよ」

良介がいたわるように言った。テーブルの上には食器類が雑然と並んでいた。葉月がそれらを不思議そうに眺めていると、良介が言った。

「お袋が持たせたんだ。今朝、僕が青果市場に行っている間にこしらえたらしい。冷《ひ》や汁《しる》とご飯、キュウリと畑の隅に植えている大葉、それにゴーヤの味噌漬け。こんなものしかないけれど……。食器はこの戸棚にあるのを勝手に拝借したよ」

良介が照れくさそうに言った。

冷や汁は葉月の母もよく作ってくれた宮崎の簡素な郷土料理だった。焼いた鰺や煮干しをほぐしてすり鉢ですりつぶし、表面を焦がした味噌、豆腐、ゴマ、砂糖などと一緒に混ぜ合わせ、昆布と鰹《かつお》のだし汁を加えて伸ばし、冷たく冷やせば出来上がる。それをご飯にかけて、その上に薄くスライスしたキュウリや刻んだ大葉などをのせて食べる。冷たくさっぱりとした冷や汁は、夏の盛りにどの家でもよく作られ、その家特有の具材や味付けだったりした。

「良介さんのお母さんが私に？」

葉月が怪訝な顔をした。

「君のことは折にふれて話しているんだ。『こっでん食べち、元気だすごつ言ってくんない』と、僕が出かけるときにショルダーバッグに入れてくれたんだ。こんなものわざわざ君に持っていくほどでもないと思ったんだが、断れなかった」

良介が頭をかきながら苦笑した。

「嬉しい、私いただくわ」

葉月が急に張りのある声でベッドから下りてテーブルについた。キュウリとゴーヤ、大葉は葉月が眠っている間に、良介が刻んで皿に盛りつけていた。

良介の母が作った冷や汁は素朴な味がした。会ったことのない良介の母が、忙しい農作業の合間に作ってくれたのだと思うと、葉月は胸がいっぱいになった。今朝収穫したというキュウリはしゃきっとして歯触りがよく、大葉も香りが高かった。ゴーヤの味噌漬けは、あの独特の苦みが食欲をそそった。このところずっと食欲がなかった葉月だったが、お代わりをしていた。葉月は体の奥から少しずつ力が湧いてくるのを覚えた。

良介が宮崎に帰る時間が迫ってきた。葉月は少しでも長くいて欲しかったが、良介は明日も早朝からゴーヤとキュウリを収穫して、青果市場に出荷しなければならなかった。収穫が一日延びるとサイズが大きくなり過ぎて、商品価値が下がってしまうのだった。

羽田空港に向かう道すがら、葉月は寄り道をして良介を多摩川に誘った。悠々とした川面の流れが、今の自分に何かを語りかけてくれるかもしれないと葉月は思った。西の空に広がる夕焼けを映した多摩川は、橙色に輝いていた。昨夜、葉月を手招きしたあの黒い流れはどこにもなかった。

良介の陽に焼けた顔も、白いワイシャツも橙色に染まっていた。

夕焼けは、明日という日を私にも約束してくれている。

「私、もう一度頑張ってみる」

良介とつないだ手を固く握りしめながら、葉月が言った。

良介とは羽田空港の出発ロビーで別れた。良介は手荷物検査場に入ると、笑顔で振り返って大きく手を振った。

良介さんと再び遠く離れてしまう。もう、しばらくは会えないだろう。

別れはつらく悲しかったが、葉月もまた良介が見えなくなるまで手を振った。

葉月は後ろ髪を引かれる思いでアパートに戻った。良介が帰った後の部屋は、全てが灰色だった。

葉月は放心したように椅子に座った。今しがたまでこの部屋に良介がいたという事実が、まるで夢の中の出来事のようだった。

でも、良介さんは確かに来てくれた。そして私を抱きしめて励まし、絶望の淵から救い出してくれたのだ。

葉月は椅子に座ったまま、良介と過ごしたほんのひとときの余韻に浸っていた。しばらくして携帯電話の呼び出し音が鳴った。葉月は現実に引き戻された。画面を見ると母からだった。

「お母さん、元気？」

「録音を聞いたよ。あんげひどいこつ言われて、たまらんかったじゃろね。お父さんも、こらパワハラじゃと怒っちょるよ……。津山さんは、助けてくれんかったと？」

母は葉月の問いかけには応えず、胸の思いを一気に吐き出した。

「津山さんも私の言い分を信じてくれんかったつよ。逆に柿田さんに謝るように津山さんから言われたっちゃけど、できんかった。そうしたら、もう面倒見ないと言われたと」

「津山さんがねえ……」

母はため息をついた後、落胆したように言った。

「津山さんも、柿田さんには逆らえんかったたっちゃね」

「じゃけん、心配せんでいいが……。私、大丈夫じゃが」

葉月が努めて明るい声で言った。

「あんたの声を聞いて安心したけど、いらんこつ考えとらせんじゃろかと、そら心配しちょったつよ」

母の声は沈みがちだった。

もし、良介さんが来てくれていなかったら、私は今でも打ちひしがれたまま立ち直れないでいただろう。そんな私を母が知ったとしたら、母はどんなに嘆いたことだろう。

しかし、葉月は良介が来てくれた事実を、母に言うのをためらった。両親は葉月が良介と付き合うことにまだ賛成していなかった。葉月は一片の電話だけで、母にうまく伝える自信がなかった。今は無理でも、いずれ良介に対する思いを父と母には話さなければならないと、葉月は思った。

「あんね、今度そっちに行くことにしたつよ。お父さんとの百名山巡りも、いよいよ関東以北の山に挑戦じゃわ」

母が気を取り直して言った。

父と母は葉月が中学生の頃から日本百名山の踏破をめざして、年に二、三回のペースで日本列島の南から北へ順に登頂する計画を立てて、それを実行していた。葉月はいそいそと出かける両親を見て、山はよほど良いところなのだろうと幼心に思ったが、大きなリュックサックを見ると、一緒に行く気にはなれなかった。両親が登山で留守の間、葉月は今は亡き恩師、ピアノの松沢先生の家にやっかいになった。松沢先生の家にいる間は、ピアノを弾いたり楽しくおしゃべりしたりして、葉月は少しも淋しくなかった。

「わあ、もう半分以上の山を登ったことになるっちゃね。たまげたわ」

葉月は両親が十数年以上も継続して、こつこつと積み重ねてきたことに感嘆した。

「葉月も一緒に登らんね。気分がすかっとなるよ」

母が葉月を登山に誘った。

「私が登れるじゃろか」

「あんたでん登るっ山があるっちゃが」

「何《なん》ちゅう山ね」

「筑波山。九〇〇メートルもないから、ウオーキングシューズで大丈夫じゃが」

葉月はそのような筑波山なら簡単に登れそうな気がした。山に登れば気分がすかっとなるという母の言葉も、葉月の心を動かした。それに両親を引きつける山の魅力とはいったいどういうものか、葉月は知りたいとも思った。

「わかった。付いて行くわ」

自信はなかったが二つ返事で同意した。

「日程はあんたの休みに合わせるよ。次の休みは何日《いつ》ね？」

母が急《せ》かすように葉月に訊ねた。

契約制客室乗務員の勤務は、四日間乗務すると二日間公休というパターンの繰り返しだった。葉月は五日後から二日間休みとなる。

父はその日に合わせて、年休をとることになった。

父と母は筑波山に登ることよりも、本当は私のことが心配になったので来るのではないだろうか。

葉月はふと、そう思った。

「じゃあ、楽しみにしちょるよ」

母の声は先ほどまでとは違って、少し弾んでいるように聞こえた。

それから五日後、葉月は両親とつくば駅前のバス停で午前九時に待ち合わせた。両親は昨夜のうちに上京し、つくば市内のホテルに泊まっていた。

葉月は午前七時にアパートを出た。水色のＴシャツと紺のジーンズ、それにウオーキングシューズという軽装で、ナップザックには、着替え一式と化粧道具、タオルなどを入れていた。筑波山を下山したら、麓のホテルに三人で一泊することになっていた。

葉月が秋葉原駅で電車を乗り継ぎ、終点のつくば駅に着いたときには、既に待ち合わせ時刻の午前九時を過ぎていた。葉月は地下のホームから、駆け足で階段を上がった。地上に出ると、駅前にはバス停がいくつも並んでいた。見渡すと、父と母は少し離れた3番のバス停に立っていた。

二人は時間になっても来ない葉月が気がかりなのか、しきりに辺りを見回していた。

両親に会うのも一月以来、七ヶ月ぶりだった。お揃いの赤いチロリアンハットに登山靴という両親の出で立ちは、遠目にもいっそう元気そうに見えた。

でも、あの格好は九〇〇メートルもないという筑波山に登るには少し大げさかなと、葉月は思ったりした。


「待たせてごめんね」

葉月が近づきながら声をかけた。両親は葉月の姿を見て、安堵の表情を浮かべた。

「来るのを止めたんじゃないじゃろかと、お父さんとやきもきしちょったよ」

母が遅れてきた葉月を少し叱るような口調で言った。父は笑顔で相づちをうった。

「初めての場所じゃったから、時間計測を間違ってしもた」

葉月は言い訳をしたが、父と母はこんなささいなことでも心配になるのだった。

筑波山行きのバスは、電車で到着する人たちでみるみるふくれあがった。

午前九時半に出発する頃には立錐《りっすい》の余地もないほどだったが、前方に並んでいた葉月たちは座席に座ることができた。

乗客は、父や母のように登山の身なりをした人や、葉月のような軽装の人たちまでさまざまだった。夏休み中なので、子どもたちの声も賑やかに飛び交った。

発車したバスは、国の研究機関や大学の広大な敷地が連なる幅広い直線道路の街路樹の下をひた走った。直線道路が尽きると、バスはカーブの多い旧来の狭い道路に進路をとった。しばらくすると景観が一変して、畑と農家が点在する昔ながらの風景が広がった。

葉月がなにげなく窓の外を見ていると、台形の山がぬっと現れた。筑波山だった。筑波山は、右側に緩やかに下る尾根を従えているほかは、平らな大地ににょっきりと聳《そび》えていた。目をこらして見つめると、山全体が濃い緑に覆われていて伐採された跡はどこにもなかった。近づくにつれて筑波山は見上げるような巨大な塊となり、葉月に迫ってきた。小さくて低い山という筑波山への先入観念は、いつのまにか吹き飛んでいた。

バスが「筑波山神社入口」の停留所で止まると、葉月たちを含む大半の乗客が下りた。

外はむっとした熱気が立ちこめていた。腕時計を見ると午前一〇時一五分を指していた。立秋はとうに過ぎていたが、このところ厳しい暑さが続いていて、連日朝から気温がぐんぐん上がった。今日も猛暑になりそうだ、うまく登り切れるだろうかと葉月は幾分不安になった。バスを下りた人たちは数珠つなぎになって大鳥居をくぐり、階段を上がった。上がりきったところに神社があり、境内から左手に伸びる道の入口にケーブルカー駅の表示板があった。ほとんどの人はケーブルカーに乗るために、神社への参拝もそこそこに左手の道をたどって行った。ケーブルカーなら、わずか八分で頂上に着くということだった。

後に残ったのは、登山靴を履いた高齢の男女の一団、快活そうな小学生を連れた親子、中学生や高校生の男子グループなどだった。親子連れや中、高生はウオーキングシューズを履いていた。

「そろそろ出発しようかね。一時間半のコースじゃかい、正午には頂上に着くじゃろ」

父は拝殿に手を合わせた後、おもむろに葉月を振り返って言った。

「うん、お昼ご飯にぴったりの時間じゃわ。あんたの好きな鰯《いわし》の押し寿司と煮しめを持ってきたよ。昨日の午後に拵《こしら》えて、傷まんごつ保冷剤でくるんできたっちゃが」

　母が葉月を見て言った。

「わあ、ありがとう。早《は》よ食べたいわ」

　葉月が嬉しそうに言った。鰯の押し寿司は新鮮な鰯を三枚におろして一晩酢に漬け、それを一口大に並べた酢飯の上にのせ、さらに胡麻と千切りにした生姜を振りかけたものだった。煮しめは鶏肉、ぜんまい、こんにゃくなどをうすくち醤油で煮たもので、どちらも葉月の好物だった。

　父と母はやはり私を元気づけるためにやって来たのだと、葉月は思った。

　境内の一角から急に笑い声がしたので目を向けると、高校生のような男子五、六人がベンチに座って早くもコンビニ弁当を食べていた。中学生らしい男の子三人も少し離れたベンチで菓子パンを頬張っていた。葉月はその健啖《けんたん》ぶりを見て、思わず吹き出しそうになった。葉月たちは彼らを尻目に、神社横から伸びる登山道に足を踏み入れた。

　登山道に入ると、杉やカシ、クヌギなどの大木が見渡す限り鬱蒼《うっそう》と繁り、陽の光を遮っていた。木漏れ日があちこちで縞《しま》模様を作っていて、ヤブツバキやシダなどの低木の葉をまぶしく照らしていた。空気はひんやりとして、辺りは静けさに満ちていた。遠くからウグイスの声がこだまのように聞こえてきた。登山道は大木の間を縫うように続き、ゆるやかな上り坂になっていた。葉月は心地よい気分に満たされた。これなら簡単に登れそうだと思った。

　先頭を母、次に父、最後に葉月が続いた。父と母はゆっくりとした一定のリズムを保ちながら歩いた。葉月はじれったくなった。

「先に行くよ。頂上で待っちょるからね」

　葉月が父と母を追い越しながら言った。

「あんまり急ぐと途中でバテるぞ」

　父が葉月の背中に声をかけた。

「大丈夫、絶対バテんよ」

　葉月は父の忠告に従うことなく足早に進んで行った。

　登山道にはむき出しの木の根と不規則な形をした大きな石や岩、見上げれば木々の緑が空を覆っていた。葉月は初めこそ快調に歩いたが、登山道が傾斜を増すにつれて額には汗が浮かび始め、息づかいも荒くなっていった。

しばらくすると、先に出発していた高齢の男女の一団に追いついた。一団は脇に体を寄せて道を譲ってくれた。葉月はさらに歩調を速めて追い越した。歩き始めてから三〇分近く経った頃、ベンチがあったので一息ついた。そこで一〇分ほど休んだが、父と母は来なかった。追いつかれまいという気持が湧いてきたので、葉月は再び早足で登り始めた。

傾斜はいっそう険しくなり、登山道とその両脇には大きな石と岩が途切れることなくごろごろと横たわっていた。葉月の顎から汗がしたたり落ちて、息づかいはいっそう激しくなった。時間が経つにつれて足を上げるのがつらくなり、歩くリズムも崩れていった。

そのとき、後ろから賑やかな声がした。境内で弁当を食べていた高校生のグループと、菓子パンを食べていた中学生たちだった。葉月は道をよけた。彼らは、石から石を飛び跳ねるようにして、あっという間に登っていった。下から見ていると、まるで野猿のような身軽さだった。

ようやく平らな場所に出た。そこは登山道とケーブルカーの線路が出合う地点で、数人の登山客が休憩していた。ケーブルカーの柵から、何気なく下をのぞいた葉月は身がすくんだ。切り立った斜面に、ケーブルカーの線路がへばりついていた。

こんな急峻な斜面をよく登ってきたもんだと、葉月は我ながら驚いた。木陰に立って、顔や首筋に流れる汗を拭いていると、突然ケーブルカーが上下から現れて目の前で交差した。登山客がいるのに気づいた乗客たちは、もの珍しそうな顔をして手を振った。

ケーブルカーなら、麓からも頂上からも中間地点のこの位置まで来るのに、わずか四分しかかからないはずだ。

それなのに私は、その一〇倍もかかってここまで辿り着いただけでなく、やはり一〇倍の時間をかけてこれから登らなければならない。両親より先に着くという意気込みがしぼみ、葉月は両親を待って一緒に登ることにした。

ほどなくして父と母、続いて高齢の登山者たちが現れた。予想外の早さだった。彼らは汗こそかいていたが、息づかいは葉月のように荒いこともなく、ぽっと上気した顔には生気がみなぎっていた。高齢の登山者たちは年齢がとうに六〇歳を越していそうなのに、溌剌《はつらつ》として笑い声が絶えなかった。

「あら、葉月はまだここにおるとね？」

母が葉月を見つけて頓狂な声を上げた。

葉月はもっとずっと先にいるとばかり、母は思っていたのだ。

「初めは順調に歩いたっちゃけど、どんどん足が上がらんようになってしもた」

葉月が苦笑いした。

「だから言わんこっちゃなかろう。山登りはペースを乱さんとが一番大事じゃがね」

父も笑いながら言った。父と母は汗を拭き水を飲むと、再びリュックサックを背負った。

「えっ、もう出発すると？」

葉月が怪訝そうに訊ねた。二人が到着してから、まだ五分しか経っていなかった。

「うん、休憩が長いと疲れが余計たまるとよ。五分ぐらいがちょうど良いっちゃ」

母が葉月に言った。父と母の言葉に照らせば、葉月は登山の掟《おきて》を無視したことになる。

「さあ、出発しようかね」

父が葉月を促した。葉月はまだ休みたかったが、経験豊かな父と母の言葉に従うより他なかった。葉月はしぶしぶ腰を上げた。再び先頭に母、続いて父、そして葉月の順で歩き始めた。

「お父さんと私は、今までのペースを保って歩くからね。その方が足に負担がかからんとよ。三〇分後にまた五分だけ休憩して、それから頂上まで一気に登る予定じゃわ。付いてこれんごとなったら、無理せんであんたのペースで歩きないね」

歩き始めるとすぐに母が振り返って、言い聞かせるように言った。

「うん、でも今度は付いていくわ」

休憩したこともあって、葉月は足が大分軽くなったような気がした。

少し登った後、思いもよらず道は下り坂になった。葉月はなにか損をしたような気になった。

下りきった道の脇で、若い男女が背を向けてしゃがんでいた。二人の頭上には杉の巨木が数本寄り固まって濃い繁みを作っていた。

近づいて見ると、屏風のような岩の割れ目に丸い管が差し込んであって、その先端から水がちょろちょろと滴り落ちていた。湧き水だった。

若い男女は、空になったペットボトルでいとおしむように湧き水を受けていた。

横に立っている説明板を見ると、筑波山の麓を流れる小川の源流であることが書かれていた。

葉月は冷たくて美味しそうなその水を一口飲みたかったが、彼らのペットボトルはしばらく満たされそうになかった。父と母は湧き水を横目で見ただけで、立ち止まることもなく通り過ぎた。葉月はあわてて追いついた。

すぐにまた登り坂になった。やはり石と岩だらけで足場が悪かった。

葉月は足を上げるのがいっそうつらくなってきて、次第に離れ始めた。やはり前半の無理が祟《たた》った。

「お父さんお母さん、先に行ってくんない。私は後からのんびり行くわ」

葉月が後ろから声をかけた。それは負け惜しみのように聞こえた。

「うん、分かった」

母が振り向いて返事した。父と母は立ち止まらなかった。葉月がそうなるのを見越していたかのようだった。

一人になった葉月は十数歩進んでは立ち止まり、しばらく休んでまた十数歩進んだ。

振り返っても、木々の繁みに遮られて空も外の景色も見えなかった。父と母の姿はとうに消えていた。葉月の後ろから、中間地点で休憩していた高齢の男女の一団が近づいてきた。今度は葉月が道を譲るはめになった。顔見知りになった彼らは葉月とすれ違うとき、口々に「頑張って」と笑顔で声をかけた。葉月は恥ずかしくて照れ笑いをした。

三〇分ほど登ると、今度は丸太を横にした階段になった。丸太の階段はさらに傾斜を増していた。

中年の女性が下山してきた。

「後、どれ位でしょうか」

すれ違いざまに葉月が聞いた。

「この階段を登り切れば頂上よ。階段は長いけど、もうひと踏ん張りだわ」

中年の女性が言った。もうすぐなのだ、と葉月は気を取り直して登り始めた。しかし、いくら登っても頂上は先へ先へと逃げていくように感じられた。

私は筑波山をみくびっていた。いや、登山というものがまったく分かっていなかった。山を登るということは、こんなに苦しいものなのか。父と母を虜《とりこ》にしている山の魅力とは、いったい何だろうか……。

足元に目を落としながら登っていた葉月がふと顔を上げると、周りはいつの間にかブナの林になっていた。ブナの木は寒冷地に育つので、きっともうすぐ頂上だと葉月は思った。葉月が気力を振り絞って登ると、建物の屋根が見えて来た。

登り切った処に、リュックサックを足元に置いた父と母が待っていた。そこは御幸ヶ原《みゆきがはら》という名の広場で、ケーブルカーで来た家族連れや若者たちで賑わっていた。広場の周りには数軒の茶店が並んでいた。

御幸ヶ原の左右の奥まった位置にはブナの茂る尖った頂があり、左が男体山、右が女体山だった。

「頑張ったね」

母がねぎらった。父と母は少しも疲れたそぶりを見せなかった。

「もう、へとへとじゃわ」

葉月が肩で息をしながらいった。腕時計を見ると、到着予定の正午をとっくに過ぎていた。

「初めての山はどんげじゃった？」

父が笑顔を向けて訊ねた。

「きつくてたまらんかった。もう二度と登らんわ」

よほど懲りたのか、葉月の声は悲鳴のようだった。

「そんげ言わんで僕についてこんね」

なだめるように言った父の後ろを、葉月は足を引きずりながら付いていった。すると急に視界が開けた。葉月は思わず「あっ」と声を上げた。

眼下に、緑の大地が見渡す限り広がっていた。遮るものは何もなかった。一直線に走った地平線が目の位置の高さにあった。地平線の先は靄《もや》がかかって見えなかったが、霞ヶ浦とそれに続く太平洋が横たわっているはずだった。

片時も頭を離れることのない職場でのつらい出来事が、登っている間には一度も思い浮かばなかったことに葉月は気づいた。そして今は、この果てしない空間のなかに身も心も解き放されたような感覚に満たされていた。葉月はあえぎあえぎ登った苦労が報われたと思った。そして、父と母が山に登る訳が少しだけ分かった気がした。

　太陽は真上から照りつけていたが、標高のせいかさほど暑く感じなかった。背後の男体山のブナ林から爽やかな風が吹いてきた。その風に乗って、父の声が聞こえてきた。

「おまえは今、試練の只中にいるとお父さんは思うちょる。人は試練によって強くなるとよ。つらいじゃろうが、この登山で経験したごつ、あきらめんで頑張るこっちゃね」

五章　巡り合い

九月初め、葉月は羽田―那覇往復便に乗務した。

那覇行の九〇七便は午前一〇時二五分に羽田を離陸した。一〇分後には「ベルト着用」のサインが消え、葉月は乗務員用座席《ジャンプシート》を立って調理場《ギャレー》に行った。

新人の反町素子もすぐに姿を見せた。反町は新人といっても商社員からの転職だったので、年齢は葉月より三歳年上だった。反町も葉月と同じ客室区分の客室《キャビン》担当で葉月が前方、反町が後方だった。ギャレー担当の白鳥が準備した飲物カートを押して客室に向かおうとしたとき、沢村が急ぎ足で入ってきた。

「能見さん、四三ＦＧ席のカップルのお客様に毛布を渡し忘れませんでしたか」

沢村が葉月に言った。

「私は記憶にないのですが……」

葉月が首をかしげて返事した。葉月は離陸前に五人の乗客から毛布を頼まれたが、いずれもすぐに提供していた。他に渡し忘れた覚えはなかった。

「あの席はあなたの担当でしょう。あなたしか考えられないわ。お客様はすごくご立腹だったわよ」

沢村が強い口調で、たたみかけるように言った。

確かに四三ＦＧ担当には葉月が担当する範囲の客席だった。キャビン担当には受け持つ区分がアロケーションチャートと呼ぶ配置表によって事前に決められてはいるが、担当者以外は一切手出しをしないということではない。乗務員は担当区分にかかわらず広くキャビンに目を配り、乗客の要望に速やかに応えることが自然と身についていた。それはチームワークが肝要の客室業務にとっては当然のことであり、きわめて大切なことでもあった。

葉月も手の空いたとき、担当外の区分にも目配りしていたので、その間に他の客室乗務員が頼まれたことも考えられた。

ふと横を見ると、反町が今にも泣き出しそうな顔でうつむいていた。飲物カートの把手を握った両手が小刻みに震えていた。

もし反町さんが忘れたのだったら、沢村さんは厳しく叱責するだろうし、「私ではありません」と言っても沢村さんが素直に信じてくれるかどうか分からない。新人の反町さんを、私のような目に合わせたくない。ささいなことでいじめ抜かれるのはもう私一人で十分だと、葉月は思った。

「沢村さんはそのお客様にお詫びして、毛布をお出ししたのでしょう？　この件はもういいんじゃないかしら」

傍から白鳥が穏やかな口調で言った。

「いいえ、能見さんは何度もミスを続けているから注意しているのです」

沢村が居丈高に言った。白鳥は沢村より二歳年上で乗務経験も長いので、沢村が白鳥の意見に従うのが通例である。しかし四月の人事考課で、沢村は白鳥を飛び越えて三職級に昇格していた。そのことが沢村の言動ににじみ出ていた。

白鳥は反論しなかった。

「わかりました。私がお詫びしてきます」

葉月は沢村の言い分に納得してはいなかったが、一刻も早く飲物サービスを開始しなければならなかったので、そう返事した。反町が安堵の表情を浮かべた。葉月は緊張した面持ちで四三FGの席に向かった。

「先ほどは毛布をすぐにお持ちすることができず、大変申し訳ございませんでした」

葉月は深く腰を折って、若いカップルに詫びた。

二人は顔を見合わせていたが、緑色のTシャツ姿の男性が言った。

「あなたに頼んだかどうかは覚えていないけど、先ほど持ってきてもらったのでもういいんだよ」

「そんなに気にしないで。さっきの方からもお詫びされたし……」

お揃いの緑のTシャツを着た女性も、白い歯を見せた。葉月は二人がもう怒ってないことを知って、ほっと胸をなでおろした。

ギャレーに戻るとそこに沢村の姿はなかった。反町が心配そうな表情で葉月を待っていた。

「申し訳ありません」

反町が頭を下げながら小声で言った。

「お客様はお怒りではなかったわ。もう大丈夫」

葉月が飲物カートを押しながら、反町に笑顔を向けた。

九〇七便は定刻の午前一二時五五分に那覇空港に着陸した。

乗客が全員降りると、すぐに上部収納庫や客席の下を入念に見て回り、忘れ物や不審物を調べた。

その後、葉月は白鳥や反町たちと一緒に客席に座って客室乗務員用の簡素な弁当を食べた。

着陸してから約一時間後の、午後二時には九一〇便として羽田に引き返すので、昼食は急いで済ませて出発の準備に取りかからなければならなかった。

葉月たちがちょうど食べ終わったとき、津山の声が機内放送から流れた。

「この飛行機の電気系統に不具合が見つかったので、出発が一時間ほど遅れるとの連絡が操縦室からありました。新しい出発予定時刻は午後三時の見込みです。時間に余裕ができましたので、機外でリフレッシュして結構です。午後二時までに機内に戻ってきてください」

出発が遅れるといらだったり、くってかかる乗客もいた。けれども運航の安全のためには、機体の修理を何よりも優先しなければならなかった。

乗客には出発が遅れたことを丁重にお詫びするしかないと、葉月は思った。

機外に出るために白鳥と前方に歩いていくと、出入口の手前で津山が佇《たたず》んでいた。津山は葉月が来るのを待っているかのようだった。

津山は右手に小さな紙片を持っていた。

「毛布を忘れたんだってね。そんな単純なミスをいつまで続けるの。口でいくら言っても駄目だから、二度とくり返さないためにこれを渡すわ」

津山が葉月に冷ややかな視線を投げかけ、アドバイザリースリップを差し出した。津山の言葉は、柿田からアドバイザリースリップを渡されるたびに浴びせられる言葉と瓜《うり》二つだった。

こんなものあなたには渡したくないのだけれど、と言いながら苦渋に満ちた表情でアドバイザリースリップを葉月に渡した、あのときの津山ではなかった。津山はこれからは、今までのようには接してくれないだろうと葉月は覚悟していたが、その場面に直面するとやはり心が痛んだ。

津山との間には心を通わせることができないほど深い溝が出来てしまったと、葉月は思った。

葉月はアドバイザリースリップを、ただ黙って受け取るしかなかった。

白鳥は機体を出たところに立って、葉月を待っていた。

「お茶でも飲もうよ」

葉月が近づくと白鳥が誘った。白鳥はゲートを抜けると、旅行客で混雑しているコンコースを足早に歩いて行った。そして九一〇便のゲートからかなり離れたコーヒーショップの前で立ち止まった。

二人はアイスコーヒーをカウンターで受け取ると、人気のない隅の椅子に座った。

白鳥はストローでアイスコーヒーを一口だけ吸うと、葉月を見てしみじみと言った。

「やっと、あなたと二人で話をする機会が持てたわね……。あなたを見てると、私が入社した当時に仲の良かった友人のことを思い出すの」

葉月は白鳥に見つめられて、恥ずかしそうに目を伏せた。

「彼女もやはり正義感が強くてね、はっきりとものを言う人間だったわ。入社したての私たちはなかなか年休がもらえなかったの。年休なんか取っていたら契約更新にひびく、と脅かされて一日も取らなかった人もいたわ。そこで同期一五人で話し合って、部長にお願いに行こうということになったんだけど、いざとなるとみんな尻込みしてしまってね。結局、彼女が一人で『年休をもっと自由にとらせてください』って部長にお願いに行ったの。それから間もなくのことだったわ。あなたと同じように、マネジャーのパワハラが始まったのは……。そして彼女はいたたまれなくなって、ついに泣く泣く辞めていったの。私たち同期のための行動だったのに彼女を見殺しにしてしまったと、私はずっと自分をさいなんだわ。私はそのときから、彼女のようにはっきりとものを言うことはできないけれど、マネジャーに媚びるのだけは止めようと心に誓ったの」

白鳥は友人の顔が脳裏をかすったのか、苦しそうに顔をしかめた。

あのとき良介さんが訪ねて来てくれなかったら、私も耐えきれなくなって彼女と同じように辞めていたかもしれないと、葉月は思った。

葉月はストローをくわえると、思いっきりアイスコーヒーを吸った。コーヒーの冷たさが胃に染みわたった。

「もっとも、新人に対するパワハラは、彼女だけが受けたのではなくて、毎年続いているのよね。マネジャーに気に入ってもらえなかったり、言動が目立ったりする新人がいると、その人に目をつけて見せしめのように辞めるまでパワハラを続ける。まるで生け贄《にえ》みたいにね……。それを傍で見ている新人たちは震え上がって何も言えなくなり、ついには上司の意のままに動く客室乗務員になってしまうの。ところが会社の上層部は、パワハラの実態を知っていながら見て見ぬ振りをしているのよ。労務管理のためには、その方が都合がいいと思っているのではないかしら。だってね、辞職に追い込んだ人数が多ければ多いほど、人を判別する目とか管理能力の手腕とかが高く評価されるという話を聞いたことがあるわ。新人を一人辞めさせる度にマネジャーたちがハイタッチしている場面を、私は目撃したことがあるの。なんて殺伐とした見るに堪えない光景だろうと思ってぞっとしたわ」

　白鳥はそう言って顔を曇らせた。白鳥の話は、葉月が初めて聞くことばかりだった。


　柿田さんのいやがらせから抜け出そうといくら努力しても抜け出せない訳もまた、そこにあるのだろうか。そうだとしたら休日には部屋に閉じこもり、乗務後も夜を徹して柿田さんの指示通りに決意書や反省文などを書き続けた日々は、いったい何だったのだろうか。

　葉月は暗澹《あんたん》とした思いに捉われた。

　ここまで一気に話した白鳥は、グラスの中の氷の破片をストローでつつきながら考え込んでいたが、やがてまたおもむろに話しだした。

「これまで柿田さんはどのマネジャーよりも多くの新人たちを辞めさせてきたの。その手腕が買われて、同期の中では出世頭と目されているのよ。ところがこれまでのようには、あなたをすんなりと辞めさせることができないので、柿田さんはすごく焦っていると思うのね。こんなはずじゃなかったってね……。そこで柿田さんは、あなたに同情的だった津山さんに圧力をかけて、ついに自分の意のままに動く人間に変えてしまったのよ」

　そのとき、近くの席に二人のビジネスマン風の男性が来て大きな声で談笑し始めたので、白鳥は顔を近づけた。

「そうなっても、あなたを助ける人は誰もいないのよね。私たちの属する従業員組合に相談する手もあるけれど、あの組合は情報が会社に筒抜けだから、頼りにならないしね……」

白鳥は悲しそうな目を葉月に向けた。そして腕時計を見ながら言った。

「ああもう、大分経ってしまったわね。一時間しか時間がないのに、私だけが一方的におしゃべりしてしまってごめんね。最後にもう一つ、あなたに考えてほしいことがあるの」

そう言って真剣な目を葉月に向けた。

「いっそのこと、キャビンユニオンに話してみたらどうかしら?」

「え?」

白鳥の突然の話に葉月はとまどい、返事ができなかった。

「あなたにはもうそれしかないような気がするの。キャビンユニオンならきっとあなたのことを分かってくれると思うよ」

葉月は白鳥の話を聞きながら、三日前の面談を思い浮かべた。その日、乗客が搭乗するまでに時間が少し出来たので、葉月は戸倉や反町たちと一緒に機内放送の練習をしていた。葉月の番になってマイクを口に近づけたとき、ふとしたはずみで鼻息が漏れてスピーカーから流れ、反町がくすくすと笑った。

その様子を津山が近くで見ていて、柿田に報告した。その日の面談で、柿田は机をボールペンで小刻みにたたきながら葉月を責め立てた。

機内放送をふざけて練習するとは何事ですか。練習は今後一切禁止します。あなたは機内放送をする資格などありません。

その日の面談はこれまでにも増して厳しかったが、私が辞めないかぎりさらに厳しさを増していくだろう。「もう一度頑張る」と心に決めたけれども、本当に一人で耐えられるだろうか。

「でも……」

葉月が口ごもった。

「え、何かしら?」

白鳥が葉月の顔をのぞき込んだ。葉月はためらっていたが、やがて困惑した表情を浮かべて話し始めた。

「キャビンユニオンの事務所を訪ねていくのが怖いのです。キャビンユニオンの人たちは目つきが悪くて意地の悪い、怖い人たちだと塩地さんから聞いていましたので……」

「ああ、そのことね。新人は全員、訓練所でそう教え込まれるものね」

白鳥が納得したように二、三度うなずきながら言った。

「私も初めはそう思い込んでいたわ。でも、私がこれまで一緒に乗務したキャビンユニオンの人たちは、みんな私たちとなんら変わらない普通の人たちだったわよ。けれど私たちと違うところは、会社にはっきりとものを言う人たちだということね。それを会社が忌み嫌って昇格など徹底的に差別をしているけれど、けっして負けないところかな」

「そうなんですか」

葉月が目をしばたたいた。葉月は半信半疑だった。

「怖いと言っても、まさか『赤ずきん』のオオカミじゃあるまいし、食べられたりはしないわよ」

白鳥が可笑しそうに笑った。葉月は少し安心した。そういう人たちなら私のことを分かってくれるかもしれないと、葉月は思った。

白鳥が腕時計に目をやった。

「ああもう時間だわね……。私の話を真剣に聞いてくれてありがとう」

白鳥は親しげな笑顔を浮かべて立ち上がった。葉月は白鳥の心遣いが嬉しかった。

二人は、九一〇便のゲートに急ぎ足で引き返した。

九一〇便は定刻より一時間遅れて、午後五時二五分に羽田空港に着陸した。

乗務後の打ち合わせ《ブリーフィング》が終わると、葉月はすぐに柿田に呼び止められた。葉月は柿田の席に行った。

「あなたがお客様から頼まれた毛布を出し忘れたとの報告を、津山さんから受けています。間違いありませんね」

柿田が念を押した。

「申し訳ありません」

葉月はそう返事するしかなかった。

「あなたは頼まれたものを忘れたり、配り忘れたりすることが多すぎます。私はそれを見逃すことはできません。今からＣＡＦ《カフ》を書いてください」

柿田が椅子に座ったまま葉月を睨んだ。そして机の抽出から一枚の紙片を取り出して、葉月の前に差し出した。ＣＡＦの用紙だった。

ＣＡＦはCabin Attendant Formの頭文字を取ったもので、乗客から強い苦情《クレーム》を受けたりしたときなどに、その経緯や措置について部長と部内関係先に報告するものである。葉月は一度も書いたことがなかったので、戸惑ってしまった。今までは柿田の求めに応じて、決意書や反省文は数多く書いて来たが、それらは形式のない私的な文書だった。しかしＣＡＦは公式文書だったので、掲示板に張り出される「業務連絡」のような、格式ばった体裁が必要な気がしたが、どう書いたらいいのか分からなかった。

「あのう、書き方を教えて頂けないでしょうか」

そんなことも知らないの、と怒られそうだったが聞くしかなかった。

「自分で考えなさい」

柿田の返事はにべもなかった。葉月は仕方なく引き返すと、打ち合わせ《ブリーフィング》テーブルに座った。

部屋にはもう葉月と、柿田を含む三人の当直マネジャーしかいなかった。

毛布の頼まれ忘れを深く反省し、もう二度と致しませんとでも書けば良いだろうか。しかしそれでは反省文と同じで、ＣＡＦにはそぐわないような気がした。葉月はあれこれ考えをめぐらすだけで、いっこうにまとまらなかった。

葉月はようやく、乗客の席まで行って謝罪したところ乗客は笑顔で了解してくれた経緯を、ＣＡＦにしたためた。

「これでよろしいのでしょうか」

葉月は自信なさそうに柿田に提出した。

柿田はＣＡＦに一通り目を通すと、嘲《あざけ》るような表情を浮かべた。

「なんなのこれは。部長に報告するような文章じゃないわよ。例えばね、『お客様は落ち着いた様子でいらっしゃり、「いいですよ」と仰った』なんて、まるで小学生の作文よ。これじゃ駄目です。書き直しなさい」

柿田が葉月にＣＡＦを突き返した。葉月は再びブリーフィングテーブルに座った。

他にどのような書き方があるというのだろう。

　このままただ座っていても書けそうになかった。次第に追いつめられ、時間だけが過ぎていった。葉月は途方に暮れた。

　キャビンユニオンの人なら教えてくれるかもしれない。

　葉月はふとそう思った。藁《わら》にも縋《すが》る思いだった。他に方法がなかった。柿田の席を見ると姿がなかった。キャビンユニオンの事務所を訪ねるなら、今しかない。少しの間だったら、トイレにでも行ったのだと思って柿田さんは怪しまないだろう。葉月は胸の名札と首から掛けた社員証《ラスター》を外すと、ポケットに入れた。途中で誰かに見られるのもいやだったし、キャビンユニオンの人に名前を知られるのも不安だった。

　白鳥は、私たちとなんら変わらない普通の人たちよ、と言った。しかしあの塩地の言葉が、呪縛のようにいつまでも葉月の心に巣くっていた。もし塩地の言うとおりだとしたら、やはり名前を知られたくなかった。


　葉月はCAFをバインダーに挟むと、第三乗員室を出た。幸い、廊下に人影はなかった。廊下をエレベーターに向かって歩いていくと、左側に頑丈な鉄の扉があった。

　ここは「開かずの扉」と言われているの。この扉の奥に、キャビンユニオンの事務所があるらしいわ。

　ずっと以前に戸倉と歩いているとき、鉄の扉を指差しながら葉月に教えてくれた。

　葉月はその扉の前に立ち止まると、もう一度左右を見て人影がないのを確かめた。そして、思い切って扉を開けた。廊下はうす暗かったので葉月は思わず尻込みした。しかし、もう進むしかなかった。

　右側に「パイロット組合」と書かれた部屋があり、廊下は突き当たりを左に曲がっていた。

　葉月が不安そうな足取りで進んでいくと、正面に「キャビンユニオン」という看板が掛かっている部屋があった。そこがキャビンユニオンの事務所だった。事務所からはガラス窓越しに灯りが漏れていた。

　ドアは開かれたままだった。葉月は大きく息を吸ってから、緊張した面持ちで事務所に一歩足を踏み入れた。

葉月はキャビンユニオン事務所に足を踏み入れると、入口で立ち止まった。部屋の正面には細長いテーブルがあって、その右端で制服姿の人が紙面に見入っていた。細長いテーブルの奥には事務机が肩を寄せ合っていて、その中ほどでパソコンを操作している私服姿の人の背中が見えた。

部屋には二人しかいなかった。二人とも葉月には気づかずに、それぞれの作業に没頭していた。

早く私がここに立っていることに気づいてくれないかしら。でも、社員証《ラスター》も名札も付けていない私を、キャビンユニオンの人たちは相手にしてくれるだろうか。

葉月は声をかけることもできずに、ただそこに立ちつくしてしきりに生唾を飲み込むだけだった。

部屋は静まりかえっていた。制服の人が、つと顔を上げた。そして、見知らぬ葉月を見つめて言った。

「どうかなさいましたか」

葉月は救われた気がした。

「教えていただけないでしょうか」

葉月の声は消え入りそうだった。制服の人は一瞬怪訝そうな顔をしたが、葉月が手にしたバインダーを見て納得したようにうなずいた。

「お仕事のことなのね。さあ、どうぞ」

その人は入口の右手にあるソファを指差して言った。

葉月はソファに座った。

「どんなことかしら」

制服の人は心持ち首をかしげて言った。その人の年齢は津山よりやや年上のように見えた。

「突然お伺いしてすみません。CAFをどう書けばいいのか分からないのです。教えていただけないでしょうか」

葉月が懇願するように言った。

「ああ、CAFのことね。状況を少し話してくれる?」

制服の人は言葉遣いが穏やかだったので、緊張が徐々に解けていった。

「はい。今日のフライトは離陸前の毛布の持ち回りを行わないことになっていましたので、いつもより多くお客様から毛布のご要望がありました。ある若いカップルのお客様から、毛布を頼んだのに持ってこないという苦情《クレーム》があったのですが、乗務後にマネジャーの柿田さんから、私が出し忘れたと聞いていると言われて、ＣＡＦを書くように指示されました」

「えっ、毛布の頼まれ忘れで、ＣＡＦを書くように言われたの？」

その人は聞き間違いでもしたかのように、葉月の言葉を繰り返した。

「はい」

葉月が頷いた。

制服の人は上半身をひねると、私服姿の人の背中に声をかけた。

「杉村さん、毛布の頼まれ忘れくらいでは、ＣＡＦは書かないわよね」

その声に促されて、私服の人が椅子から腰を浮かせた。

「ええ、書かないわね。ＣＡＦは社内関係先にも周知すべき大きな問題が発生したときなどに書くものだわ」

私服の人はそう言うと、制服の人の隣に座った。そして快活そうな眼差しを葉月に向けた。柿田より少し年上のように見えた。

葉月はそのとき、柿田の指示が尋常でないのを知ったのだった。

「でも、書かない訳にはいかないのです」

葉月は切羽《せっぱ》つまったように言った。

「そうだわね。私たちなら反論できるけど、契約制の人たちにとってはマネジャーの指示は絶対だものね」

制服の人が頷いた。葉月がＣＡＦを挟んだバインダーをテーブルに置いて言った。

「私の書き方では駄目だと柿田さんから言われて、受け取ってもらえませんでした。けれど、柿田さんからは書き方を教えていただけませんでした」

二人は葉月が書いたＣＡＦに見入った。

「これじゃまるで小学生の作文よ、部長に回覧できないわって、柿田さんから言われまして……」

葉月は悔しそうに唇を噛んだ。

「酷《ひど》い」

制服の人が小さく叫んだ。

「実は、私は毛布を頼まれた覚えがないのですが、乗務指導員と先任の方に、私が忘れたと決めつけられてしまったんです」

葉月は思い切ってありのままを話した。二人は驚いたように顔を見合わせた。

「もしかしたら、あなたは職場でいじめを受けているんじゃないの？」

私服の人が葉月の目をじっと見つめて訊ねた。葉月は黙って頷いた。

「やはりそうだったのね。それでCAFを書かされている訳が分かったわ。あなたもさぞつらいでしょうね」

制服の人の優しい言葉に涙が滲んできた。葉月は気づかれないように下を向いた。

この場で何もかも話したら、どんなにか気が休まることだろうと葉月は思った。

けれども席を外してから二〇分が経っていた。早く戻らなければ柿田から怪しまれると、葉月は思い直した。

「あなたの書いた通りで良いと、私は思うわ。いつわりのない文章ですもの。強いて言えば、毛布の頼まれ忘れが生じた背景に、離陸前に毛布の持ち回りがなかったことを書き加えれば、原因がもっと理解しやすくなるわね」

私服の人が言った。

「でも、柿田さんから小学生の作文だと言われた部分を書き直さなければ、また受け取ってもらえないような気がします」

葉月が心配そうにつぶやいた。

「柿田さんには部長に回覧する意思などさらさらないと思うわ。毛布の頼まれ忘れを書いたCAFを部長に回したとしたら、物笑いになることぐらい柿田さんもわかっているわよ。これは単なるいやがらせだから、柿田さんもいつまでもつっぱねるつもりはないと思うわ。もし、柿田さんが受け取らなかったらもう一度いらっしゃい。私は遅くまで残っているから、また一緒に考えましょう」

私服の人が噛んで含めるように言った。

たとえ柿田さんから突き返されたとしても、もう私は一人で悩まなくてもいいんだ。相談にのってもらえるんだわ。

葉月はほっとした。

「私はこれから乗務なので行かなくてはならないけれど、今度ゆっくりお話ししましょうね。私は野間あい子といいます。あいという字は、『藍より青く』の藍。キャビンユニオンの執行委員です。どうぞよろしく」

制服の人が首から掛けた社員証《ラスター》を見せながら言った。

「私は杉村きょう子。きょうという字は『打てば響く』の響。私も執行委員です。何かあったらいつでも訪ねて来てね」

私服の人がそう言って微笑んだ。葉月はスカートのポケットに入れていたラスターをあわてて取り出した。

「ラスターも名札も付けていなくて、本当に失礼しました。能見葉月と申します。契約制として入社して二年目です。こちらこそどうぞよろしくお願いいたします。ご相談に乗っていただいて本当にありがとうございました」

葉月が恥ずかしげに顔を赤らめて、ぴょこんとお辞儀した。

「差し支えなかったらメールアドレスを教えてくれる？　時間ができたらメールを差し上げたいけれどいいかしら」

野間という名の制服の人が言った。

「はい」

葉月はためらわなかった。互いのアドレスを交換した。

キャビンユニオンの組合事務所を後にしながら、葉月はかつてない感慨にとらわれていた。

ほんの三〇分ほど前、私はこのうす暗い廊下を心細げに歩いていた。キャビンユニオンの人たちは目つきが悪くて、意地も悪く怖い人ばかりです。その間、塩地さんのあの言葉がずっと耳元で響き続けて、私の足取りを重くした。けれども今は、あれだけ怖いと思っていたことが嘘のようだった。

塩地さんの言葉とは正反対だった。目つきが悪く意地も悪く怖いのはキャビンユニオンの人たちではなく、塩地さんの方だった。

杉村さんと野間さんに会っている間、私は二人の懐に包み込まれているような感覚に満たされていた。そのような感覚は入社して初めてのことだった。

どうしてあのように他人の気持を思いやることができるのだろう。

ふと柿田さんの顔が目に浮かんだ。柿田さんには他人を思いやる気持があるのだろうか。面談の時、柿田さんの鼻すじの通った端正な顔が、一瞬般若《はんにゃ》の形相に変わる。私は怖くてもう柿田さんの顔をまともに見ることができない。柿田さんは整った顔をしているけれど、少しも美しいとは思えない。

人間の美しさとはなんだろう。

人間の美しさは、つまりその人の心の有りようが決めるものなのだ。私は杉村さんと野間さんにお会いして、そう確信した。

葉月は早足で第三乗員部に戻ったが、柿田の姿はなかった。柿田から、どこに行っていたの？ と聞かれたらなんて答えようかと、びくびくしていたので葉月は胸をなでおろした。

ブリーフィングテーブルに座ると、杉村の助言通りに書き直した。しばらくして柿田が戻ってきた。

葉月は修正したCAFを柿田に提出した。

読み終えた柿田が不機嫌そうな顔を向けた。

「代わり映えしない文章ね。小学生の作文のままじゃないの」

「やっぱり、事実通りにしか書けなかったんです」

葉月が小さな声で答えた。

「こんなにレベルの低い文章しか書けないんじゃあ、仕方がないわね。また同じミスを繰り返すようなら、今度こそはタダでは済まないからね」

そう言って柿田が葉月を睨み、しぶしぶとCAFを受け取った。杉村の言った通りだった。葉月は黙ってお辞儀をするとその場を離れた。


鳴り止まない携帯電話の着信音が、執拗に葉月の耳にまとわりついた。葉月はそれをうとましく感じながら、次第に深い眠りの淵から現実の世界に引き戻されていった。葉月はぼんやりとした意識のなかで、枕元に置いた携帯電話の通話ボタンを押した。

「葉月、どうしたの？ ピックアップの時間だよ」

押し当てた耳に、戸倉の叫ぶ声がした。

「えっ」

葉月はいっぺんに目が覚めた。枕頭台の目覚まし時計の針は、ピックアップ時間の午前四時五分を既に三分過ぎていた。

アパートの前の路上に止まっている配車のタクシーの中から、時間になっても姿をみせない葉月にやきもきしながら、戸倉が電話をかけてきたのだ。

葉月は寝過ごしをしたのだった。葉月は今まで寝過ごしたことなど一度もなかった。

これ以上待たせたら、同乗の戸倉と反町に迷惑をかけるだけだと葉月は思った。

「ごめんね、由佳。悪いけど先に行ってて。勤務開始の午前五時一五分までには必ず間に合うように行くから」

「うん、分かった。津山さんにはそう伝えておくわ。頑張って」

戸倉は励ますように言うと電話を切った。

葉月は洗顔を済ませると、急いで身支度にとりかかった。

昨夜は福岡行き始発便の乗務に備えて、午後九時にベッドに横になった。就寝前に、間違いなく目覚まし時計と、携帯電話の目覚まし機能の二つを午前二時に五分間隔でセットしたが、どちらも無意識に止めて再び眠りに落ちてしまったのだった。

午前二時に起きて、安全《セーフティ》マニュアルの改訂ページを差し替えるつもりだった。

安全マニュアルは、客室の安全に関わる日常業務の他、緊急時や急病人など異常事態が生じた場合の対応を定めた社内規程であり、乗務に際しては必要箇所を抜粋して携行することになっていた。

安全マニュアルは一ヶ月ないし二ヶ月に一回の頻度で改訂されるので、該当するページを差し替えて最新の状態に維持保管しておかなければならなかった。

葉月はこれまで、改訂ページが渡されると必ずすぐに差し替えていた。差し替えはとても大事なことだった。けれども今回は寝過ごしたため差し替えられなかった。何ということだろう。葉月は深いため息をついた。

葉月は寝過ごした理由が分かっていた。

九月の初めにＣＡＦを書かされてから今日までの一〇日間ほどの間、柿田のいやがらせは今までにも増して執拗に繰り返された。昨夜はベッドに横たわっても、柿田から受けた数々のいやがらせが次々に浮かんできて葉月を苦しめた。

九月上旬のある朝のことだった。葉月は出勤してすぐに柿田に挨拶に行くと、葉月の全身をじろじろ見回しながら言った。

その口紅の色は薄すぎるわ。まるで病人じゃないの。もっと明るい色にしなさい。マニキュアもちゃんと塗っているの？　そんなにみすぼらしい爪ではお客様に失礼よ。

口紅もマニキュアもいつもの通りだったが、これまで柿田から注意されたことはなかった。いやがらせとしか思えなかった。葉月は乗務が終わると柿田の指示を受けて、すぐに明るい色調の口紅とマニキュアを、なじみの化粧品店で買い求めた。そしてその晩、入念にマニキュアをしたのだった。

翌朝、柿田が葉月を強く咎めた。

そのマニキュアの色ではだめよ。あなたは美容基準を何と心得ているの。だらしないことったらありゃしない。

柿田があきれ果てたように言った。

あっ。葉月はそのとき、自分が買ったマニキュアがパール系だったことに初めて気づいた。

乗務に際しては、ピンク系、ベージュ系または無色などの自然色を使用することになっていて、パール系は禁止されている。葉月はこれまで無色にしていたが、初めて買う色のマニキュアを、アパートのやや暗いオレンジ色がかった照明の下で塗ったのがいけなかった。葉月はそのマニキュアがパール系の色であることに気がつかなかった。

葉月は充分確かめもせずに買ったことを悔やんだ。弁解の余地はなかった。

本当に申しわけありません。葉月は自分の非を謝るしかなかった。その日葉月は、当初キャビン担当だったが美容基準違反をしているということで、津山によってギャレー担当に変えられた。

ベッドに横たわったまま悶々としていると、今度は別の日のことが頭に浮かんだ。

その日の出発間際、葉月は中年の男性乗客から苦情《クレーム》を受けた。葉月が乗客からクレームを受けたのは初めてのことだった。その乗客は非常口に隣接する座席に座っていて、隣の空いた座席に小さな荷物を置き、シートベルトで縛っていた。緊急時に脱出する際の障害になるので、非常口に隣接する座席に荷物を置くことは禁止されている。その場合、一般的には上部収納庫に入れるようにお願いするのだけれど、乗客が手元に置いておきたい大切な物のように葉月には思われた。

申しわけございませんが、お客様のお座席は非常口に隣接しているため、お荷物をお置きいただけないことになっております。恐れ入りますが、お荷物を横のシートポケットに入れていただけないでしょうか。

すると、乗客は急に怒り出した。

これは弁当だよ。弁当をシートポケットに入れたら、中味がぐちゃぐちゃになることぐらい、君にもわかるだろうが。

葉月は思いもしなかった乗客の剣幕にすっかり驚いてしまった。私の態度や言葉遣いのどこが、お客様のご機嫌を損ねたのだろう。葉月は戸惑い、ただ詫びるしかなかった。

お弁当とは存じあげませんでした。大変失礼いたしました。誠に申しわけありませんが、お膝の上にお持ちいただけませんでしょうか。

乗客は不満げな表情を浮かべながらも葉月の言葉に従った。しかしその乗客は怒りが収まらないのか、しばらくして先任の津山にくってかかった。

弁当と知っていながらシートポケットに入れろとは、若い者に対していったいどういう教育をしているんだ。

津山は葉月に再び謝らせた。

私の配慮不足でご不快な思いをさせてしまいまして、本当に申しわけありませんでした。

葉月が深くお辞儀をして詫びると、ようやく乗客は許してくれたのだった。

その日の面談で柿田が言った。

お弁当と分かっていながらどうしてシートポケットに入れるようにと、お客様にお願いしたの。

私はお弁当だとは知りませんでした。

だけどお客様がそうおっしゃったと、津山さんから聞いていますよ。たとえお弁当だと知らなかったとしても、そのこと自体、あなたは観察力が不足しているということよ。あなたの不適切な対応によって、お客様は大きなクレームをお上げになったのよ。お客様がお許しになっても、私は許さないからね……。ところで、この九月で二回目の経過観察期間が終わります。私はあなたが良くなることを期待して経過観察期間を三ヶ月間延長したのだけれど、良くなるどころかいっこうにミスはなくならず、九月に入ってからは、仕事でも美容基準でも、初歩的なミスを連発するていたらくよ。もうこれ以上、あなたに仕事を続けさせることは無理です。今度こそ、今月中には必ず決断してください。

柿田の言葉には、九月中にはどうしても葉月を辞めさせるという、並々ならぬ決意が感じられた。

ああ、キャビンユニオンの人たちに会いたい。キャビンユニオンの人たちなら、きっと追いつめられた私の気持をしっかりと受け止めてくれる。

葉月がキャビンユニオンの事務所を訪ねた翌々日に、野間からメールを受信した。

「お会いしたい」ということだったが、葉月が都合の良い日は野間が最終便の乗務だったり宿泊を伴う乗務だったりした。また、その逆だったりしてなかなか会えなかった。

そのため、葉月は今まで柿田から受けてきた数々のいやがらせを一日でも早く知ってもらいたかったので、面談を録音したICチップをキャビンユニオン気付で野間に郵送していた。

野間さんや杉村さんはもうあの録音を聞いてくれただろうか。

葉月があれこれ思い煩いながら、昨夜ようやく眠りに落ちたのは、午前零時を大分回った頃だった。

葉月がタクシーで会社に着いたのは、出勤時刻五分前の、午前五時一〇分だった。急ぎ足で第三乗員室に行くと、柿田の前で頭を深く垂れて言った。

「迂闊《うかつ》にも寝過ごしてしまいまして、配車のタクシーに間に合いませんでした。申しわけございません」

「心がたるんでいるから寝坊などするのよ。乗務《フライト》が終わったら面談しますからね」

柿田が冷ややかに言った。葉月の寝過ごしは、柿田にとっては辞めさせる口実が一つ増えたことでもあった。柿田に続いて、葉月はパソコンに向かって作業分担表《アロケーションチャート》を作成している津山にも詫びた。

「ご心配をおかけしまして申しわけありませんでした。どうにか出勤時刻に間に合うことができました」

「あなたは遅刻しなかったとでも言いたいの。配車のタクシーに乗らずに出社時間が遅れたこと自体が、立派な遅刻だわよ」

津山が横目で葉月を見上げ、むっとした口調で言った。

まもなく、乗務前の打ち合わせが始まった。

いつもの通り、津山がドア操作と機内サービス手順を説明した後、全員を見回して言った。

「今日から発効の、安全《セーフティ》マニュアルの改訂ページの差し替えはちゃんと終えてますか」

回りから「はい」と返事するいくつかの声があがった。葉月は返事もできずに、うつむいてしまった。

「終わっていますね」

津山がもう一度全員を見回して、念を押した。

葉月はうつむいたままだった。差し替えていない事実がもし柿田に知れたらと思うと、「まだ差し替えていません」とは、どうしても言えなかった。

「それでは確認します。能見さん、セーフティーチャートの改訂番号は何番ですか」

津山がよりによって葉月を指した。

セーフティーチャートとは差し替えの漏れがないように、差し替え日時や有効ページを確認するための記録用シートである。

葉月の額に冷や汗が浮かんだ。葉月は津山の問いに答えることができなかった。もう、どうすることもできなかった。

「申しわけありません。まだ差し替えていませんでした」

葉月が絞り出すような声で言った。

「えっ、あなたはさっきうなずいていたわよね。あれは嘘だったの？」

津山が葉月を強い口調で非難した。葉月はうなずいたわけではなかった。ただ、うつむいていただけだった。


葉月が午前六時五〇分発の札幌行き始発便に乗務し、札幌から折り返して再び羽田に着陸した時は、午前一一時を少し回っていた。

心がたるんでいるから寝坊などするのよ。乗務が終わったら面談しますからね。

往復便とも団体客が多く満席に近かったので、忙しくて思い出す暇もなかった出勤時の柿田の言葉が、羽田に着いたとたんに葉月の胸によみがえった。

　乗務後のブリーフィングが終わった。葉月は柿田に声をかけなければならなかった。

　柿田の席まではほんの十数歩だったが、葉月には遠く感じられた。

「只今、乗務が終わりました」

　葉月が柿田にお辞儀した。

「待ってたわ。では面談を始めましょう」

　柿田はすぐに立ち上がった。葉月は柿田の後をついて行った。時間は正午を回っていたが、柿田は葉月に食事の時間を与えなかった。葉月は朝から何も食べていなかった。わずかに乗務の合間に、パックの底に残っていたオレンジジュースを紙コップに注いで喉を潤しただけだった。

「今朝、あなたが犯した重大なミスをここで上げなさい」

　面談室に着くと柿田は命令口調で言った。いつもなら最初は比較的平静に切り出し、時が経つにつれて感情的になっていく柿田だったが、今日は違っていた。

「はい……。配車のタクシーに乗れなかったことと、セーフティマニュアルを差し替えてなかったことです。本当に申しわけございませんでした」

　葉月が頭を下げた。柿田の顔を見るのが怖かった。

「それだけじゃないでしょう？」

　柿田がいらだたしそうに、ボールペンの先で机を小刻みに打ち始めた。トントントンと響く音が葉月を脅迫した。

「他にはございませんが……」

　葉月には心当たりがなかった。

「嘘おっしゃい」

　柿田が即座に葉月の返事を拒んだ。しかし、葉月は思い浮かばなかった。

「今朝のブリーフィングで、津山さんが『セーフティマニュアルはちゃんと差し替えてますか』と全員に聞いたとき、あなたは確かにうなずいたわよね」

「私はただ……」

　柿田は有無を言わせなかった。

　葉月は途中までしか言えなかった。

　私はうなずいたわけではありません。ただ、うつむいていただけです。

葉月は心のなかでつぶやいた。言い訳したところでどうしようもなかった。差し替えてなかったという事実は否定のしようがなかった。

「違うって言いたいの？　あなたはあの時『まだ差し替えていません』とは、言ってないよね。あなたは嘘をついたのよ」

葉月は黙っているしかなかった。

「そのすぐ後で、津山さんがもう一度確認した時も、あなたはうなずいてたわ。二度も嘘をついたのよ。覚えてる？　八月のことだけれど、離陸前にお客様が幼児《インファント》を一人で座席に座らせていたのを沢村さんが気づいたのに、私も気がついていたって、あの時もあなたは嘘をついたのよ。やはりあなたの虚言癖、これではっきりしたわ」

そう言って柿田はボールペンの先を再び机に打ち始めた。その音は先ほどより強く速かった。

あの時、「まだ差し替えていません」と言う勇気がなかったばかりに、柿田さんから虚言癖と決めつけられている。葉月は次第に追いつめられていった。

「それに寝坊、マニキュアの美容基準違反、そして何よりも大事な安全《セーフティ》マニュアルの差し替えの不備……。あなたのだらしなさったらありゃしない」

柿田は「だらしなさ」という言葉に力を込めた。そして嘲けるように言った。

「次々に失敗を繰り返すあなたを、もう誰も信用していないわよ。津山さんがいい例だわ。津山さんはあなたのことを一番心配してくれたし、あなたをかばってくれてたわ。でも次々に失敗を繰り返すあなたに、彼女もついに愛想をつかしたのよね。どうしてだろうね。あなたに何が足りなかったんだろうね」

津山さんが心変わりした本当の理由は、柿田さんが一番よくご存知のはずです。

葉月はまた心のなかでつぶやいた。そうするしかなかった。葉月は心のなかでつぶやくことで、自分自身を見失わないようにしていた。

その時、ハンドバッグの中の携帯電話が振動した。メールの着信を知らせる振動だったが、柿田の前で携帯電話を取り出すことなどできなかった。誰からのメールだろうか。葉月は見当もつかなかった。

「私はこれから会議があるので今日はこれで終わりますが、明日も面談をやります。明日は私は公休日ですが出勤します」

柿田は腕時計を見て立ち上がった。そして、葉月を見下ろして言った。

「こんなに毎回、それも長い時間面談しなければならない人は他にいませんよ。これまでどれほど、あなたは私の時間を奪ったか分かっていますか。はっきり言って、あなたの存在そのものが業務妨害です。いいですか、退職日はいつにするのか、明日決断してください」

柿田はなにかに取り憑《つ》かれたように一方的にしゃべった。そして最後に捨て台詞《ぜりふ》を葉月に投げつけると、足早に面談室を出て行った。

葉月は一人残された。

私の存在そのものが業務妨害とは、なんてひどい言葉なんだろう。私が柿田さんに面談をお願いしているわけではなく、柿田さんの一方的な指示によって面談を受けているだけなのに……。

葉月は悔しかった。膝の上の両手を握りしめた。

柿田は公休日にもかかわらず出勤して面談すると言う。それは、九月中にはなんとしても葉月を退職に追い込むのだという柿田の強い意志の表れでもあった。

私はそれに耐えられるだろうか。

葉月はキャビンユニオンの杉村や野間に一刻も早く会いたかった。けれども、野間と会う約束はまだとれていなかった。


葉月が社員食堂で遅い昼食を済ませた後、アパートに帰ってセーフティマニュアルの差し替えを終えたのは、夕方近くだった。他には何もする気がなくてテーブルにぼんやり座っていると、面談の最中にメールの着信があったことを思い出した。急いでメールを開くと、キャビンユニオンの野間からだった。

ICチップの録音、杉村さんと二人で全て聞かせてもらいました。二人だけでなく乗務の行き帰りに組合事務所に立ち寄った仲間たちも、一緒に聞いてくれました。「なんてひどいパワハラなんだろう」と口々に言いました。そして「絶対に許せない」というのがみんなの共通の思いです。

　今日は福岡での宿泊ですが、明日の午後四時には札幌からの便で羽田に着く予定です。午後五時以降は組合事務所にいます。ご都合はいかがですか。

　私たちにどんなお手伝いができるか一緒に考えたいと思います。ご返事お待ちしております。

ようやくキャビンユニオンの人たちとお会いできる。葉月は急いで返信した。

　九月に入って柿田さんからのいやがらせはいっそう酷くなりました。今日の面談では、「明日の面談で辞める日を決めてほしい」とまで言われました。明日は福岡往復の乗務で、帰りは羽田に午後一時過ぎに着く予定です。その後、面談があります。何時間ぐらいかかるか分かりませんが、終わりましたら必ずお伺いします。どうぞよろしくお願いいたします。

葉月がメールしてから数分後、野間から返事がきた。

　今、福岡空港から宿泊先のホテルに向かうマイクロバスの中です。「辞める日を明日決めて下さい」とは、退職の強要以外のなにものでもありません。退職する日など、思ってもないことを絶対に言ってはいけません。柿田さんの脅迫がつらくてくじけそうになったら、キャビンユニオンのことを思い出して下さい。私たちはどこまでもあなたの味方です。あなたならば柿田さんの脅しに屈することなく、自分の意思を貫くことができると信じています。明日はあなたが訪ねてくるまで、杉村さんと一緒に待っています。いつでもいいですから来て下さいね。

こんなに身近に心を通わせられる人たちがいる。葉月の胸にかすかな希望が湧いてきた。

「私は一人じゃないんだ」

葉月は思わずそう叫びたくなった。

野間のメールが葉月を励ましたのだった。

私を辞めさせようとする柿田さんの脅しはこれま

でになくひどいだろうけれど、「会社を辞めます」とは決して言わないように頑張ろう。

葉月は野間からのメールを読み終えると、夕食の材料を買いに行った。

葉月が自分で夕食を準備するのは本当に久しぶりだった。元々、料理が好きだったが身も心も疲れきっていて料理をする気になれず、いつも出来合いの総菜やコンビニ弁当で済ませていた。でも、今夜はちゃんとご飯を炊いて、おかずを作ろうと葉月は思った。スーパーに行くと、牛の小間切れ、パック入りの豆腐半丁、春菊一束、ねぎ一本、ジャガイモ二個、キュウリ一本を買った。すき焼き風鍋と、ポテトサラダを作るつもりだった。缶ビールもウイスキーの小瓶も睡眠薬の錠剤も買わなかった。心の不安が消え去ることはなかったが、それらを買わなくても今夜は眠れそうな気がした。


翌日、午後一時過ぎに福岡からの到着後、いつものブリーフィングを済ませると、すぐに柿田との面談が始まった。既に午後二時近くになっていたが、今日も昨日と同じように柿田は葉月に昼食をとる時間を与えなかった。

「今日はまず、これまでにあなたが引き起こした失敗を取り上げます」

柿田が持参したA4ファイルを開きながら言った。葉月を精神的に追いつめるのが柿田のねらいだった。失敗といっても、柿田本人や沢村によって意識的に葉月のせいにされたものが多数を占めていた。

「まず、一月には習熟度試験に落ちましたよね。レベルが標準に達していなかったのが証明されたのですから、本当ならその時点でお辞めいただいてよかったのです。しかしながら、会社はあなたの今後の努力に期待して、三ヶ月間の経過観察付きで二年目の契約更新をしました。そして六月には経過観察を更に三ヶ月間延長しました。それも今月末で期限が切れます。しかしもう、これ以上の延長はありえません。あなたにはこのように十分過ぎるほどの時間を私は与えたのよ。ところがあなたはそのチャンスを生かせなかった。その間にどんな失敗をしたか、覚えてる？」

柿田が上目遣いに葉月を見た。葉月は黙っていた。

「忘れてしまったの？　あなたは若年性認知症の疑いがあるからやむを得ないわね」

　柿田がふんと鼻であしらった。

「ここ五ヶ月間に限っても、あなたの失敗は目にあまるほどよ」

　柿田は紙面を見ながら言った。

「五月にはノベルティの配布漏れなど、六月にはリフレッシャー教育の場所を間違えた末に遅刻したことなど、七月にはギャレーに立ち入って搭載さんの準備作業を邪魔しようとしたことなど、八月にはお客様が離陸時に幼児《インファント》を隣席に座らせていたことに気がつかなかったことなどなど……。そして九月に入ってからは更に失敗を次々に起こしているわね。昨日面談で指摘したばかりだから、まさか忘れてはいないでしょう？　マニキュアの美容基準違反、寝坊による配車のタクシー不乗、そして極めつけは安全《セーフティ》マニュアルの差し替え不備です」

　柿田は紙面からゆっくり顔を上げた。そして葉月を睨んで言った。

「あなたがこんなに失敗を続けるのは、規律性も責任感も確実性も全くないことに他なりません。要するに『客室乗務員としての適性がない』の一言に尽きるってことです。そしていっそう問題なのは失敗が減るどころか、日を追うごとにますます多くなっているという事実です。あなたは失敗の度に『反省しています』『頑張ります』と毎回毎回謝るけれど、全く信用できません。どこまで私を馬鹿にすれば気が済むの？」

　柿田はまた机に激しくボールペンの先を打ち続けた。柿田は今までになく感情をむき出しにして葉月を脅迫した。それはこの場でなんとしても葉月を退職に追い込むのだという、柿田の強い意志を感じさせた。

　葉月はうつむいたままだった。この面談が早く終わってほしいと願うだけだった。

「あなたはいつまでこの会社にしがみついているつもりなの？　はっきり言ってこれはあなたのわがまま放題のごり押しじゃないですか。あなたには人間としてのプライドはないの？　いい加減、自分から身を引くのが美学というものよ」

柿田の口から発せられる言葉一つひとつが、鞭《むち》のように葉月を打ち続けた。

私は落ちこぼれでも、臆面もなく会社にしがみついているのでもありません。私は同期の人たちと同じように一生懸命仕事をしています。ただそのことを柿田さんから正しく評価していただけていないだけです。

葉月は心の中で反論した。

葉月の胸は痛んだ。昨日の「業務妨害」発言に続くこれらの柿田の発言に、葉月は人格そのものを深く傷つけられた思いがした。

葉月が顔を上げると、目の前に般若の形相をした柿田の顔があった。

怖い。葉月は身震いをして顔を伏せた。

この場から一刻も早く逃れたい。逃れるには、たった一言「会社を辞めます」と言えばここから解放されるのだ。ふとそんな考えが頭をもたげた。同時に苦いものが込みあげてきた。

いや、それでいいはずがない。ここで柿田さんの言うとおりにしたら、きっとこれから先ずっと後悔する。けっして「辞めます」とは言うまい。

葉月はつい折れそうになる気持を必死に奮い立たせた。

柿田さんの脅迫がつらくてくじけそうになったら、キャビンユニオンのことを思い出して下さい。私たちはどこまでもあなたの味方です。あなたならば柿田さんの脅しに屈することなく、自分の意思を貫くことができると信じています。

野間のメールが心に浮かんだ。

「私はいろいろと失敗を重ねて……」

失敗と言っても柿田と沢村から葉月のせいにさせられたものが多かったが、そう言うしかなかった。

「うん」

柿田が軽く相づちをうった。柿田は「辞めます」という言葉が後に続くのを期待しているかのようだった。

「大変厚かましいとは思うのですが、私はこの仕事が本当に好きですので、どうかこの先も続けさせてください」

葉月は椅子から立ち上がって、深々と頭を下げた。

「いつまで続けるつもりなの?」

柿田が冷ややかに言った。

「働かせていただける限りはずっと働きたいのです」

「これだけ失敗を続けながら、よくもそんなことが言えるわね。あなたには一年先、二年先という話はあり得ないわよ。せいぜい、一ヶ月早いか遅いかという話よ」

柿田が今度は拳を机に叩きつけた。ドンドンドンと低い音に葉月は首をすくめた。葉月は勇気を振りしぼって、絞り出すような声で言った。

「客室乗務員の仕事は私の夢でした。その夢を全うできないまま終わってしまったら一生悔いが残ります。これからは失敗をしないように一生懸命頑張りますので、どうかよろしくお願いいたします」

葉月の声は震えていた。

「自分の夢のためには、会社に迷惑をかけてもかまわないと思っているの？　あなたがいくら夢を見ても、もうあなたには国際線乗務の夢などあり得ません」

柿田はすげなかった。柿田は葉月の夢を断ち切ろうとしていた。

「あなたにこれ以上の猶予は、もう与えられないの。このままだったら本当に懲戒免職になりますよ。懲戒免職になれば一生付いて回り、他の職に就くのにも非常に不利になりますよ。二五歳のあなたがそういうことになったらと思うと、私はとても心配なの」

柿田はさも葉月の将来を案じているような口ぶりになった。長い沈黙が続いた。

「私は他の職につくことは考えていません」

しばらくして葉月が顔を上げて言った。葉月にとってせいいっぱいの抵抗だった。

「うーん」

柿田が呻《うめ》いた。そして天井を仰いだ。柿田は自分の意のままにならない葉月をもてあましているかのようだった。

柿田は腕時計を見た。そしてチッと舌打ちした。

「私はこれからマネジャー会議に出席しなくちゃならないの」

柿田が深いため息をつきながら残念そうに言った。

「もう時間がなくなったわ。これだけ話しても、あなたは分からないのね。私、むなしいわ」

柿田は一転して弱音を吐き、虚ろな目をして葉月を見た。今までに見せたことのない柿田の姿だった。

「柿田さんが仰りたいことは私にも分かっておりますけれど……」

葉月が柿田を見て言った。

「この仕事を続けたいのです。頑張りますので、どうかよろしくお願いします」

葉月が自分の意思を繰り返した。

「それじゃあ絶対に失敗しないのね」

柿田が葉月をきっと睨んだ。柿田は再び攻撃的な姿勢を露わにした。

「絶対にしないように……」

葉月は言いよどんだ。絶対にしないとは、どうしても言えなかった。

「失敗を起こさないように努力します」

葉月が言い直すと、柿田はまた拳で机をドンドンドンとたたき続けた。低く鈍い音が面談室を満たした。

「もうこれ以上の失敗は認められません。もう一度決意書を書いて来てください。決意書には今度こそ『次に失敗したら、もう辞めます』という文言を必ず入れて下さい。いいですか、これは約束ですよ。二言はないですよ。今日はこれで終わりますが六日後にも面談します。その時に必ず提出してください」

柿田は葉月から「辞める」という言質をとれなかったことがよほど悔しかったのだろう、靴音を殊更高く響かせながら面談室を出て行った。

葉月は深い疲労を覚えた。張りつめていた気持が急に萎えた。しばらく椅子から立ち上がることが出来なかった。

私はやっとの思いで、柿田の激しい脅迫に耐えることができた。もし、野間さんから励ましのメールをもらわなかったら私は耐えることができなかったかもしれない。

でも六日後にはまた面談がある。柿田さんは「次に失敗したら、もう辞めます」という文言を必ず入れた決意書を出すようにと言った。次回の面談は今日よりもさらに厳しくなるのだろうか。

葉月の心にまた不安がよぎった。

キャビンユニオンの事務所で杉村さんと野間さんが私を待ってくれている。私はどうしても二人に相談しなければならない。

野間さんが事務所に着く予定までには少し時間がありそうなので、とりあえず随分と遅くなった昼食を済ませよう。

葉月は椅子から立ち上がった。


葉月は、キャビンユニオンの組合事務所に通じる分厚い鉄の扉の把手《ノブ》を右に回し、ゆっくりと押した。「開かずの扉」と呼ばれている、いつも閉じたままのその扉を葉月が開けるのは二度目だった。

扉の向こうには私の希望がある。葉月は、キャビンユニオン事務所に通じるうす暗い廊下を足早に歩いて行った。首から掛けた社員証《ラスター》を外すことも、左胸の名札を取ることももうなかった。

キャビンユニオン事務所のドアは今日も開いたままだった。葉月はそっと中に入った。

話し声のしない事務所を見回すと、右隅のソファに制服姿の杉村と野間が向かい合って座り、二人ともやや前屈みになって考え事でもしているかのように視線を落としていた。

「あ、能見さん」

野間がホッとした表情を見せた。

「やっぱりいらしてくださったのね。さあ、どうぞ」

杉村が笑顔を浮かべて立ち上がり、自分が座っていたソファを葉月にすすめた。

「本当に来てくれるだろうかって、二人でちょっぴり心配していたのよ。でも、杞憂《きゆう》だったわね」

野間が白い歯を見せて言った。

私の全てを懐に包み込んでくれそうな二人の前では、身構えなくてもいいんだ。自分の有りのままの姿をさらけだしていいんだわ。

「私には、キャビンユニオンしか頼れるところがないんです」

葉月が入口に立ち止まったまま言った。

「柿田さんのパワハラに、今までよく耐えてきたわね。とてもつらかったでしょうね」

録音を全て聞いている杉村はそう言って葉月の肩を抱き、ソファに座らせた。葉月は杉村の言葉に涙がこぼれた。杉村と野間は、いたわるような眼差しを葉月に向けていた。

「たった二回しかお会いしていないのに、泣いたりしてすみません」

葉月が嗚咽をこらえながら言った。

「今までのいやなことが、涙と一緒に全て流れ去るのならいいのにね……」

杉村がしんみりと言った。しばらくの間、杉村と野間は葉月の心が落ち着くのを待っていた。

やがて葉月が口を開いた。

「昨日から今日にかけての面談で、柿田さんは私の存在そのものが業務妨害だとか、いつまで会社にしがみついているの？　あなたにプライドはないの？　とか、自分から身を引くのが美学だとか、あげくはこのままだったら本当に懲戒解雇になりますよとおっしゃって、今まで以上に強く退職を迫りました」

「なんていうことを」

杉村と野間が顔を見合わせた。

「すごくつらかったのですが、『辞めます』とは言いませんでした。言わなかったのは、野間さんからいただいたメールが面談中もずっと私を支えてくれたからです」

葉月が気を取り直して言った。

「たった一人で頑張っているあなたを励ましたいと思って送ったメールだけど、お役に立ててよかったわ」

野間は胸をなでおろしたが、すぐに怒りを込めて言った。

「それにしても柿田さんのパワハラは絶対に止めさせなくちゃ」

「そうよね。マネジャーたちから見せしめ的にパワハラを受けて苦しんでいる人は、能見さんの他にもまだまだいるはずだわ」

杉村の声にも怒りが滲んでいた。

「私もいけなかったんです。このところ大きな失敗を立て続けにして、パワハラの口実を与えてしまいました」

葉月がまた打ち沈んだ声になった。

「何があったのかしら。差し支えなかったら話してくださる？」

野間が心配そうに訊ねた。

「はい……。昨日の早朝のことですが、寝過ごして配車のタクシーに乗り遅れてしまいました。でもその後、自分でタクシーを呼んで始業時刻には間に合いました。寝過ごしたために、セーフティマニュアルの差し替え作業もできませんでした。それから、迂闊にもパール系のマニキュアを塗って美容基準に違反したりと、次々に問題を起こしました。本当に反省していますと、柿田さんに申し上げたのですが許していただけませんでした。私はもうどうしたらいいのかわかりません」

葉月は途方に暮れて下を向いた。

「もちろん失敗しないに越したことはないわ。でもねえ、あなたの失敗は多くの客室乗務員も経験していることよ。失敗から多くのことを学んでいくものだわ。だから、そんな風に自分を責めないでね」

杉村が励ますように言った。そして少し間を置いて言葉を続けた。

「セーフティマニュアルを差し替える時間がない場合は、その冊子を携帯して乗務すれば問題ない、と言うマネジャーもいるわよ」

葉月が初めて聞くことだった。

杉村に続いて野間が言った。

「羽田と成田を間違えて出社したり、寝坊したりして出社時刻に間に合わず、代わりに待機《スタンバイ》の人が乗務したことだって幾度もあるのよ。でもその人たちでさえ、辞めさせられることはなかったのよ」

杉村と野間は淡々と事実を話した。豊富な乗務経験を有する二人の話は具体的で説得力があった。

「あなたの失敗はどれをとっても、今後気をつければ済むことよ」

杉村が葉月に笑顔を向けて言った。

葉月は大きく目を見開いて杉村と野間の話を聞いていた。その言葉一つひとつに、葉月の心は安らいでいった。

柿田さんは、何も知らない私に目隠しをしたんだわ。目隠しをされていた私は、ただ柿田さんの言葉を信じるよりほかなかった。その目隠しを杉村さんと野間さんが外してくれた。そうでなかったら私はいつまでも自分を責め続け、なす術もなくただおろおろとしていただろう。

「お二人の話で、心の重荷が軽くなったような気がします」

葉月の表情が一瞬緩んだが、すぐに真顔に戻って言った。

「でも、もう一つ心配なことがあります」

「まだ他にも言われたの？」

野間が怪訝な顔をした。

「はい、六日後の面談では、『次に失敗したら辞めます』という文言を入れた決意書を出すようにと言われました。今度こそ断れない気がします」

葉月が目を伏せた。

「そういえば、五月末の決意書でも『職を辞す覚悟』という文言を入れるように指示されたのよね。あの時は津山さんの口添えで入れずに済んだのだけれど、その津山さんも心変わりしてしまったし……」

野間がソファに背中をあずけて言った。三人ともしばらく黙っていた。

杉村がおもむろに口を開いた。

「柿田さんは、たとえどんなことを言っても能見さんが盾突くはずがないと、高をくくっているんじゃないかしら」

杉村が葉月を見た。

「そこでね、柿田さんが『次に失敗したら辞めます』という文言を強いてきたら、『それは退職の強要ではないでしょうか』って、はっきり言ったらどうかしら」

葉月にとって柿田は絶対的な存在で、そのような大それた台詞はとても言えそうになかった。葉月は返事ができなかった。

「急所をつかれた柿田さんは少なからず動揺すると思うわ」

杉村の口調は穏やかだった。

「今は自信がありませんが、柿田さんに追いつめられたときその言葉を思い出すよう、しっかりと胸に刻んでおきます」

しばらくして葉月が言った。

「ええ、そうしてくれれば嬉しいわ」

杉村が葉月に微笑んだ。

「能見さんを支援したいけれど、私たちに何ができるかしら？」

野間が自問するように首をかしげた。

「例えば、廊下の組合掲示板に『あなたは退職を強要されていませんか』という見出しで、契約制の人たちに訴える形をとりながら、マネジャーたちに警告する内容の張り紙を出したらどうかしら？」

野間が杉村に相談した。

「それはいいアイデアね。あの掲示板は、いやが応にもマネジャーたちの目にも入るからね。柿田さんも見ると思うよ。だから先制パンチとしては効果があるわね」

杉村が賛成した。

「能見さんはどう思う?」

野間が葉月に訊ねた。

「パワハラはもうたくさんですので、よろしくお願いします」

葉月は二人にお辞儀をした。

「これで決まりね。早いほうがいいから、これから文案を練りましょう。杉村さん、時間あるでしょう?」

野間が杉村に訊ねた。

「ええ、そうしましょう」

杉村がすぐに同意した。

「それにしても、柿田さんはどうしてあなたにパワハラをするようになったのかしら」

野間が首をかしげて言った。

「それが、私にも分からないのです」

葉月は困惑した表情になった。

「状況からすると、入社したての頃にきっかけがあったように思えるのだけど……」

杉村が葉月をじっと見つめて言った。葉月はすぐには思い浮かばなかった。

「例えば、同期の人たちと違ったこと、目立ったようなことをしてたしなめられた経験はない?」

杉村が再び葉月に訊ねた。

「そういえば……」

葉月は記憶をたぐり寄せた。

「それがきっかけかどうかはっきり分からないのですが、二つのことを覚えています」

そう前置きして葉月は話し始めた。

一つは、柿田さんのグループに配属されて、初めてご挨拶したときのことでした。ご挨拶を済ませた後に、もしできましたらピアノの恩師の四十九日に合わせてお墓参りに行きたいので年休をいただけないでしょうか、とお願いしました。柿田さんはずっとそのことを覚えていらっしゃいました。

初対面の時に年休を申請する人って今までいなか

ったから、私めんくらっちゃったわ。ずいぶんはっきりとものを言う子だな、と強く印象に残っているの。だってね、新人は全員と言っていいほど、私の前では借りてきた猫みたいにかしこまっていて、とてもそんなことって言えないのよ。年休を取るのが悪いと言っているのじゃないの。認められていることだからね。でもね、認められてるからって、立場もわきまえずに初対面の私に申し出るのはどうかと思うわ。

配属から半年後の面談で、柿田さんからそう言われました。そのとき私は年休をお願いしたこと自体が、常識外れのすごくいけないことをしたような気になりました。

もう一つは、訓練所での出来事です。全ての訓練を無事に終えて、明日から柿田さんのグループに配属されるという日でした。総務部の塩地さんから、労働組合についての説明がありました。

客室乗務員の職場には二つの労働組合があります。一つは従業員組合で、皆さんの先輩はほとんどがこの組合に加入しています。従業員組合は和気あいあいとした雰囲気の明るい組合です。もう一つはキャビンユニオンという組合です。この組合に加入しているのは一握りの人たちです。キャビンユニオンの人たちは目つきが悪く意地も悪く、怖い人ばかりです。どちらを選ぶかは皆さんが判断することですので強制はできませんが、私の話でもうお分かりでしょう。

塩地さんはそう言って、従業員組合の加入届に名前を書くように指示しました。

私は労働組合がどういうものかまったく知らなかったので、たとえ塩地さんの言うとおりであっても、自分の目で確かめてから加入しても遅くはないだろうと思いました。

なので、加入届に名前を書かずに部屋を出ましたら、塩地さんが後から追いかけてきて言いました。

君は僕の言うことに従わないつもりか。もし、加入届に名前を書かなければ大変なことになるぞ。

私は怖くなって急いで名前を書きました。

塩地さんはその後度々第三乗員部に来て、柿田さんと談笑しているところをよく見かけました。多分、この出来事は柿田さんにも伝わっていると思います。

　葉月の話が終わると杉村が納得したように言った。

「あなたが柿田さんからパワハラを受けるようになったきっかけは、間違いなくその二つにあると思うわ」

　杉村の話に野間もうなずいた。

「私がしたことって、そんなにいけなかったのでしょうか」

　葉月が不安そうにつぶやいた。

「いいえ、あなたは当たり前のことをしたまでよ。少しも間違っていないわ」

　杉村がきっぱり言った。

「では、どうして柿田さんはパワハラするようになったのでしょう?」

　葉月が杉村に訊ねた。

「それはね、あなたが自分の頭で考えて、はっきり言ったり行動したりしたからなの」

　杉村が諭すように言った。葉月はその意味がよく分からなかった。


「会社は、契約制から正社員になるまでの三年間に、契約制の人たちを上司の意のままになる客室乗務員にしようとしているの。この会社の方針にあなたがそぐわないと、柿田さんは見なしたのだと思うわ」

　杉村はそう言って葉月を見つめた。

　やはりそうなんだと、葉月は思った。白鳥さんも杉村さんと同じようなことを言っていた。

「私たちの仕事は自由にものが言えることが、とても大事なの。私たちが使命とする安全第一は安全を阻害する要因に気づいた人が口をつぐまず、声を上げてこそ達成できるものだから……。けれども今では正社員でさえ自由にものが言えない状況なのよ」

　野間が少し顔を曇らせたが、すぐに明るい表情に戻って話を続けた。

「私たちキャビンユニオンの組合員は、あなたと同じように勇気を持って発言したり行動したりしているのよ。ところが、会社はそんな私たちを嫌って、キャビンユニオンの組合員というだけで昇格差別をしているの」

　キャビンユニオンの人たちも、昇格差別という私とは異なるパワハラを受けながらも頑張っているんだ。葉月には、キャビンユニオンの人たちがとても頼もしく親しい存在に思えてきた。

「本来なら杉村さんも私もマネジャーになっていい年齢で、知識も経験も十分だと自負しているんだけれど、会社は先任にも発令しないのよ。でもね、私たちは正しいことをしているのだから、差別に負けることなく正々堂々と歩いているわ」

差別されているという杉村と野間の表情には少しも暗いところがなく、客室乗務員という仕事に対する誇りさえ感じられた。

杉村も野間も、柿田や津山とは正反対の生き方をしていることに葉月は気づかされた。

もし杉村さんや野間さんが私の上司だったら、どんなに楽しく充実した乗務《フライト》ができることだろう。私は柿田さんや津山さんのようにではなく、杉村さんや野間さんのような生き方を見習いたい。

「もうこんな時間になってしまって申し訳ありません。六日後の面談を前にして不安がいっぱいだったのですが、頑張ろうと思います。本当に有り難うございました」

葉月が笑顔でお辞儀した。

「六日後の面談が終わったら、またいらしてね。お待ちしているわ」

野間が言った。時間は既に午後九時を回っていた。

葉月は、これから掲示板の張り紙の文面を考えるという二人に別れを告げて、キャビンユニオンの事務所を後にした。

キャビンユニオンの組合員でもない私のために、杉村さんと野間さんはこんなにも心を砕いている。

葉月はうす暗い廊下を歩きながら胸が熱くなるのを覚えた。そして、自分のとった行為は杉村さんの言うとおり、けっして間違っていなかったのだと、葉月は確信した。


六日後、葉月が夕方に伊丹空港から到着すると、予定通り面談が始まった。

面談には津山が同席した。津山は葉月より前に札幌から到着していた。

津山の同席は柿田の指示だった。津山はテーブル側面の、やや柿田寄りに座った。

「津山さん、このところ能見さんが立て続けに起こしている失敗を、あなたはどう思っていらっしゃるかしら？」

柿田が、葉月を横目でちらと見ながら津山に訊ねた。

「はい、能見さんは私が先任になってから初めての配下の乗務員でしたので、力になってあげようと精一杯頑張ってきましたが、もう限界です。これだけ大きな失敗を次々に起こすなんて、今までの私の努力は一体なんだったんだろうと、本当にむなしいです」

津山が柿田に湿っぽい声で言った。津山の顔は血色が悪く艶もなかった。それから津山は葉月を見た。

「あなたはミスの重大性をどれだけ認識しているのかしら」

「本当に申し訳ありません、心から反省しています」

葉月が頭を下げた。

「反省しているというけれど重く受け止めているようには見えないわ。これだけのミスを連発したら、普通の人だったらもう立ち直れないほどのショックを受けるはずよ。でも、あなたは開き直っているとしか思えないわ」

津山が見下したように言った。

開き直った訳ではありません。打ち沈んでいた私は、杉村さんと野間さんの励ましによって立ち直ることができました。

葉月は心のなかでつぶやいた。

「今回の一連の失敗の中で最も大きなものは、セーフティマニュアルを差し替えていなかったことよ。あのときに国土交通省の抜き打ち検査にあってたら、運航停止になっていたのよ。だって法律違反をしてるんだからね。事業改善命令どころか、飛行機を飛ばせなくなっちゃうんだよ。それくらい大きな失敗だよ。分かってる？」

セーフティマニュアルを差し替える時間がない場合は、その冊子を携帯して乗務すれば問題ない、というマネジャーもいるわよ。

杉村の言葉がよみがえった。津山の言っていることは大げさで、脅しているとしか思えなかった。

「はい、反省しております」

葉月はそう返事するしかなかった。

「反省していないよ。あなたの安全意識の低さは、もうどうしようもないわ」

津山は葉月の返事を否定すると、葉月を脅すように机をドンと強く一回叩いた。

「あなたは辞めたくないから、この決意書に『次に失敗したら辞めます』という一文を入れなかったのね。でも、六月初めに決意書を書いてから、舌の根も乾かぬうちにリフレッシャー教育を遅刻し、それから今回の配車タクシー不乗による遅刻と、二回も遅刻しているのよ。配車タクシーに乗らなかったことは、遅刻そのものだよ。二回も遅刻して、もうしません、反省していますと言っても誰も信用しないよ。『次に失敗したら辞めます』という究極の一文がなかったら、あなたの決意は柿田さんにも伝わらないのよ」

津山が激しい口調でまくしたてた。

葉月は面談が始まる前に、柿田に決意書を提出した。

　柿田が強要したその言葉を、葉月は決意書に入れなかった。葉月には津山が本心から言っているようには思えなかった。柿田の前で殊更強がっているように見えた。

津山は何を言っても聞き入れてくれないと、葉月は思った。

面談室を沈黙が支配した。しばらくして柿田が言った。

「津山さん、あなたはここまででいいです。あなたは具合が悪いのに残ってくれたので、もう帰ってください」

葉月が上目遣いに見ると津山は胃の辺りをさすりながら顔をしかめていた。津山の十二指腸潰瘍は治っていないようだった。

「体調管理を怠ったためにご心配をおかけして申し訳ありません。早く治して会社に迷惑をかけないようにいたします」

津山がお辞儀をして面談室を出て行った。

「あなたはまだよ。これからよ」

柿田が葉月を見据えて強く言い放った。

津山が帰ったので面談室は葉月と柿田の二人になった。

「今日の面談の意味、分かっているわね」

柿田が低い声で言った。感情を押し殺して脅すような口ぶりは薄気味悪かった。葉月は思わず顔を伏せた。

「決意書よ」

黙っている葉月に業を煮やした柿田が、一転して声高に叫んだ。柿田は般若の形相になっていた。

「はい」

葉月は首をすくめた。

「こんな呑気な書き方をして、危機感がまったくないわね。もう先がないってこと、分かってるの？」

柿田が机の上の決意書をボールペンの先で叩きながら言った。

「承知しております」

葉月が小さな声で返事した。

「分かっていながら、こんな書き方しかできないの？」

柿田は今度はいらだたしそうに右手の拳で机をドンと打った。

「これまでの失敗を二度と繰り返さないように、細心の注意を払いますと結んでいるけれど、これじゃあ過去の反省文とまったく変わらないわよ。そういう段階じゃないのよ。いくら指導してもミスがなくならないから決意書にしたのよ」

柿田が感情を露わにした。

「はい」

葉月の声は震えていた。

「二度と起こさないためには、どう決意するかっていうことでしょう？　答えないわけにはいかないわよ」

柿田が葉月の返事を強く促した。しかし葉月はうつむいたままだった。長く重苦しい沈黙が支配した。

「今度起こしたらどう決意するの？」

柿田が繰り返し言った。

「起こさないように……」

葉月がやっと答えた。

「それは何遍も聞いたわよ」

「はい」

「絶対に起こさないということでしょう？」

「はい、そういう気持で……」

葉月は、「絶対に起こさない」とはどうしても言えなかった。

「今度起こしたら辞める、ということでしょう？」

葉月はもう「はい」とは言えなかった。どう返事したらいいか分からなかった。

「『今度失敗したら辞めます』という一文を今すぐこの決意書に書き足して下さい。これでは受け取れません」

柿田が決意書を葉月に突き返した。

柿田さんは六日前と少しも変わらないどころか、ますます激しく私を退職に追い込もうとしている。あの張り紙の効果はなかったのだろうか。

葉月がキャビンユニオン事務所を訪ねていった翌日、廊下の組合掲示板には画鋲でとめた大きな張り紙があった。

葉月が帰った後、杉村と野間が作成したものだった。張り紙はこうだった。

契約制のみなさんへ
退職を強要されていませんか

マネジャーから次のようなことをされていませんか。
(一) 容姿や人格をけなされた。
(二) 一方的に「適性がない」と決めつけられた。
(三) ささいなことで反省文や決意書を書かされた。
(四) 乗務中に監視された。
(五) 長時間の面談が何回も行われた。
(六) 退職を強要された。
気持良く働ける明るい職場こそ、お客様の安全を守り、心のこもったサービスを提供するために最も必要なものです。

キャビンユニオンはこのようなパワハラを許さず、職場から一掃することを会社に強く求めます。

パワハラに悩んでいる契約制の方はキャビンユニオンにご連絡下さい。どうしたらパワハラをなくせるか、一緒に考えましょう。

電話番号は、「キャビンユニオンニュース」の表紙にあります。

お待ちしています。


昨日の夕方のことだった。乗務が終わってロッカールームに行くと、これから乗務に向かう戸倉と鉢合わせになった。一緒に乗務する機会が少なくなり、たとえ一緒になっても葉月の面談が待ち構えていたので、このところゆっくり話す機会がなかった。

キャビンユニオンの掲示板見たわよ。あれは葉月のことだとすぐに分かったわ。キャビンユニオンの事務所を訪ねたのね。

戸倉はほっとした表情を浮かべた。

由佳と白鳥さんが私の背中を押してくれたんだよね。やっと決心がついたわ。ありがとうね。

葉月がお礼を言った。

あれは六月半ばのことだった。公休の朝、戸倉が葉月のアパートを訪ねてきた。

葉月、もうキャビンユニオンに相談するしかないよ。

柿田のひどい仕打ちを見かねた戸倉が、葉月に助言した。けれどもあの時、葉月にその勇気がなかった。

戸倉はロッカーの周辺を気にしながら声をひそめた。

一昨日、廊下のキャビンユニオンの掲示板の前で、張り紙を食い入るように見ている柿田さんの姿があったの。

近づいてくる私の足音に気づいたのか、柿田さんはあわてたように掲示板から離れていったわ。柿田さんは大分気にしてるんじゃないかしら。

そうだといいんだけど……。

葉月がつぶやいた。

「いつまでそうやって黙りこくっているつもりなの。さっさと書き足しなさい」

柿田は突き返した決意書を、さらに葉月の胸元まで押した。

柿田さんは私をいっそう窮地に陥れようとしている。やはり張り紙の効果はなかったのだろうか。

わずかに抱いていた期待がしぼみそうになった。

その時、胸の奥から杉村の声が聞こえていた。

柿田さんが「次に失敗したら辞めます」という文言を強いてきたら、「それは退職の強要ではないでしょうか」って、はっきり言ったらどうかしら。

葉月はその言葉におののいた。とても言えそうになかった。

再び杉村の声が聞こえてきた。

柿田さんは、たとえどんなことを言っても、能見さんが盾突くはずがないと高をくくっているんじゃないかしら。

「あなたが『次に失敗したら辞めます』という一文を決意書に書き足すまで、今日は絶対に帰さないわよ」

柿田がまた机をドンと叩いた。「絶対」という言葉に、なんとしてもこの場であの一文を葉月に書かせるのだという柿田の執念がはっきりと読み取れた。

ここに至っては、柿田さんの指示に従ってあの一文を決意書に書き足すか、それともあの言葉を柿田さんにぶつけるかの、二つの道しか残されていない。どちらかを決めるしかない。それ以外はないのだ。

私は今まで柿田さんの言うがままに従ってきたけれど、もう自分の思いをはっきりと言おう。

葉月はついに決意した。うつむいていた顔を上げた。柿田は般若の形相になっていた。しかし、葉月は目をそらさなかった。そして柿田の目を見つめて言った。

「それは退職の強要ではないでしょうか」

「うっ」

葉月の言葉に、柿田はたじろぎ小さくうめいた。そして信じられないとでも言うように、しきりにまばたきを繰り返した。

「あなたはまさか……」

柿田は何か言おうとしたがすぐに口をつぐんだ。落ち着きをなくしたように焦点の定まらない目できょろきょろと周りを見回した。

「退職を強要しているわけではありません。けっして強要はしていませんよ」

柿田は葉月の言葉をあわてて否定するかのように二度繰り返した。今まで見たことのないうろたえた柿田の姿が目の前にあった。

柿田の体から鎧《よろい》のような威圧感が消えて、小さく縮んだように見えた。

もうこれまでのように、うつむいて心のなかでつぶやくのは止めよう。今こそはっきりと声に出して柿田さんに私の思いの丈を話そう。

「でも私は、一月に面談が始まってから今までずっと柿田さんから『辞めるように』と言われ続けました」

葉月が柿田の目を見て言った。

柿田はしばらく虚ろな眼差しを葉月に向けていたが、やがて媚びるような笑顔を浮かべた。その笑顔は歪んでいた。

「私は人を育てるのが自分の天職だと思っているの。あなたにも早く育ってもらいたいという強い思いから、言い過ぎた部分があったかもしれないけれど、それも私なりの指導なのよ。分かって頂戴ね。退職を強要しているわけではありません。けっして退職の強要なんかしていません。あくまでも指導です」

柿田が言い訳をした。

退職の強要ではないでしょうかとの一言に、柿田がこれほどまでに狼狽するとは葉月には思いもよらなかった。

「私のやり方は、けっして退職の強要ではなく指導だということの実例を話すわ。それは一年前のことよ。あなたと同じように気がかりな子がいたの。その子にも早く仕事に上達してもらいたくて毎晩のように面談したわ。面談の間、その子は泣いてばかりいたけれど、私がどんなに厳しいことを言っても最後まで私を慕ってくれたわ。だから私、絶対に何とかしてやろうと思ったの。そして習熟度試験を再度やって、合格にしてあげたわ。私はいつでもそうやって人を育てることに腐心してきたの。あなたにも厳しいことを言ったけれど、それは指導だったのよ」

柿田は言い訳を繰り返した。

「私もその方と同じように、柿田さんから認めてもらいたくて一生懸命努力してきましたが評価していただけませんでした」

葉月が胸の内を吐き出した。

「私があなたの努力を認めてくれないと、ずっと思っていたのね。それじゃあ、あの子のように私を慕ってくれるはずがないわね。私の事が嫌いだった？」

「柿田さんの事が嫌いというわけじゃなくて、私はただ柿田さんから認めてもらいたい一心でした」

「いいの、いいの。もっと嫌われたって私はいいのよ」

「柿田さんに挨拶しても、いつも私だけが冷たくあしらわれているように思えて、逆に私は柿田さんから嫌われているんじゃないだろうかと、ずっと思っていました」

柿田はふぅと長いため息をつくとあきらめたように言った。

「私は何を言えばいいのか分からなくなってしまったわ。何を言っても、退職の強要ではないかとあなたに言われるような気がして、面談するのが怖くなってきたわ。面談は今日限りにします。もう帰ってください」

柿田はぐったりとして椅子に沈んだまま立ち上がろうとしなかった。

葉月は一人で面談室を出ると、ロッカールームで私服に着替え、その足でキャビンユニオンの事務所に向かった。腕時計を見ると午後八時を指していた。

「面談は今日限りにします」

柿田からその言葉を聞いたとき、葉月は実感がなかった。しかし時がたつにつれて、言いようのない解放感が心の底からじわじわと湧き上がってくるのを覚えた。

今までずっと苦しめられてきた柿田さんとの面談を、もう明日からは受けなくていいんだ。私は一刻も早くそのことを杉村さんと野間さんに伝えたい。

廊下の途中にキャビンユニオンの掲示板が掛かっていた。葉月は立ち止まって張り紙をしみじみと見つめた。

黒いマジックインクで大書された端正な文字が、白い張り紙の上で躍動していた。

柿田さんは間違いなくこの張り紙を読んでいた。だからこそ杉村さんが言った通り、柿田さんは少なからず動揺したのだ。この一枚の張り紙が私を窮地から救ってくれた。

柿田さんは「あなたはまさか……」と言って絶句したけれど、その後に「キャビンユニオンに相談したのではないでしょうね」と私を問い詰めたかったのではないだろうか。そしてすぐに、問い詰めるまでもないと柿田さんは思い直したのかもしれない。

葉月は掲示板から目を離すと再び歩き始めた。少し歩くと「開かずの扉」があった。

葉月は扉を開けて、キャビンユニオンの事務所に通じるうす暗い廊下を歩いて行った。

キャビンユニオンの事務所のドアは今日も開いていた。葉月が事務所を訪ねるのは三回目だった。

部屋に足を踏み入れると、静かだった今までと違って活気があった。

部屋の左端では印刷機が規則的な音をたてていて、手前の細長いテーブルの左端で脇目もふらずに刷り上がった資料を仕分けしている人がいた。

細長いテーブルの向こうに並んでいる事務机には電話をかけている杉村の横顔と、パソコンを打っている野間の背中が見えた。

葉月はもう入口に立ち止まることはしなかった。細長いテーブルの右端をすり抜けると、野間の背後に立った。

「遅くなって申し訳ありません。只今、面談が終わりました」

葉月の声に野間が振り返った。

「長時間大変だったわね。今か今かとみんなで待っていたの。さあ、ソファに行きましょう」

野間はパソコンを閉じると、立ち上がって印刷している人に声をかけた。

「能見さんがいらしたので一緒にお話を伺いましょうね。組合大会の資料は出来上がりそうかしら？」

「予定通り、ぴったりに終わりました」

その人は手を休めて、葉月に笑顔を向けた。けれども葉月は面談の余韻がまだ尾を引いていたので、どうしても笑顔が返せなかった。その人は既に葉月のことは知っている様子だった。三〇代半ばのように見えた。初めて会う人だったが、どこかで会ったような親しみを覚えた。

その人もソファに向かった。

「この方が能見葉月さんよ」

野間が横の葉月を一瞥した後、正面に立っている人に紹介した。

「能見葉月と申します。どうぞよろしくお願いいたします」

葉月がお辞儀をした。

「私は金沢千夏と言います。お目にかかれて嬉しいわ」

金沢は目元に微笑みを浮かべていた。

金沢は淡いピンク色のカーディガンに、タータンチェックの丈長のスカートを身につけていた。金沢は控え目な感じがした。

三人はソファに座った。

「金沢さんには前もって録音を聞いてもらったの。そうしたら、ぜひ能見さんにお会いして励ましたいと言って、公休だったけど来てくれたのよ」

野間が金沢を見て言った。

「休日なのにすみません」

葉月が頭を下げた。

「気にしなくていいのよ。組合大会の資料を印刷する仕事があったから、ちょうど良かったの」

「待たせてごめんなさい」

そこへ電話を終えた杉村が小走りに来て、金沢の隣に座った。

「それではみんな揃ったので、今日の面談の結果を聞かせていただける？」

野間が改まった口調で言った。

「はい」

葉月は初めから順を追って話そうか、それとも結論から先に話そうか迷った。

三人は葉月の口元を見つめた。

みんなが早く知りたいのはやはり結論だと葉月は思った。冷静に話そうと努めたが、心の高まりを抑えることが出来なかった。

「柿田さんは、面談は今日限りにしますとおっしゃいました。明日からの面談がなくなりました」

葉月の声は弾んでいた。

「あの言葉を柿田さんにぶつけたわけね」

杉村が確かめるように葉月に訊ねた。

葉月がゆっくりうなずいた。初めはきょとんとしていた金沢だったがすぐに成り行きを理解した。

「わぁ良かった」

金沢は自分の事のように喜んだ。

「頑張ったのね」

杉村が葉月をねぎらった。

「そういう結論になった経過を少し説明してほしいわ」

野間も笑顔を向けた。

「今日は、同席した津山さんが私のミスを厳しく問い詰めることから始まりました」

葉月はそう前置きすると面談の様子を話し出し

た。柿田が「次に失敗したら辞めます」と決意書に書き足さない限り絶対に帰さないと迫ったこと、それに対して葉月が「それは退職の強要ではないでしょうか」と言ったくだりでは、三人とも固唾《かたず》を呑《の》んで聞いていた。

　柿田が掲示板の張り紙を見ていたという、戸倉の目撃談も付け加えた。


「それにしても、なぜ柿田さんは『それは退職の強要ではないでしょうか』と私が言ったことに、あれほどあわてたのでしょうか」

　葉月が不思議そうに訊ねた。

「柿田さんは自分の言動がパワハラであり、してはいけないことだとはっきり認識していたからだと思うわ。それを能見さんがキャビンユニオンに相談して掲示板や『キャビンユニオンニュース』で暴露されたら、自分の立場が危なくなると怖れたんじゃないかしら。あんなに酷い実態がもし明らかになったとしたら、いくら会社といえども柿田さんを擁護できないと思うわ」

　杉村の話の合間に野間と金沢が「そうそう」と言って相づちを打った。

「何と言っても柿田さんを追いつめた最大の要因は、能見さんがどんなパワハラにも決して屈しなかったことだよね」

　野間が感じ入ったように言った。

「私も能見さんを励まそうと来たのだけれど、逆に私が励まされるわ」

　金沢が葉月を見て言った。

「私こそ励まされました。キャビンユニオンに出会わなかったら、柿田さんのパワハラに耐えることができずに、今頃はもう辞めていたかもしれません」

　葉月の脳裏に柿田に責められた日々がよみがえった。葉月はしばらく視線を落としていた。

「能見さんはあのとき、『開かずの扉』をよくぞ開けてくれたわね」

　野間がしみじみと言った。

「もうキャビンユニオンの人に教えてもらうしか、方法がなかったのです。あのとき私は入社してから初めて、人の心の温かさを知りました」

　葉月は声を詰まらせた。

　キャビンユニオンを初めて訪ねたのは随分前のよ

うな気がしたが、まだ一ヶ月も経っていなかった。

葉月は長い道のりの末にようやくキャビンユニオンにたどり着いたのだと思った。

そしてその節々で葉月を励ましてくれた人たちが心に浮かんだ。

良介さんは絶望していた私に宮崎から会いに来てくれた。

どんな時にも希望を持とう。持ち続ければきっと道が開けることを信じていこうよ。

良介さんはそう言って私を抱きしめた。

父と母も宮崎から駆けつけて、私を筑波山に誘ってくれた。あえぎながら登った頂上近くの広場で父が言った。

おまえは今、試練の只中にいるとお父さんは思うちょる。人は試練によって強くなるとよ。つらいじゃろうが、この登山で経験したごつ、あきらめんで頑張ることっちゃね。

同期入社の由佳と乗務指導員の白鳥さんはいつも心をくだいてくれた。そしてキャビンユニオンに相談することを勧めてくれた。

良介さん、父と母、由佳そして白鳥さんの一人ひとりが私をキャビンユニオンに導いてくれたのだ。

「柿田さんはもう面談はしないと言ったけれど、会社が能見さんの二回目の契約更新をすんなり行うかどうか少し気がかりだわね」

物事をいつも慎重に考える野間が言った。

葉月の二回目の契約更新は半年後の四月末だった。その時に契約の更新がなければ雇い止めになることも考えられた。

「うん、そこは注意する必要があるわね。ただ会社は、よほどのことがない限り二回の契約更新を経て正社員にすると、はっきり言っているのだから……」

杉村は持ち前の明るさで言葉を継いだ。

「いずれにしても、柿田さんの退職強要の面談を止めさせたこと自体が素晴らしいことだわ。能見さんの頑張りを称えて乾杯しようよ。いつもの中華料理店で、火鍋を囲んでどうかしら」

「賛成」

野間と金沢の二人が声をそろえて立ち上がった。

葉月もつられて立ち上がった。

六章　新しい道

「行きつけの店」という京急蒲田駅西口の中華料理店に着いた時は、もう午後九時半になっていた。

テーブルが入口から奥に向かって二列に並んだ店内は、手前に男女一組の客がいただけだった。

「いらしゃいましぇ」

テーブルの上をかたづけていた女主人が笑顔で振り返り、中国人とわかる訛りで気軽に声をかけた。他に二〇代と思われる女性の店員が一人いた。三人は立ち止まることなく奥のテーブルまで歩いた。

「能見さん、どうぞ」

杉村が奥の席を指して言った。手前に座ろうと思っていた葉月は少しとまどったが、杉村に従った。葉月の隣に金沢が座り、テーブルを挟んで杉村と野間が座った。葉月はなんとなく窮屈だった。

「ご注文は？」

女主人がメモ用紙を片手に言った。

「とりあえず乾杯用に中ジョッキを四つ頼むわね。料理は昼過ぎからずっと作業していただいた金沢さんにオーダーをお願いするわ。お好きなものをどうぞ」

杉村が金沢に言った。

「わぁ、嬉しい」

金沢はメニューに見入った。

「お腹がぺこぺこなので、最初に八宝菜と五目焼きそばを二皿ずつ、それと火鍋を四人前お願いしようかしら」

金沢が三人を交互に見て言った。

「能見さんは辛いの苦手じゃない？　火鍋はチョー辛いよ」

野間が葉月に訊ねた。

「平気です」

葉月の声は弾んでいた。葉月は辛いものが好きだったので待ち遠しくなった。

葉月は次第に雰囲気に馴染んでいった。

「じゃあ、以上で決まりね」

金沢の声に、女主人は注文を繰り返してその場を離れた。ほどなくして若い店員が、中ジョッキと通し物の小鉢を運んで来た。

「それでは能見さんの頑張りを称えて乾杯しましょう」

杉村がジョッキを掲げて言った。

「かんぱーい」

いっせいに歓声をあげて軽くジョッキを合わせた。カチンと音がした。葉月の乾いた喉を冷えたビールが潤した。爽やかな満たされた気分になった。このような感覚は初めてだった。

葉月は今まで、つらさを忘れるためにビールを飲んでいた。早く酔って、眠ってしまえればビールの味などどうでも良かった。

女主人と若い店員が八宝菜と五目焼きそばを二皿ずつ持ってきた。それぞれが箸をのばして小皿に取り分けた。葉月がまごついていると、金沢が葉月の小皿に五目焼きそばをとりわけてくれた。

「あ、すみません」

葉月が申し訳なさそうに言った。

「遠慮しないでじゃんじゃん手を出してね」

「はい」

金沢の一言で葉月は気が楽になった。焼きそばを食べ終わると躊躇することなく八宝菜を小皿に取った。

葉月は身も心もくつろいでいくのを感じた。

私は今、誰に遠慮もなく食べている。みんなで飲んだり食べたりすることは、こんなにも楽しいことだったんだわ。

柿田と一緒に乗務したとき、名古屋の宿泊先で柿田が全員を夕食に誘ってくれたことがあったけれど、葉月は少しも美味しいとは思わなかった。料理自体は美味しかったのかもしれない。柿田を囲むその場の寒々とした空気が料理を味わわせてくれなかった。食事しながら得々と話す柿田に、みんなはただ頷いたり相づちを打ったり、時にはお世辞笑いをしたりした。柿田が気分を損なわないようにと、みんな気を遣ってばかりいた。

それに比べて、キャビンユニオンの人たちが心を合わせることができるのは、お互いに一人の人間として尊重し合っているからなのだと、葉月は思った。

「お待ちどおさま」

女主人が鉄の鍋を持ってきて、事前に据えた卓上コンロの上に置いた。そして、コンロに火を付けた。若い店員が具材を盛った大皿を鍋の横に置いた。

黒い鉄の鍋は内側が二つに仕切られていて、片方は唐辛子の色をした赤いスープで、もう片方は半透明のスープだった。大皿の中はスライスしたラム肉、春雨、豆腐、白菜などが山盛りになっていた。

「ビールのお代わりどう?」

野間が見回して言った。みんながジョッキを掲げて女主人に催促した。葉月も一緒に掲げた。

「火鍋をいっぱい食べて、明日からまた頑張ろうね」

金沢が葉月に言った。

「はい」

葉月は笑顔でうなずいた。

それぞれが具材を赤いスープに入れ始めた。半透明のスープには誰も入れなかった。葉月もみんなにならって肉や白菜や豆腐を赤いスープに入れた。短冊状の豆腐はスープに沈んだ部分が真っ赤に染まった。煮えるのを待っていると、若い店員がお代わりのジョッキを持ってきた。

しばらくして鍋がぐつぐつと音を上げた。

「もう良さそうね」

杉村の声で、野間と金沢が鍋の中の具をつまんだ。葉月も肉と豆腐、白菜を小皿に移した。先ず豆腐を口にした。スープの旨味が口に広がった。このくらいの辛さなら何と言うことはないと思った矢先に、強烈な辛さが口いっぱいに広がった。

「ああ、辛い」

葉月は急にむせて涙が出そうになった。想像以上の辛さだった。周りを見ると誰もむせてなくて、当たり前のように食べていた。

「能見さんはやはりこちらの辛くないスープを主体に食べた方がよさそうね」

金沢が笑いながら言った。

「はい、そうします」

葉月がむせながら返事した。

「でも二、三回食べるとクセになるわよ」

金沢が横目で葉月を見て言った。杉村と野間が笑顔で頷いた。

葉月は半透明のスープに入れた具と、唐辛子スープの具を交互に食べた。すると次第になれてきた。

早くみんなの域に追いつきたいと思った。

「ところで金沢さん、遅くなったけれどお嬢ちゃん大丈夫？」

野間が気がかりな様子で訊ねた。

「大丈夫です。今日は連れ合いが公休で面倒を見てくれていて、時間は気にしなくていいよと言いましたので……。娘はとっくに夢の国だと思います」

金沢が微笑んで言った。

「それは良かったわね」

野間が安心したように言った。

金沢さんには小さなお子さんがいたのだ、と葉月は少し驚いた。

宿泊があって不規則な勤務の客室乗務員の仕事は育児だけでも大変なのに、金沢さんはこうして組合活動まで頑張っているのだ。どうしてこんな前向きな生き方ができるのだろう。でも、いずれは退職なさるのではないかしら……。

「いつまで働かれるんですか」

葉月が遠慮がちに訊ねた。

「定年まで働くつもりよ。育児をしながら働くのは大変だけれど、働くことで自分自身を成長させたいと思っているの。もう一つは娘が大きくなったとき、私の生き方を見て何かを感じ取ってくれればいいなと思っているわ。この二つがキャビンユニオンの組合員として働き続けることの大きな理由よ」

金沢の言葉には少しも気負いがなかった。それがかえって真実味を感じさせた。

キャビンユニオンの人たちは何でも自由に、本音で話し合っている。それに比べて、私は今まで柿田さんのパワハラにじっと一人で耐えながら、言いたいことも言えずにただうつむいて心の中でつぶやくだけの日々を過ごしてきた。私はそのような生き方と決別したい。そして、キャビンユニオンの人たちのようにまっすぐに前を見つめて、新しい道を歩いていきたい。

「あのう……」

葉月は言い淀んだ後、目の前の杉村と野間に真剣な眼差しを向けた。

「キャビンユニオンに入れていただけないでしょうか」

杉村も野間も金沢もしばらく沈黙していた。キャビンユニオンへの加入は大きな決断と勇気を必要とするので、葉月の突然の言葉に驚いたのだった。

　やがて杉村が言った。

「能見さんが決意してくれて嬉しいわ。一緒に頑張ろうね」

「もう能見さんは一人じゃないよ。どこまでも応援するからね」

　金沢の目は潤んでいた。

「それではいつでもいいので、これに氏名と捺印をお願いね。加入の手続きはそれで完了よ」

　野間がハンドバッグから小さな紙片を二枚取り出すと葉月に渡した。それはキャビンユニオンの加入届と従業員組合の脱退届だった。野間はいつもそれらをバッグにしのばせていたのだった。

「それじゃ、能見さんの加入を祝してもう一度乾杯しましょう」

　杉村がジョッキを高く掲げた。みんながいっせいに掲げた。

「かんぱーい」

　先ほどの乾杯よりも大きな声だった。

　葉月の心にキャビンユニオンの組合員となる喜びがじわりと湧いてきた。同時に身が引き締まるのも覚えた。

「これサービスだよ」

　女主人が大皿に木耳《きくらげ》を山盛りに入れて持ってきた。

「わあ、ありがとう」

　みんなが口々にお礼を言うと、女主人は笑顔で答えた。それぞれが木耳を唐辛子スープに入れた。葉月も思い切って唐辛子のスープに入れた。

　煮立った頃に箸でつまんだ。食べるとぷりっとした食感がした。葉月はもう唐辛子の辛さが苦にならなくなっていた。


　それから一週間後、葉月は二日間の公休を利用して宮崎に帰省した。一月以来、九ヶ月ぶりのことだった。昼下がりの混雑した空港ロビーを外に出て空を見上げると、ワシントン椰子の葉がつややかに光っていた。傍らのタクシー乗り場で、暇そうに立っている運転手が大きなあくびをした。

　葉月は右に歩いてJRの空港駅に向かった。エスカレーターで上がっていくと、ホームには電車がとまっていた。葉月が乗るとすぐにベルが鳴り、発車した。車内はがらんとしていた。葉月は座席に座り、ぼんやりと外の景色を眺めた。

しばらくすると線路際から畑が広がり、畑の向こうに宮崎空港の建物と管制塔が小さく見えた。

青い空と広い大地の間に動くものは何もなかった。全てが静止したままだった。葉月はいつの間にか、時が止まったような気だるい感覚に満たされていた。

両親と良介はもう面談の録音を聞いたことだろうと葉月は思った。葉月は数日前、メモを添えたＩＣチップを双方に送った。


このＩＣチップには直近の三日間の面談が録音されています。

その三日間は言葉にするのもはばかられるほどの口汚く激しい退職強要を受けました。聞くに堪えないこととと思います。けれども、三日間の最終局面で事態は一変しました。

柿田さんはもう面談はしないと言いました。面談がついになくなったのです。

こうなったのは私一人の力だけではありません。キャビンユニオンという労働組合の人たちの陰ながらの応援があったからです。

今度の公休日に帰省しますので、そのときに詳しく話します。

私は耐え抜きました。もう泣きません。今度は笑顔で帰ります。


葉月は宮崎駅で降りると、駅前の停留所で循環バスに乗り換えた。そうして三〇分後に実家に着いた。

玄関には鍵がかかってなかった。引き戸を勢いよく開けると、ガラガラと聞きなれた音がした。

「ただいまぁ」

張りのある葉月の声が玄関から奥の台所に通じる廊下に響いた。

その声と同時に、右手の居間からポメラニアンのコロが飛び出してきて葉月に飛びかかってきた。コロは葉月の帰りを待ちわびていたのだった。

「コロ、会いたかったよ」

　葉月がコロを抱き上げた。九ヶ月ぶりの再会に、コロは葉月の顔をところかまわず舐め続けた。

「あら、あんたはいつも突然に帰ってくるっちゃね」

　母が居間から顔を出してびっくりしたように葉月を見つめた。母の後ろには父が立っていた。

「お父さんは仕事じゃないと？」

　今日は平日だから、父は出勤しているものとばかり葉月は思っていた。

「お父さんはこのところ休日出勤が続いているもんで、代休をもらったつよ」

　父に代わって母が答えた。

「ちょうど良かった。さあ、上がって」

　父が促した。葉月がコロを床に下ろすと、コロは葉月を急かすように小走りに居間に入った。

　居間は少しも変わってなかった。父と母が向かい合って座る茶色のソファも、冬場には炬燵に入れ替わるセンターテーブルも、テレビ台の横の細長い人形ケースもそのままだった。

　人形ケースの五段の棚には、父と母が登山や旅行の折りに買い求めた色とりどりの郷土玩具や人形がぎっしり並んでいた。

　葉月は懐かしそうに居間を見回した。

「みかんを食べんね。もう熟れちょるよ」

　ほどなくして父が温州みかんを山盛りに入れたバスケットを持ってきた。みかんは濃い橙《だいだい》色になっていた。

「みかんがとれる季節になったっちゃね」

　葉月はこれまで季節の移ろいさえ感じることができなかった。そんな自分に目の前のみかんが秋を運んできてくれたのだ。そう思うと、葉月は嬉しくなった。手にとって皮をむくと、香りがツンと鼻を刺した。みかんは甘かった。

　母が急須と湯飲みをお盆に載せて来て、父の横に座った。

「何はともあれ、葉月の面談がなくなったので二人ともほっとしているところじゃわ」

　母がお茶をすすってしみじみと言った。

「筑波山では『頑張れ』とおまえを励ましたけど、最後に『耐えられなくなったら、いつでん帰ってきていいよ』とよほど言おうと思うちょったつよ……。だけど、そう言わんでよかった。おまえもよう頑張ったね」

父が葉月をねぎらった。父と母も葉月と共にずっと苦しんでいたのだった。

「メモに書いたけど、面談がなくなったのは何といってもキャビンユニオンのおかげじゃわ」

そう言うと葉月はキャビンユニオンを訪ねたときから、ずっと相談にのってもらった経緯を話した。

父と母はお茶をすすりながら、じっと耳をかたむけていた。

「キャビンユニオンの人たちは、昇給昇格の差別を受けているけど、それに負けんで安全や待遇改善のために一生懸命頑張っているとよ」

そう言って葉月は話を締めくくった。

「キャビンユニオンの人たちを差別したり、あんなパワハラを野放しにしたりと、どう考えても会社のやり方は歪んでいるとしか言えんな。こんなこつがまかり通っていいはずがない」

いつもは温厚な父が、めずらしく怒りを露わにした。母も深くうなずいた。

「キャビンユニオンはなんでも自由に話せるし、分け隔てのない組合だから、私も加入しようと決めたっちゃけど、どう思う?」

葉月が父と母を交互に見て訊ねた。

「葉月の話を聞いていると、キャビンユニオンはしごく真っ当な組合だとお父さんも思う。もちろん、賛成だよ」

父がすぐに答えた。

「おまえを守ってくれた組合じゃもん。お母さんにも異論はないよ」

母も賛成した。

「それにしても、あの柿田さんがこのまますんなりと引き下がるとは思えんね」

父は少し気がかりな様子だった。

「うん。でも、どんなことがあってもキャビンユニオンの人たちと一緒に頑張るから、心配せんでいいよ」

「そうじゃね。おまえはあれほどのパワハラにも耐えたっちゃもんね。たとえどんな困難が待っとっても、きっと乗り越えていけるとお父さんは信じちょるよ」

父は気持を切り替えるように言った。

「それからもう一つお願いがあるけど、聞いてくれる？」

　葉月がかしこまって言った。

「良介さんのこと、お父さんとお母さんに認めて欲しいっちゃ」

　父と母は視線を落として黙っていた。コロは足元で眠っていた。父と母の硬い表情から、二人が良介とのことを快く思っていないのは確かだった。

「柿田さんの面談が始まってからというもの、私はどうしていいか分からんごつなってしもて、いつも良介さんに電話しよった。そんなとき、良介さんは根気よく私の泣き言を聞いてくれたし、決意書や反省文も一緒に考えたりしてくれたっちゃ」

　そう前置きして、葉月は良介が心をくだいてくれた日々のことを話した。

「あれはお父さんとお母さんが筑波山登山で上京する五日前じゃったわ。私が津山さんからも見放されて絶望の淵をさまよっていたとき、心配のあまり宮崎から来て励ましてくれたつよ。私は良介さんの励ましがあったからこそ、今日までやってこれたわ。だから今の私にとって、良介さんはかけがえのない大切な人になっているとよ」

　葉月はいつの間にか上半身を前にかたむけて話していた。父と母は身動き一つせずに耳を傾けていた。

「あんたがそんげ良介さんを頼りにしていて、良介さんもあんたのことを強く思ってくれちょったとは知らんかったわ」

　少し間を置いて母が言った。

「おまえが最もつらいときに、良介君はずっと支えてくれたんじゃね。おまえの話から、良介君が誠実な人であることはお父さんもよく分かったよ」

　父は納得したように二、三度大きくうなずいた。そして言葉を継いだ。

「ただ、おまえの将来を考えると、良介君が定職に就いていないのがお父さんもお母さんも一番気になるんじゃ。良介君がはたしておまえを幸せにできるじゃろかと思うてね。それだけが心配になるとよ」

　葉月が良介とのことを初めて打ち明けたときも、やはりそのことを一番気にしていた。

　良介は朝と夕にキュウリやゴーヤの収穫とそれを市場に持っていく時間を除いては、毎日司法試験の準備を進めていた。その努力はきっと実を結ぶと葉月は固く信じていた。けれども、その思いを話しても父と母は納得しないだろうと葉月は思った。

「お父さんとお母さんがそう思うちょるのは無理もないわ……。でもお父さんとお母さんが、良介さんとのことを分かってくれただけでもすごく嬉しいよ」

葉月が気を取り直して言った。

「私はあんたが良介さんと付き合うのを反対してるんじゃないよ。今はただ、良介さんが一日も早く司法試験に合格するように願うちょるだけよ」

「うん、お父さんも同じ気持じゃ」

父も相づちを打った。

「ありがとう。明日良介さんに会うから、お父さんとお母さんの気持を伝えとくわ」

葉月は涙声になっていた。

「さあ、そろそろ夕食の支度をしなくちゃね。あんたが久しぶりに帰ってきたから美味しいもんでも作ろうかね。一緒に買い物に行こうか?」

母が葉月を誘った。

「うん、行く」

葉月はソファから立ち上がった。

母と連れだって晩ご飯の材料を買いに行くのは、本当に久しぶりだった。葉月は浮き立つような気分になった。

「じゃあお父さん、コロと一緒に留守番を頼むわね」

葉月が父に声をかけた。コロは相変わらず葉月の足元で熟睡していた。

「ああ、ゆっくりしておいで」

父がゆったりとした返事をした。


翌日、正午を少し回った頃に葉月は大淀川畔の橘公園に着いた。橘公園は護岸に沿って細長く伸びていて、フェニックスの並木が繋っていた。並木の間にはベンチとテーブルが置かれていた。

葉月は橘橋のたもとでバスを降りると、公園の遊歩道を歩いて行った。橘公園は車道よりも高い位置にあり、広々とした川の流れと対岸の景色を一望におさめることができた。

フェニックス並木の下を少し歩くと、ベンチに座っている良介の後ろ姿が見えた。良介はテーブルに両肘をつき、やや背中を丸めて対岸を眺めていた。

良介の白いTシャツがまぶしかった。他に人影はなかった。

「良介さん」

葉月が声をかけると良介は考え事でもしていたのか、びっくりしたように振り向いた。

「やあ、葉月さん」

良介がはにかむような笑みを浮かべた。

良介に会うのは、良介がアパートを訪ねてきて以来、約一ヶ月半ぶりだった。白いシャツから伸びている両腕も項《うなじ》も、いっそう黒光りしているように見えた。

「待たせてごめんね。急に思い立って、おにぎりを作っていたら遅くなっちゃった」

葉月は向かい合ったベンチに座り、紙袋から透明なプラスチック容器を二つとペットボトル二本を取り出して、テーブルに並べた。一つの容器にはおにぎりが五個、もう一つには卵焼き、ブロッコリー、ソーセージなどが彩りよく収まっていた。

「お腹空いたでしょう？　さあ食べてね」

葉月が容器の蓋を取りながら言った。

「わぁ、おにぎりだ」

良介が小さな歓声を上げた。

「いただきまぁす」

良介は吸い寄せられるように右手を伸ばしておにぎりをつまんだ。

「あの頃が懐かしいな」

良介はおにぎりを頬張ったまま言った。

「私が大学四年の時だったから、もう二年以上前になるかしら。図書館で最初に良介さんにおにぎりを作ってきたのは……」

葉月も思い出をたぐり寄せた。

「ごめん、ついがつがつしてしまって。お腹が減っていたもんだから」

良介はおにぎりを一つ食べ終わると苦笑いをした。

「あのときのおにぎりと同じようにすごく美味しいよ」

良介は手のひらについた米粒を一つずつ口に持っていった。

良介が何かに気づいたように葉月の顔をまじまじと見つめた。葉月は顔を赤らめた。

「君に笑顔が戻ってきて本当によかった」

良介は心底ほっとしたようにつぶやいた。

「思えばひとりぼっちの時、いつも良介さんと両親が励ましてくれたのよね。そしてキャビンユニオンに巡り合ってからは多くの人たちに支えてもらったわ」

葉月はキャビンユニオンに出会ってからの経緯を話した。その間、良介は葉月の頭上に広がる、吸い込まれそうな青い空を見ていた。

「今までの僕は、君を外側から励ますことしかできない自分がとても歯がゆかった。君の相談にのってくれる人がもし職場にいたら、君はどんなにか心強いことだろうと、ずっと思っていたんだよ。だからキャビンユニオンという組合のことを君のメモで知った時、僕はすごく嬉しかったよ」

「もう私はひとりぼっちじゃないわ。キャビンユニオンに加入しようと思っているけれど、良介さんは賛成してくれるかしら」

「キャビンユニオンの人たちと一緒なら、君がこれから生きていくために最も大切なもの、例えば他人に対する思いやりとか誠実さとか、正しいことを貫く勇気とかいったものをきっと学ぶことができると僕は思うんだよ。だから、もちろん僕も加入して欲しいと思っているよ」

良介はそう言うと、二個目のおにぎりをつまんだ。

「ありがとう。では良介さんの前で加入届を書くわね」

葉月はハンドバッグから加入届を取り出して名前を書いた。

「君にもやっと居場所が見つかって、本当によかった」

加入届に署名する葉月の指先を見つめながら、良介がつぶやいた。

「それからもうひとつ、嬉しいお知らせがあるの」

葉月が微笑みながら言った。

「何だろう」

良介は小首をかしげた。

「昨日のことだけど、良介さんへの私の思いを両親に話したの。初めは両親とも戸惑っていたけれど、私が良介さんとお付き合いすることを父も母も快く認めてくれたのよ」

葉月の声は弾んでいた。

「まだご挨拶もしていない僕を、認めていただけるなんて……」

良介が声を詰まらせた。

「両親は、良介さんの司法試験合格を何よりも願っているの」

葉月が良介を励ますように言った。

「ああ」

良介は低く呻くと頭をたれた。予期しなかった良介の反応だった。

「どうしたの？　良介さん」

葉月が不安げに声をかけた。

良介が頭を上げた。

「君にはまだ知らせてなかったが、僕は司法試験に落ちてしまった」

良介は苦しそうに顔を歪めた。

「せめて短答式試験に合格した段階で、君のご両親に挨拶しようと思っていたんだが、それも叶わなくなってしまった。君の両親が僕のことを気にかけてくれているのに、僕はその期待にまだ応えられないでいる」


思ってもみなかった良介の言葉だった。日夜、寸暇を惜しんで受験勉強をしている良介が失敗したとは、葉月はつゆほども思っていなかった。

葉月はそう考えて、はっとした。

私はつらくなるといつも良介さんに電話していた。良介さんはいやがることなく、私が落ち着くまでいつまでも私の相手をしてくれた。

「良介さん本当にごめんなさい。私のせいでそうなってしまって……」

葉月が頭を下げた。

「君のせいだなんて、とんでもない」

良介はすぐに否定した。

「受験勉強中にもかかわらず、おかまいなく電話して邪魔してしまって……」

葉月は胸をしめつけられた。

「僕の努力が足りなかっただけさ。だからそのように自分を責めないでね」

良介が葉月を気遣った。

「でも……」

葉月の心には自責の念が渦巻いていた。

「僕もしばらく落ち込んでいたけれど、君があの酷いパワハラを乗り越えたことで、僕は強く励まされたんだ。これで終わりじゃないんだ、次回こそ頑張ろうってね。だから僕は君にありがとうって言いたいんだよ」

良介が葉月をなぐさめた。いつまでもこだわっていては、良介さんに心配をかけることになる。

葉月は思い直した。

「今度は私が良介さんを励ます番だわ。お互いに頑張りましょうね。さあ、おにぎりをもっと食べて。私もいただくわ」

葉月が明るく言った。

「あと一つだけ、ごちそうになるよ」

良介が三つ目のおにぎりを手に取った。良介はおにぎりとおかずをきれいに平らげた。

「私、もっと良介さんと話していたいけれど、明日は始発便の乗務《フライト》だから早めに東京に帰らせてもらうわね。良介さんのお母さんにもお会いして、冷や汁を作っていただいたお礼を申し上げなくてはと思っていたけれど、もう時間がなくなっちゃったわ」

葉月が空になったプラスチックの容器を片付けながら言った。葉月はそれが心残りだった。

「お袋には君の気持を伝えておくよ。お袋もきっと喜ぶよ。じゃあ、例のポンコツ車で空港まで送っていこう」

良介が腕時計を見て立ち上がった。二人は橘公園を後にして、車道の向こう側のビルに挟まれた駐車場に行った。良介の白い軽トラックは塗装があちこち剝がれ落ちているのも、色あせた座席の端がすり切れているのも以前のままだった。

新しい年が来た。二〇一〇年になった。年末年始の帰省客で混雑した期間が過ぎて一段落した日だった。冷たい雨が朝から降り注いでいた。

葉月は沖縄行き九〇七便乗務のために午前九時に出社した。ロッカールームに行くと戸倉がいた。

「由佳、おはよう」

葉月が戸倉の背中を軽くたたいた。戸倉はロッカーの鏡をのぞいていた。

「ああ、おはよう」

戸倉がびっくりして振り返った。

「一緒の乗務《フライト》は久しぶりね」

　葉月が言った。

「そうだね」

　戸倉が少し沈んだ声で相づちをうった。

「実は、葉月との乗務《フライト》は今日が最後なの」

「えっ」

　葉月が戸倉を見つめた。言葉の意味が分からなかった。

「明日から国際線に移行するの」

　戸倉が下を向いて言った。新入社員は国内線に一定期間乗務すると、国際線に移行する。葉月も戸倉もその時期を迎えていた。葉月は納得した。しかし、葉月に発令はなかった。

「おめでとう、由佳、よかったね」

　葉月が笑顔で祝福した。

「葉月を出し抜いて国際線に行くようで、少しも嬉しくないの」

　戸倉が浮かない顔をした。

「由佳が気にすることなんかないわ。私も由佳に続くように頑張るから」

　葉月が努めて明るい声で言った。けれども、取り残されたような思いがどうしようもなく湧いてくるのだった。

「きっとよ。待ってるからね」

　戸倉が葉月を見つめて言った。

「明日からは由佳とはなかなか会えなくなるわね」

　葉月がぽつりと言った。国際線に移行すれば成田配属となる。

「そう。会えなくなるのよね」

　戸倉も淋しそうだった。

「由佳、今まで私を励ましてくれてありがとう。由佳や白鳥さんのおかげで私はキャビンユニオンを知ることができたわ」

　葉月は戸倉の両手を握って言った。

「葉月はキャビンユニオンの人たちに支えられて、柿田さんのパワハラを耐え抜いたんだものね。本当によかったわ」

　戸倉が笑顔に戻った。

　制服に着替えた二人は、連れだってロッカールームを出た。

　葉月は第三乗員部に行くと、柿田の席に行った。

「おはようございます。只今出勤しました」

葉月はまっすぐに柿田を見て挨拶をした。しかし柿田は目を合わせなかった。顔を横にそらしてかすかにうなずくだけだった。まるで葉月を無視するかのようだった。

しばらくして打ち合わせ《ブリーフィング》が始まった。津山はいつもの通り、最初にドア操作の説明をした後、言葉を続けた。

「九〇七便の搭乗率は六割程度と低めです。沖縄までは飛行時間も長いのでお客様が少ない分、丁寧なサービスを心がけましょう。なお、一九Cのお客様は座席まで車椅子をご使用ですので、一般のお客様に先だってのご搭乗となります。また、四四Kのお客様はメンタルヘルス疾患をお持ちとの情報が入っていますが、お連れのご家族様と一緒ですので特別なケアは不要とのことです」

四四Kは一番後方のD区分にある座席で、葉月の担当だった。

津山と一緒の乗務の時は、葉月にはD区分の客室《キャビン》か調理場《ギャレー》担当が割り当てられた。津山がそのようにし始めたのは、柿田の面談がなくなってからのことだった。D区分は、津山がいつも担当する一番前方のA区分とは最も離れた位置にあった。津山もまた、柿田と同じように葉月をのけものにしているかのようだった。

「では最後に、能見さんに質問します」

このところ津山は打ち合わせの最後に、度々葉月に質問を浴びせた。打ち合わせの時に先任が質問することはよくあることだったが、その場合は先任が指名する客室乗務員にあらかじめ質問内容を知らせ、調べる時間を十分に与えていた。質問の目的は知識を確認するためでなく、その客室乗務員が調べた結果を、全員で共有することにあったからである。

津山もかつては葉月に質問内容を事前に知らせていたが、今では何の前触れもなく突然に質問してきた。葉月は津山から質問される度に強く緊張した。

「『寒気がします』とお客様がおっしゃいました。さあ、能見さんどうしますか」

津山が両手を胸の前で組み合わせ、寒そうに上体を縮ませた。

「毛布を差し上げたり、機内の温度を高めに調節したりします」

葉月はすぐに答えた。

「お客様から風邪薬がもしあれば欲しいと言われたらどうしますか」

津山が探るような目で葉月を見た。

「風邪薬は搭載が中止されました」

葉月が言った。

年末に「客室安全情報」として、「国内線の『救急箱《メディスンキット》』搭載要領の見直し」が掲示板に張り出された。その中に風邪薬の搭載を中止することが明記されていたのだった。

葉月もそれを見ていたので、よどみなく答えた。

津山は黙ったままだった。次の質問を考えているようだった。葉月がふと周りを見ると、それぞれが時計を見て時間を気にしたり、そわそわしていたりした。打ち合わせの時間が長引けば、その分だけ機内での準備作業にしわ寄せがきた。早く終わって欲しいという思いが、それぞれの表情に滲んでいた。

しかし津山は意に介することもなく、葉月への質問を続けた。

「それでもお客様が『頭が痛いんです』とおっしゃってます。さあ、どうしますか」

葉月が少し間を置いて答えた。

「そのような場合は、バファリンが搭載されていますので、お客様にその旨をお話しして、ご要望があれば水と一緒にお持ちします」

葉月は津山の質問に全て正確に答えた。津山はしぶしぶとでもいうように、にこりともせずに言った。

「それでいいでしょう……。それではこれでブリーフィングを終わります」

津山は葉月が答えを間違うのを望んでいるかのようだった。津山の言葉に全員が立ち上がり、九〇七便の駐機場《スポット》に向かった。


コンコースは乗客で混雑していた。

天井から床まで張られた透明なガラス窓の向こうには広々とした滑走路が見渡せたが、今朝は冷たい雨がガラス窓を曇らせていて何も見えなかった。

「あんたと一緒の乗務だと、ブリーフィングが長くなるのでほんとに迷惑だわ」

突然後ろから、見下したような声がした。振り返ると反町だった。

「あんた、柿田さんに嫌われているんだってね」

反町は葉月に追いつくと再び言った。葉月は自分の耳を疑った。信じられなかった。

どうして私は反町さんからそのようなことを言われなければならないのだろう。

反町は葉月よりも一年遅く入社した新人だった。葉月は乗務したての反町に対して、飲物を効率よくサービスできるような品物の配置やギャレーの作業手順を教えたりした。反町はその都度「ありがとうございます」と感謝した。その反町が葉月の名前を呼ばずに「あんた」と言ったのだ。

反町は新人と言っても商社員からの転職だったので、葉月よりも三歳年上だった。また反町は入社六ヶ月後に実施される習熟度試験に最近合格していた。

優越感を抱いた反町さんは「あんた」という言葉を私に投げつけたのだろうか。

葉月は反町から馬鹿にされたようで、みじめで悲しくなった。反町とは口も利きたくなかった。

葉月は真っ直ぐに前を向いて、無言でキャリアーを引いて歩いた。

「能見さんの身にもなってあげて」

その時、後ろから白鳥の声がした。白鳥はすぐ後ろを付いてきていたので、反町の言葉が耳に入ったのだった。

「あっ」

反町がびっくりしたように小さく叫んだ。反町は白鳥が後ろから付いてきたことに全く気づいていなかった。

「津山さんから突然質問される能見さんのつらさって、あなたにも分かるでしょう?」

白鳥が反町の横に並んで言った。反町は真っ赤な顔になってうつむいたまま歩いた。

「覚えているかしら? あなたが毛布を頼まれ忘れた時、能見さんが庇ってくれたことだってあったでしょう?」

白鳥がこんこんと諭すように言った。

反町が泣きそうな顔になった。そして消え入りそうな声で言った。

「すみませんでした」

反町の歩調が次第に遅くなり、二人から離れていった。

「自分の言ったことがどれだけ酷いことか、反町さんも分かったと思うわ。でも、あれは反町さんの本心じゃなくて、多分柿田さんからそそのかされたのだと私は思うの。だから、反町さんを許してあげてね」

白鳥は冷静に言った。白鳥はいつでも感情を露わにすることがなかった。葉月はふつふつと湧いていた反町への怒りをようやく鎮めることができた。

白鳥さんが声をかけてくれなかったら、私の反町さんへの怒りはいつまでも消えることなく、心の奥底で種火のようにくすぶり続けていたことだろう。

「反町さんもきっと分かってくれる時がくると信じています」

葉月が気を取り直して言った。

「グループ員同士を反目させるなんて、チームワークがなによりも大切な私たちにとっては、あってはならないことよね」

白鳥が語気を強めた。

「みんなが心を一つにして、なんでも自由に話せてフライトすることができたら、どんなにかいいでしょうね」

葉月が遠くを見るような眼差しをした。

「その当たり前のことが実現できないなんて、本当に悲しいわね」

白鳥がため息をついた。それから葉月の横顔を見て言葉を継いだ。

「一ヶ月前のことだけど、津山さんからあなたの仕事ぶりについて、なんでもいいから報告してって言われたわ。そこで私は『表情が柔らかくお客様に落ち着いた印象を与えている』『客室乗務員間の意思疎通も積極的に行っている』そして『ブリーフィングの前から、同じ区分の担当者とサービス方法について話し合っている』と、あなたの仕事ぶりを見て感じたことを正直に書いて渡したの。津山さんは怪訝な顔をしながら受け取ったわ。津山さんは私があなたのミスを列記してくるのを期待していたのよ。アドバイザリースリップの材料にしようと思ってね。それからというもの、津山さんは私に頼まなくなったわ」

津山は葉月とは遠く離れた区分を担当しているにもかかわらず、乗務を終えるとアドバイザリースリップを黙って葉月に渡した。

それは沢村や柿田の息のかかった乗務指導員から報告させたと思われるものばかりだった。それらは身に覚えがなかったり、抽象的な内容だったりした。

津山は葉月についての、一枚でも多くのアドバイザリースリップを集めることに執心していた。

「あなたがキャビンユニオンに加入したので私はほっとしたわ。私はちっぽけな存在だけれど、いつでもあなたを応援しているってこと忘れないでね」

白鳥はいつも葉月のそばで、白鳥なりの言葉で葉月を励ました。

葉月と白鳥は九〇七便の搭乗口に着いた。そして、ボーディングブリッジを通って機内に入った。

九〇七便は定刻通りに離陸すると、すぐに分厚い雲の層に突入した。

葉月は客室乗務員席《ジャンプシート》に座って、左手の窓に目をやった。窓には幾筋もの雨が横に流れていた。機内はややうす暗かった。高度を増すにつれて窓の外は次第に明るくなっていった。窓の雨の筋もいつの間にか消えていた。

やがて、右手の窓から太陽の光が機内に差し込んできた。機内が明るくなった。分厚い雨雲の層を突き抜けたのだ。葉月の座っているジャンプシートからは見えなかったが、窓の外には雲一つない真っ青な空がどこまでも広がっているはずだ。

葉月は航空機の窓から見る青空が好きだった。青い空が葉月の悩みも苦しみも全て吸い取ってくれて、「元気を出すんだよ」と葉月に語りかけてくるような気がした。

まもなく「ベルト着用」のサインが消えた。それを合図に葉月はジャンプシートを立つとギャレーに行き、ギャレー担当が準備した飲物カートを押して客席に向かった。D区分の二列目の窓際が四四Kの席だった。そこに四〇代半ばと思われる女性が黒いダウンコートにすっぽり身を包んでうつむいていた。

「事前情報」の、メンタルヘルス疾患の女性だった。隣に連れ合いの男性がいた。

「お飲み物はいかがですか」

葉月が手前の男性に声をかけた。

「コーヒーをください」

男性はすぐに返事した。

「お連れ様はいかがですか」

葉月は上体を少し前屈みにして、窓際の女性にも声をかけた。女性はなんの反応も見せなかった。ただうつむいていた。

「なにか飲む？」

男性が声をかけた。女性はうつむいたままかすかに首を横に振った。

「何も欲しくないようなので……。ありがとう」

男性が苦笑しながら葉月に言った。葉月はコーヒーを紙コップに注ぎ、テーブルに置いた。

女性は誰とも話したくないようだった。自分だけの世界に閉じこもり、唯一連れ合いにだけかすかに門戸を開いているように見えた。

四四Kのお客様はメンタルヘルス疾患をお持ちであるとの情報が入っていますが、お連れ様が一緒ですので特別なケアは不要です。

打ち合わせの時に津山が言った。

だから他のお客様と同じように接すればいい。特別な配慮はむしろ控えるべきなのだ。

葉月は自分にそう言い聞かせて女性の席を離れた。

葉月は飲物サービスを終えると、少し間を置いて紙コップを回収した。その後、機内販売を行った。葉月はその都度、四四Kの女性をそれとなく気にかけていたが、やはりうつむいたままだった。

葉月はもうその女性を他のお客様と同じように見なすことはできなくなっていた。

喉が渇いていらっしゃるのではないだろうか。葉月は再びその席まで足を運んだ。

「お連れ様にお飲み物をお持ちいたしましょうか」

葉月が男性に訊ねた。

「欲しいものはないかい？　何か飲まないと体に悪いよ」

男性が諭すように言った。女性はまたうつむいたままかすかに首を横に振った。

「やはりいらないらしい」

男性は困ったような表情をした。

「承知いたしました。もしお連れ様がお望みになられましたら、いつでもお呼びください」

「ありがとう」

男性がかすかな笑みを浮かべた。葉月はお辞儀してその場を離れた。

離陸後一時間半が経過した。葉月は客席を回って、飲み物のお代わりのサービスや少し寒いという乗客に毛布を渡したりした。しかし、その間も女性の様子は少しも変わらなかった。

あの人は何もお飲みになっていない。きっと喉が渇いていらっしゃるだろう。本当は飲み物が欲しいけれど、他人と話すのが苦痛なのかもしれない。冷たいジュースをお持ちしてみようと、葉月は思った。

葉月はオレンジジュースと連れ合いの男性のコーヒーを盆に載せて、調理場を出ようとしたが、ふと思った。

あの人は窓の外の真っ青な空を一度もご覧になっていない。私にいつも元気を与えてくれる青空を、一度でいいから見ていただけたら……。

葉月は盆を調理場の台に置くと、機内に備え付けの絵はがきを取り出して余白にボールペンを走らせた。


冷たいオレンジジュースをお持ちしました。喉を潤していただければ嬉しいです。

それから窓の外には真っ青な空がどこまでも広がっています。

青い空は疲れた心をいつも癒やしてくれます。

ほんのちょっとだけでもご覧いただければ幸いです。

お客さまにとって良いご旅行になりますよう、心よりお祈り申し上げます。


「機内は大変乾燥していますので、お連れ様にオレンジジュースをお持ちいたしました。それから大変失礼かと思いますが、お連れ様に私の気持をお伝えしたくてささやかなメッセージをお持ちしました。よろしかったら、ジュースと一緒にお渡しいただけないでしょうか」

葉月は連れ合いの男性に小声で言った。

男性はすぐにうなずいた。

「うん、分かった。気を遣ってくれてありがとうね」

葉月は男性のテーブルにジュースとコーヒーと絵はがきを置いた。

それから三〇分後、葉月は着陸時刻が近づいてきたので、安全確認のために客席を回った。

四四Kの席に目を向けると、女性がジュースを手に窓の外をじっと見ていた。そして白いハンカチで涙を拭いていた。葉月は驚いて女性を見つめていると、男性が小声で葉月に言った。

「君のメッセージが妻の心を少しだけ開いてくれたようだ。妻が涙を見せるのは本当に久しぶりなんだよ。沖縄での転地療養も良い方向にいくかもしれない。君の優しい心遣いのおかげだ。ありがとう」

男性が笑顔を浮かべた。葉月の思いが通じたのだった。

それから一〇日余り過ぎた一月下旬の朝のことだった。葉月は時計のアラーム音で午前八時に目が覚めた。目を開けるとカーテンの隙間をぬって朝日が差し込み、細長い線を床に引いていた。窓の外からは親を探しているようなチッチッと甘い声でさえずる子雀の鳴き声が聞こえた。

昨夜、札幌便の遅い乗務を終えてアパートに帰り着いたのは、午後一一時を過ぎた頃だった。

シャワーを浴びてから翌日の乗務の準備を済ませ、ベッドに横たわった。すぐに深い眠りに落ちた。

目覚めは爽やかだった。

つい四ヶ月前までは、来る日も来る日も面談と反省文や決意書の作成の繰り返しで、葉月には安らかな眠りが許されていなかった。柿田の面談さえなかったら葉月にも人並みに爽やかな朝が約束されていたはずだった。長く続いた苦しみの末にやっと手に入れた当たり前のことが、葉月にはとても貴重なもののように思えた。

葉月はゆっくりと起き上がった。

身支度を整えると食パン二片をオーブンで焼き、目玉焼二個を作り、コーヒーの粉をマグカップに一匙《さじ》入れてお湯を注いだ。簡素なその朝食を摂りながら、いつもの通りリモコンでテレビのスイッチを入れた。アナウンサーのやや緊張気味の顔が映った。

アナウンサーは流暢に話し始めた。

「本日、N航空は経営破綻し、東京地方裁判所に対して会社更生手続き開始を申請しました。東京地裁は手続き開始を決定し、企業再生支援機構による再建と管財人に片野栄三弁護士を選任することが発表されました」

葉月はその意味がよく理解できなかった。戸惑いながらテレビ画面を見ていると「N航空経営破綻」という文字が大きく映し出された。

「えっ」

思わず葉月は叫んだ。経営破綻とは倒産を意味するのだろうか。柿田からは事前に何も知らされてなかったが、思いもよらなかったことが起きたのだ。

倒産したとすれば、もう飛行機は飛んでいないのだろうか。葉月は福岡行き午前一二時二五分発、三二三便の乗務が割り当てられていた。

葉月はコーヒーのカップを手に持ったまま食い入るように画面を見つめた。

「なお、N航空の場合は再生支援申請と同時に、支援が決定されるという事前調整型で再建が実行されますので、運航は今まで通り継続されます」

アナウンサーが先ほどよりも落ち着いた様子で話した。

葉月は事前調整型の再建がどういうものか分からなかったが、運航が継続されるということに胸をなでおろした。いつもの通り出社しなくてはと思った。

会社が大きな赤字を抱えていることは、葉月も社内報で知ってはいた。しかし葉月がこれまで乗務した便は、その多くが満席に近い状態だった。

にもかかわらず利益が出ていないどころか、大きな赤字に陥っているということが信じられなかった。なぜ経営破綻したのか、葉月にはその理由がまったく分からなかった。

葉月は朝食を急いで済ませると、アパートを出た。

三二三便のブリーフィングが始まった。全員が押し黙ったまま、不安そうな表情を浮かべていた。長方形のテーブルの正面に座った柿田が口を開いた。

「報道されている通り、我が社は本日経営破綻しました。誠に残念でなりません」

柿田はうなだれた。緊張のためか言葉がうわずっていた。経営破綻という最悪の事態が起きることを、柿田も事前に聞かされていなかったようだった。柿田の隣の津山の顔も青ざめ、視線を落としたままだった。柿田と津山の表情は二人が受けた衝撃の大きさを物語っていた。

柿田が気を取り直して言った。柿田の前には一枚の紙片があった。

「これからは新しく選任された管財人の元で、経営の立て直しが図られることになります。なお、経営が破綻したにもかかわらず運航が継続できるのは、主要銀行の皆様より総額七三〇〇億円もの債権放棄をご了承いただいたこと、そして企業再生支援機構からの三〇〇〇億円の出資をいただけるという、二つの大きな金融支援があったからです」

柿田は紙片を見ながら棒読みした。朝一番に柿田たちマネジャーは一堂に会して、部長から説明を受けたのだった。

「分かりやすく言いますと、銀行は融資したお金の弁済を我が社に求めないということです。また、企業再生支援機構からの出資には国民の皆様の税金が使われます。それにもう一つ忘れてならないのは、我が社の株主様の株券は全て紙くず同然になったということです」

事態の深刻さを知らされて、全員がうなだれたままだった。

「よろしいですか、以上のことを片時も忘れてはいけませんよ。サービスに際しては、お客様お一人おひとりにご心配とご迷惑をおかけしたことへのお詫びと、ご搭乗いただいたことへの感謝の気持を、心から申し上げてください」

そう言って柿田は言葉を区切った。あちこちで力なくうなずく姿があった。柿田は言葉を継いだ。

「こうなったら一刻も早く黒字にしなければなりません。それが達成されなければ二次破綻となって、もはや存続できなくなります。ですから一人ひとりがセールスウーマンになったつもりでこれまで以上に機内販売に励み、そしてひとりでも多くのお知り合いの方に我が社をぜひご利用いただくように声をかけてください」

柿田は紙片から顔を上げると、語気を強めて言った。

「これからのみなさんの日常生活の心構えですが、ブランド品を身に付けてはいけませんよ。食事に行っても大きな声で話したり、笑ったりしてはいけません。休日もできるだけ外出を控え、おとなしくしていなさい。要するに経営破綻した会社の社員であることを片時も忘れてはなりません」

柿田の話が終わった。葉月はブランド品を持っているわけでもなく、食事中に大声で話したり笑ったりするわけでもなかったが、自由を奪われたような気がした。

これからは乗務中も日常生活でも息が詰まるような日々を過ごさなければならないのだろうか。

柿田の話が終わると、次に津山が気落ちした声でドア操作の確認と客況などを説明して、ブリーフィングが終わった。

全員が部屋を出て駐機場に向かう段になっても、柿田は放心したように座っていた。葉月が最後に部屋を出るとき、柿田の嘆くようなつぶやきが聞こえた。

「私の株券もパーになってしまったわ」

三二三便の客室乗務員たちは、津山を先頭に長い列をつくってコンコースを歩いて行った。うなだれて歩く光景は、まるで葬列のようだった。

後ろを歩いていた葉月も顔を上げられなかった。行き交う乗客の冷ややかな視線が、針のように全身に突き刺さってくるような気がした。

機内ではいつも明るい笑顔でいなさい。真顔になってはいけません。

柿田は事あるごとにそう言っていた。

けれども今日は明るい笑顔を見せてはいけないような気がした。ではどのように接したらいいのだろうか。葉月は逡巡《しゅんじゅん》したが答えを見つけられなかった。

「これからどうなってしまうんでしょうか」

不安そうな声が横からした。見ると反町が葉月と並んで歩いていた。

反町は商社員からの転職だった。それはN航空の客室乗務員という仕事に大きな魅力と希望を感じたからこそのことだったろう。

ところが入社後一年も経たないうちに経営破綻してしまったのだ。反町は会社に裏切られたと思っているのではないだろうかと、葉月は思った。

「本当にどうなるんでしょうね……」

葉月は反町の不安に同意した。そして少し間を置いてから反町を元気づけるように言った。

「どうなるにしても、今はお客様に心をこめてサービスをすることと、安全に目的地までお運びするという私たちの使命をしっかり果たしましょうね」

「そうですね」

反町は少しだけ明るい声になって相づちを打った。二人はしばらく黙って歩いた。

「能見さん」

反町が思いきった口調で言った。

「私は能見さんに酷いことを言ってしまって……」

反町が言葉を詰まらせた。

反町へのわだかまりが葉月から完全に消えているわけではなかったが、それを追い払うように言った。

「気にしなくていいですよ。今まで通り仲良くしましょうね」

「はい」

反町がほっとしたように返事した。


福岡行き三二三便はほぼ定刻通り出発した。空は晴れわたっていた。離陸してから一五分後に水平飛行に入り「ベルト着用」のサインが消えたので、葉月はジャンプシートを立ってギャレーに行った。これから飲物サービスを始めなければならなかった。

ブリーフィングの時の柿田の言葉がよみがえり、葉月はこれまでになく緊張しているのを覚えた。葉月は経営破綻がどうして起きたのか分からなかったが、乗客に対して悪いことでもしたような申し訳ない気持でいっぱいになった。

葉月は怯《ひる》む心をむち打つようにして、飲物カートを押して客席に向かった。

ご搭乗いただきましてまことにありがとうございます。この度はご心配とご迷惑をおかけしまして大変申し訳ありません。私ども社員一同、誠心誠意頑張ってまいりますので、これからもどうぞよろしくお願いいたします。

乗客一人ひとりにそう言って丁寧に挨拶してから飲み物を提供するので、ことのほか時間を要してなかなか前に進まなかった。反対側の通路では、反町が葉月よりやや遅れてこわばった表情で挨拶をしていた。きっと自分も反町と同じような表情をしているのだろうと、葉月は思った。

葉月が中程にさしかかった時だった。

「何をもたもたしてるんだ。待たせやがって。さっさとやりたまえ」

怒りの声が聞こえた。

見ると通路側に座っている背広姿の六〇代前半と思われる男性が、横目で葉月を見上げて睨んでいた。葉月はその剣幕に押されて、感謝とお詫びの言葉を言いそびれてしまった。

「大変申しわけございません」

葉月は深く腰を折ってお辞儀した。

「だらだらと仕事をしているから経営破綻なんかするんだ」

男性は感情をむき出しにした。

「申し訳ございません」

葉月は再び謝った。言い訳などできなかった。

「僕の株券はただの紙くずになってしまったんだ。N航空の株なら安泰だろうと思って、退職金をつぎ込んで買ったんだ。ところがこの有様だ。どうしてくれるんだ」

男性はまた葉月を睨んだ。葉月は男性にどのような言葉をかけていいのか分からなかった。体全体が硬直したようにその場に立ちすくんだ。

男性が大きなため息をついて言った。

「こんな愚痴を君に言ってもしょうがないことくらい分かっているが、誰かにぶつけなければ僕の腹の虫が治まらないんだ。君はとんだとばっちりだと思うだろうがね……」

男性は自嘲気味に言った。言葉には幾分棘《とげ》がなくなっていた。葉月は少しだけ緊張がほぐれた。

「お飲み物はいかがでしょうか」

葉月が男性に声をかけた。

「ああ、コーヒーをもらおう」

男性は冷静さを取り戻したようだった。

私に怒りをぶつけることでお客様の気持が少しでも収まるのなら、その怒りを甘んじてお受けしよう。私にはそれしかできないのだから。

葉月は紙コップにコーヒーを注ぎながら、そう思った。

「もう、先に進んでいいよ」

男性はコーヒーを一口飲むと、落ち着いたようだった。

「大変ご迷惑をおかけしました」

葉月は深くお辞儀をすると、飲物カートをゆっくりと前に押した。男性の席から三列ほど進んだところに、銀髪の老婦人が座っていた。

葉月が感謝とお詫びの言葉を述べた。それを微笑みながら聞いていた老婦人が穏やかな声で言った。

「ご丁寧な言葉をありがとう。こんなことになってつらいでしょうね。こうして矢面に立っているのは、お偉いさんではなくあなたたちなんだものね。あなたたちにはなんの責任もないのにねぇ……。私はあなたたちを応援しているわ。だからくじけないで頑張ってね」

葉月の目に涙が滲んできた。ここで泣いてはいけない。葉月は必死にこらえた。飲物サービスが終わり、カートを押して調理場に戻ると涙があふれ出た。まもなく戻ってきた反町も目頭にハンカチをあてていた。

二月下旬にキャビンユニオンの組合大会がウイングビルで開かれた。

組合大会は職場単位で選出された代議員によって構成される。葉月はその日、公休だったので傍聴するために会場に向かった。

ウイングビルは羽田空港にほど近い、戸建て住宅やマンション、町工場、喫茶店などが雑然と立ち並ぶ一角にあり、航空関係の労働組合の集合体である航空労組連絡会が管理・運営している三階建てのビルである。

葉月のアパートからも歩ける距離だったので、開会時刻午前一〇時の二〇分前に自宅を出た。

葉月がウイングビルを初めて訪れたのは、キャビンユニオンに加入した直後の組合大会で、大勢の人たちが拍手で歓迎してくれたのだった。

それから四ヶ月、会社が経営破綻してからも一ヶ月余りが過ぎていた。葉月がウイングビルの三階の会議室に着いた時には、既に四〇人ほどの代議員たちが椅子に座っていた。

葉月が入口で戸惑っていると、後方に座っていた金沢がめざとく見つけ、自分の隣の空いた椅子を指差して「こっち、こっち」と手招きした。葉月はほっとして金沢と並んで座った。

経営破綻という事態を受けて、会場には重苦しい空気が流れていた。初めて訪れたときの明るく弾けるような笑い声はなかった。正面の机には杉村や野間などの執行委員が座っていた。

「それでは組合大会を始めます。先ず委員長からご挨拶をお願いします」

真ん中に座った議長の声に、委員長の内海冴子が左端のマイクの前に立った。

「毎日大変な思いで乗務にあたっているみなさん、本当にお疲れ様です」

内海はそう言って、ねぎらいの眼差しを会場に向けた。内海は組合専従ではなく日常的に乗務していたので、みんなの気苦労はよく分かっていたのだ。

内海はすぐに緊張した表情になった。

「さて、一ヶ月前に企業再生支援機構が発表した再生計画のなかで、私たちにとって最も重大な問題はN航空グループ全体で四万九〇〇〇人弱の社員の、その三割に当たる一万五〇〇〇人を削減することです。支援機構側は『定年退職による自然減や希望退職募集、一時帰休などで人員を削減し、整理解雇は考えていません』と先日の団交で説明しました。しかし『人員削減が目標に達しなくても退職を強要したり、整理解雇を強行するようなことはない』とは言っていません。予断は許せません。みなさんも非常に不安だと思います。雇用を守ることは、組合の最も重要な使命です。退職強要や整理解雇をさせないよう、組合員が心を一つにしてこの苦境を乗り越えていきましょう」

内海の強い決意と呼びかけに励まされて、会場からいっせいに拍手が起きた。葉月も拍手した。

人は誰でも自分の仕事に誇りと愛着を持っている。しかし家族もあるのだから、自分から進んで希望退職に応じる人がそんなに多くいるとは私には思えない。そうだとしたら私と同じように退職の強要を受けて、次の仕事のあてもないまま職場を追われる人たちが出てくるのではないだろうか。

そう思うと、葉月はつらかった。一人ひとりが退職の強要にけっして負けないで頑張って欲しいと、葉月は願わずにはいられなかった。

内海は一呼吸おいて再び話し始めた。

「次に会社が発表した賃金制度の改定案について説明します。改定案は基本賃金、乗務手当など全てにわたって五パーセントを減額する他に、二〇一〇年度は定期昇給を行わず、臨時手当も支給しないという極めて厳しい内容になっています。みなさんの中には、住宅ローンやお子さんの教育ローンなどを組んでいる方が大勢いて、月々の賃金と臨時手当による返済になっていると思います。その人たちにとっては本当に重くてつらい改定案です。もう一つの問題は、契約制の人たちにも三パーセントの減額を求めていることです。契約制の人たちには元々かなり低い賃金しか支払われていないのに、更に減額するというのはあまりに非情としか言いようがありません。いかに経営破綻しているとはいえ、これでは生活が成り立ちません」

内海の表情がふと陰ったが、話を続けた。

「私たちキャビンユニオンは会社の再生に向けて、五項目の具体的な提案を行いました。いうまでもなく私たちの仕事にとって一番大切なものはチームワークです。チームワークこそお客様の安全とサービス向上の基本です。このチームワークを阻害しているのが、ものの言えない職場とキャビンユニオン組合員に対する差別です。自由にものが言える明るい職場を作り、キャビンユニオンへの差別をなくす、この二つこそ真の再生が果たせる最大の保証です。新しい経営陣にはそのことを強く訴え、解決を求めていきたいと思います」

また拍手が起きた。内海の発言はこれまでいわれのない差別を受けてきた組合員たちの強い思いを表したものでもあった。

葉月の脳裏に白鳥のことが浮かんだ。キャビンユニオンの組合員に対する差別がなくなれば、誰もが自由にものが言えて誰もが差別されない職場に、きっとなっていくのだと葉月は思った。

「最後になりますが『この会社を経営破綻に追い込んだ原因は何か』ということです。それは私たち第一線で働く者が怠けていたからでは決してありません。破綻原因のいくつかを具体的に上げましょう。まず第一は日米貿易不均衡によるアメリカの圧力によって、大量の航空機の購入を押しつけられたことです。その結果、会社のジャンボ機の購入数は合計一一三機で世界一になりました。使う当てのない不要なジャンボ機をなんとアメリカの砂漠に寝かせていたりしたのです。無駄な航空機まで買わされたことによる莫大な借金が会社の経営を圧迫しました。

次に国の政策の問題です。この狭い国土に九八もの空港を乱造し、明らかに不採算路線と分かっていても会社に就航の圧力をかけました。そのため赤字でも運航しなければなりませんでした。さらに歴代の経営者による放漫経営がいっそうの拍車をかけました。具体的には、ドルの先物買いをして二二〇〇億円の損失、ホテル・リゾート事業への投資失敗による約九七〇億円の損失など、主なものだけでも十指に余る失敗を重ねて巨額の赤字を出してきました。以上が経営破綻を引き起こした主な原因の数々です。このように経営破綻の責任が国と経営者にあることは一目瞭然です。ところが国も経営者もこれらの問題に真正面から向き合うことをせず、誰も責任をとろうとしません。ただ、私たち労働者だけに、人員削減と賃金や労働条件の引き下げを押しつけようとしているのです。私たちはこれらの問題をずっと以前から会社に指摘し、改善案も出してきましたが、会社はまったく聞く耳を持ちませんでした。私たちはこれらの問題をうやむやにせず、これからも追及していきたいと思います」

内海が言葉を区切ると、「そうだ」「そのとおり」と怒りを込めた声があちこちから起こった。

葉月が乗務する国内の主要都市間を結ぶ便はいつも満席に近い乗客が搭乗しているのに、どうして経営破綻するのだろうとずっと疑問だったが、ようやく謎が解けたと葉月は思った。

私が柿田さんからいやがらせを受けている間、会社は既に経営の危機に陥っていたのだ。柿田さんはそれを知っていながら私への退職強要を続けていたのだろうか。

柿田さんには退職強要ではなく、経営危機を乗り越えるために一緒に頑張ろうという言葉をかけてほしかった。

葉月は怒りを覚えた。

「以上で私の発言を終わります。みなさんの率直な討論をお願いいたします」

内海は一礼すると、マイクから離れた。

「それでは、これから討論に入ります。積極的な発言をどうぞ」

議長が会場を見回しながら言った。

「議長」

中程から甲高い声がした。

「どうぞ」

議長の声に促されてグレーのジャケットを着た人がすっくと立った。

「整理解雇は考えていないという会社側の発言があった時はほっとしました。これで安心して乗務できると思いました。けれども今、職場では年齢の高い人や病欠者、休職者などが整理解雇の対象としてリストアップされているという噂が流れています。私は五〇歳を過ぎておりますので対象者の部類に入ると思いますが、子どもたちは大学生と高校生ですからまだまだ働かなければなりません。このような噂を耳にする度に心配でなりません。『火のない所に煙は立たない』といいます。整理解雇だけは絶対にさせないように私も頑張りたいと思います」

次に前方で手が上がり、青いセーターの人が立ち上がった。短めの髪の後ろ姿は、三〇代後半のように見えた。

「職場では今でも上司による脱退勧誘が続いています。フライトの最中に先任がひそひそ声で『キャビンユニオンにいるとどうなるか分からないから脱退した方が身のためよ』と不安をあおったり、相変わらず昇格をエサに脱退を迫ったりしています。全社員が心を一つにしてこの難局を乗り越えなければならないときに、あまりにも異常です。委員長の言う通り、私もキャビンユニオン組合員への差別がなくなってこそ、真の再生が果たされると思います。新しい経営陣には、このような不当労働行為の禁止と差別の解消を強く求めます」

その発言には、会社に対する強い憤りが滲んでいた。

会社はものを言うキャビンユニオンの組合員を一人でも減らそうとしているのだと、葉月は思った。キャビンユニオンの組合員がいなかった葉月のグループは、誰も柿田に異を唱えることができなかった。柿田の言うがままに動くしかない葉月の職場は暗かった。

もし、私のグループにキャビンユニオンの組合員が一人でもいたなら、私は柿田さんからあのような酷いパワハラを受けなかったのではないだろうか。

葉月の少し前の席から手が上がった。

「どうぞ」

議長の声でその人が立ち上がった。

クリーム色のタートルネックと、同色の薄手のカーディガンをはおった背中が目の前にあった。

「賃金改定の件ですが、今までも経営が苦しいからとベースアップも臨時手当も抑えられてきましたが、ついに経営破綻になって公的資金が投入された中では、誠に残念ながら五パーセントの切り下げもやむを得ないと思っています。断腸の思いですので、再建されたら元に戻して欲しいです。しかしながら委員長の発言にあったように、私も契約社員の三パーセントの切り下げは本当に酷いと思います。彼女たちは多くが親元を離れてアパート住まいです。手取り二〇万円少々の賃金から家賃を払い、その残りで生活しているのが実態です」

葉月も毎月の手取りが二〇万円には届かなかった。休みの日は遠出をすることもなく、気に入った服が見つかっても買うのをためらった。

その人は再び話し始めた。

「私は今年定年退職を迎えますが、一番気がかりなのは彼女たちが私たちと同じ仕事をしていながら賃金格差は大きく、身分も不安定で労働条件も劣悪であることです。私は契約制の人たちへの三パーセントの切り下げは絶対にしないように会社に要求したいと思いますし、合わせて正社員化も実現してもらいたいと思います」

葉月はその人が発言中、クリーム色の背中を食い入るように見つめていた。

まもなく六〇歳の定年を迎える人が、こんなにも私たち契約制客室乗務員のことを心配しているのだ。

「あの方はなんというお名前ですか」

葉月は隣の金沢にそっと聞いた。

「あの人は木原さんというお名前で、大先輩の一人なの。いつも契約制の人たちのことを気にかけて発言してくださるわ」

金沢が葉月に耳打ちした。

「木原さん……」

葉月が口の中でつぶやいた。葉月はその人に声をかけようと思ったわけではなかった。

ただ、あれほど契約制客室乗務員のことを気にかけてくれる人の名前は、せめて知っておかなければと思っただけだった。

組合大会は、昼休みをはさんで夕方まで活発な討議が続いた。

代議員たちは自分の意見だけでなく、従業員組合に所属する人たちの思いや不満も取り上げて発言した。ここでは本当のことが誰はばかることなく自由に話され、参加者はここで活力を得て職場に戻って行った。会社がキャビンユニオンを嫌い、組合員を差別している理由はまさにそこにあった。

ここはまるで荒涼とした砂漠に浮かぶオアシスのようだと葉月は思った。

葉月はキャビンユニオンに加入して、多くの事実を知ることができた。ここで討議されているようなことは、今まで何一つとして知らされなかった。これまでは自分だけのことで精一杯だったが、これからはもっと大きく目を見開いていかなければと、葉月は思った。


春分の日が間近くなったその日、葉月は羽田―札幌間を往復した後、同じ飛行機で福岡まで乗務した。

宿泊先の福岡市内のホテルに着いた頃には、もう夕暮れが迫っていた。

「能見さん、お話があるの」

ホテルの玄関をくぐったところで、津山が振り向いて声をかけた。めずらしいことだった。柿田の面談がなくなってから、津山は出発時のブリーフィングで質問する時と、アドバイザリースリップを渡す時以外は、葉月に声をかけなかった。

廊下ですれ違う時に葉月が挨拶をしても、津山は顔をそむけるだけだった。

津山はカウンターで部屋の鍵を受け取ることもせずに、そのままキャリーバッグを引いてロビーに向かった。葉月は気乗りがしなかったが付いていくしかなかった。

津山はロビーの隅のソファに腰を下ろし、葉月は向かい合って座った。ロビーは深閑としていた。

「あなたにいつか忠告しようと思っていたけれど、やっと機会ができたわ」

津山が葉月を見据えた。

「あの九月下旬の面談で、私が退席してからあなたは柿田さんに盾突いたんだって？　『退職の強要ではないでしょうか』ってね。柿田さんがどれほど心配して指導してらしたのか、あなたはわからなかったの？　そんなこともわからないようでは、社会人としても失格だわ」

葉月は強い口調でなじる津山を前にして、最初に津山と言葉を交わした時のことを思い出していた。

それはほぼ一年前、津山が九二Bグループに先任として着任した日のことだった。

あの時もこのホテルの、このソファで津山と話したのだった。

質問してもそんなこともわからないのと突っぱねたり、あの人は可愛いから許せるけれどあなたは許せないとか、習熟度試験に落ちた理由を言ってくれなかったり、なぜ適性がないのか訊いても教えてくれなかったりするのは、指導とは言えないと思う。信じられない。

あの時、津山はそう言って柿田や滝本からパワハラを受けていた葉月を庇った。

あの頃の津山は善意にあふれていた。目の前の津山とは別人のような気がした。

津山さんは本当にすっかり変わってしまったのだろうか。いや、自分を偽っているのではないだろうか。

津山の心の片隅にあの頃の優しい津山がひっそりと息づいていてほしいと、葉月は思った。

「私もそういう言葉は上司である柿田さんに使いたくありませんでした。けれど柿田さんがおっしゃったことは、上司としても人としても言ってはいけない言葉だと思ったからです。とても指導とは思えなかったのでやむにやまれず言いました」

葉月は津山の強い口調にも動揺することはなかった。葉月は落ち着いて言った。思いもしなかった葉月の言葉に、津山は上体をぎくりとゆらした。

「あなたは我慢というものを知らないのよ。私も柿田さんから色々と理不尽なことを言われるけれど、じっと我慢しているのよ」

津山は顔をしかめて右の脇腹をさすった。また十二指腸潰瘍がぶり返したようだった。自分の意思を押し殺してまで、柿田の意のままに動かざるを得ない津山もまた、柿田の被害者なのだった。

葉月は津山がかわいそうに思えた。

「それからもう一つ言いたいことがあるの。あなたがキャビンユニオンに加入したことで、私は柿田さんから怒られたわ。能見さんがキャビンユニオンに加入することを、どうして事前に察知して止めることができなかったの？　あなたは監督不行き届きよって、面談室で長い時間責められたのよ」

津山は顔を歪めた。そして葉月を睨みながら言葉を継いだ。

「キャビンユニオンに入って柿田さんの面談がなくなったから、これから先は何もかもうまくいくとでもあなたは思っているのかしら？　そうだとしたらあなたはとんでもない勘違いをしているわ」

津山が突き放すように言った。

「私は何もかもうまくいくとは思っていません。でもこれだけは言えます。キャビンユニオンに入らなかったら、私は柿田さんのパワハラの前にどうしようもなくなって、失意のうちにとうに退職に追い込まれていたと思います」

葉月が津山を見つめて言った。

津山は臆した色も見せない葉月に一瞬たじろいだようだった。

「よぉく覚えておきなさい。柿田さんに反抗的な態度をとったからには、柿田さんはけっしてあなたを許さないわ」

津山は捨てゼリフのように言うと、さっさと席を立った。後には葉月ひとりがぽつんと残された。

葉月は面談がなくなった九月下旬以降のことを思い出していた。

津山の異常なまでのアドバイザリースリップの多発や、ブリーフィング時の質問の集中などで、葉月にはいつも不安がつきまとっていた。

柿田は雇い止めの口実を探しているのではないだろうか、四月末の二回目の契約更新は無事に行われるだろうかという不安だった。

葉月の不安を少しでも和らげようと、金沢が折を見ては声をかけてくれた。

あのくらいのミスで雇い止めになるなんて絶対にあり得ないよ。私たちだって新人の頃は同じようにミスしたよ。だけど、雇い止めになんかならなかったよ。

金沢と同期の組合員も、キャビンユニオンの事務所で元気づけてくれた。

会社はよほどのことがない限り、二回の契約更新を経て正社員にすると言っているのよ。あなたは会社に大きな迷惑をかけたわけではないのだから大丈夫だよ。

金沢も金沢と同期の組合員も、葉月が二回目の契約更新を経て正社員になることを信じて疑わなかった。二人とも気休めに言っているのではなかった。金沢たちの励ましによって、葉月はともすれば湧いてくる不安を打ち消していた。

一方、キャビンユニオンの執行委員会は、葉月の契約更新について確実に履行するように、再三にわたり労務部に団交を申し入れた。

しかし会社は「人事は会社の専権事項である」との一点張りで、頑として団交には応じなかった。

七章　春雷

それから二週間後の三月末日、葉月は午後一時から五時までの空港スタンバイ勤務になり、控室で安全マニュアルを復習していた。控室にはもう一人、葉月と同年齢ぐらいの契約制客室乗務員がいて、やはり安全《セーフティ》マニュアルに見入っていた。

空港スタンバイは、電車事故や急病などで出勤できなくなった客室乗務員に代わって直ちに乗務するのが任務である。午後三時近くになって柿田が姿を見せた。葉月はてっきり乗務の指示を受けるものとばかり思ったので、セーフティマニュアルをバッグにしまい込んで立ち上がった。

「部長がお呼びよ。付いて来なさい」

柿田は高圧的に言った。

「はい」

葉月は小さくうなずいた。葉月は胸騒ぎがした。良くないことのように思われた。部長の渋谷には良い印象はなかった。渋谷から呼ばれるのは、一年前の三月中旬に続いて二回目だった。

あなたは標準レベルに達していないというのが会社の評価ですが、今後に期待して三ヶ月の経過観察という条件つきで契約更新を致します。今日からの三ヶ月間において、あなたに改善が見られなければ雇い止めもあるということをご承知ください。

あの時、渋谷は勿体ぶって言った。会社の温情で三ヶ月間延ばしてやるんだぞ、とでも言いたげだった。

渋谷の席に行くと、背広姿の渋谷が横のソファに座って葉月を待っていた。

「能見葉月さんをお連れしました」

柿田は渋谷に深く頭を下げると、葉月には顎で座るように指示した。それから柿田は渋谷の隣に腰を下ろした。渋谷と柿田を前にして、葉月は息苦しくなってきた。

「あなたとお話ししてから一年が経ちましたが、その後お仕事はどうでしたか」

渋谷が探るような目で言った。

「はい、安全と、より良いサービスを心がけて努力して参りました」

それが葉月の率直な気持だった。

「そうですか……」

渋谷はつぶやくように言うと、小首をかしげた。

「いえね、あなたの自己評価とはうらはらに、私どもの評価は大分違っていましてね。あれから四度も経過観察期間を延長して、あなたの成長に期待して粘り強く指導をしてきましたが、残念ながら業務知識や意欲の不足、それから理解力・判断力・コミュニケーション能力なども一向に改善されていないと判断しています」

渋谷は咳払いをした。それから葉月をじっと見つめた。

「そのため、会社としては一ヶ月後に予定されている、二回目の契約更新については行わないことにしました」

渋谷はきわめて事務的に言った。

葉月は渋谷の言葉が信じられなかった。頭の中が混乱し、動悸《どうき》が激しくなった。

葉月は呆然としていたが、ようやく自分を取り戻した。ずっと抱いていた不安が現実のものになったことをはっきり認識した。

ああ、私はもう乗務できないのだろうか。あれほど好きな客室乗務員の仕事が続けられないのだろうか。今まで頑張ってきた努力も知識も認められなかったのだ。葉月は、遠くにはじき飛ばされてしまったような気になった。

けれども葉月は渋谷の説明に納得できなかった。黙っていては渋谷の言い分を認めたことになる。自分の意思だけははっきり伝えなければと思った。

「私は雇い止めになるようなご迷惑を、会社におかけした心当たりはないのですが」

葉月の声は緊張でかすれていた。

「確かにあなたは会社に大きな迷惑はかけていません。それは私も認めます。しかし柿田さんからの報告では、あなたは他の人に比べてミスの多さが際だっています。これはやはり客室乗務員としての適性がないと判断せざるを得ないのです」

渋谷はテーブルに置いたA4の書類を一瞥して言った。それは柿田が報告したものに違いなかった。津山が発行した大量のアドバイザリースリップがその報告書の元になっているものと思われた。

「私のミスの件数は、同期の者と比べてもほとんど変わらないと思っています。私だけが多いということには納得がいきません」

渋谷には本当のことを知って欲しかった。

「しかし、柿田さんからは多くの実例が上がっているのですよ」

渋谷はそっけなかった。渋谷の横で柿田が薄笑いを浮かべていた。

渋谷は柿田からの報告を何の疑いも持たずに、そのまま鵜呑《うの》みにしているのだ。何を言っても渋谷は聞き入れてくれそうになかった。葉月はため息をついた。もうあきらめるしかないのだろうか。

渋谷を前にして、葉月はいつの間にかうつむいていた。かつての葉月は柿田のパワハラの前に、いつもうつむいていた。けれども、「それは退職の強要ではないでしょうか」と言ったときから、葉月はもううつむくことは止めようと決めたのだった。

もし、ここであきらめたとしたら、今まで柿田のパワハラに耐えてきた私の日々は何だったんだろう。

葉月は思い直した。キャビンユニオンの組合員になった自分は、それにふさわしい行動をとろう。たとえ渋谷の前であっても、うつむくことはないのだ。はっきりと自分の意思を伝えよう。

葉月は顔を上げた。

「この仕事を続けたいのです。どうか契約更新をお願いいたします」

葉月が言い終わると、すぐに柿田が口をはさんだ。

「契約更新をしないことは会社として決めたことだから、変えることはできませんよ。ただ、退職の理由を、会社都合ではなく自己都合にしてあげることはできます。一週間の猶予をあげますから、どちらにするかよく考えてきてください」

柿田は高圧的だった。

「私は客室乗務員の仕事を続けたいので、自己都合で退職することは考えていません」

葉月はきっぱり言った。

「でもねぇ、以前もお話ししたように会社都合にすると、これから先の求職に際しては非常に不利になりますよ。私たちはそれを心配しているのですから、ご……。ここで結論を急ぐことはないのですから、ご両親ともよく相談してください」

柿田は慌てたようなそぶりを見せた。

柿田さんが自己都合による退職を勧めるのは本当に私のためを思っているのだろうか。むしろ、その方が会社にとっても柿田さんにとっても好ましいからではないのだろうかと葉月は思った。

「今日はこれまでにします。では一週間後に返事をお待ちしています」

渋谷はそう言うと立ち上がった。葉月は一礼すると廊下に出た。廊下を歩きながら、これからどうなるのだろうか、どうしたらいいのだろうかという不安に襲われた。葉月は一刻も早くキャビンユニオンに知らせなければと思った。

葉月は廊下の突き当たりにあるトイレに入った。誰もいないことを確かめると、口元を手で覆って電話した。

「もしもし、能見です」

「ああ、能見さん」

いつもの穏やかな野間の声だった。

「たった今、渋谷部長と柿田さんから一ヶ月後の二回目の契約更新は行わないことを告げられました」

「えーっ」

電話の向こうで野間が叫び声を上げた。

「自己都合にすることもできるから一週間後に返事するようにと、柿田さんから言われました。でも、私は働き続けたいので自己都合にすることは考えていませんと、はっきり伝えました」

「あなたのお気持はよく分かりました。今日の勤務は何時まで？」

「午後五時まで空港スタンバイですから、まもなく終わります」

「終わったらキャビンユニオンにいらしてね。今日は執行委員会で全員がそろっているから、みんなで対策を話し合いましょう。負けないで一緒に頑張りましょうね」

野間が葉月を励ました。

「分かりました」

葉月は電話を切った。腕時計を見ると午後四時半だった。スタンバイの控室に戻ると、もう一人は乗務になったらしく姿がなかった。

控室に一人でいると、さらに不安が募った。一刻も早くキャビンユニオンの事務所に行きたかった。

残りの三〇分がとてつもなく長く感じられた。

　午後五時を回ると、葉月は制服のまま急いでキャビンユニオンの事務所に向かった。

　事務所では委員長の内海をはじめ杉村や野間など一〇人ほどの執行委員が、打ち合わせ机に座っていた。全員が私服だった。葉月の雇い止め予告という事態に、部屋には張りつめた空気が漂っていた。葉月は手前の椅子に座った。

「それでは能見さんの話を聞きましょう」

　書記長の野間が葉月を促した。

　葉月は空港スタンバイの最中に柿田に呼ばれてからの一部始終を話した。

「会社都合にするか、自己都合にするかを一週間後に決めるように指示すること自体が、雇い止めそのものを能見さんに認めさせることに外ならないと思うわ。また、ご両親に相談するように能見さんに迫ることも、親心を利用して自己都合で退職させるという魂胆が見え透いているわね。まったく卑劣なやり方だわ」

　オレンジ色のジャケットを着た人が口を尖らせて言った。

「許せないわ」

「あり得ない」

「絶対に認められないよ」

　みんなが口々に会社を激しく非難した。

　私は一人で悩まなくていいんだわ。こうしてキャビンユニオンの人たちが自分のことのように心配してくれている。

　葉月は不安がやわらいでくるのを覚えた。

「先ずは一週間後に、会社都合にするか自己都合にするかを渋谷部長に返事しなければならないわね。能見さんのお気持を何よりも尊重したいと思うけれど、お聞かせいただけるかしら」

　野間が葉月を見て言った。

「はい。渋谷部長と柿田さんには今日も申し上げましたが、私はこの仕事が好きで退職する意思は少しもありませんので、一週間後も『私は引き続き働きたいので二回目の契約更新をお願いします』と、はっきり申し上げたいと思います」

　葉月に迷いはなかった。葉月にはそれしか考えられなかった。

「能見さんのお気持は、みんなもよく分かったと思います。それでは、雇い止め予告を撤回させるにはどうしたらいいか、ご意見をどうぞ」

野間が言った。

「渋谷部長はミスの件数が多いことを雇い止めの理由にしているけれど、具体的な内容は何も能見さんに話していないわよね。先ずそれを明らかにするように要求しましょうよ」

水色のブラウスの人が言った。

葉月も具体的な内容を知りたいと思った。その時は気が動転していたので訊ねることができなかった。

「それとも一つは、渋谷部長には柿田さんがどんなに酷いパワハラをしていたのか、知ってもらう必要があるわ」

杉村は言葉を続けた。

「決定的な証拠はあの録音よね。あれを会社に突きつければ、雇い止めの理不尽さが分かると思うわ。ただ会社は、キャビンユニオンが録音を指示したと言いがかりをつけて、それを口実に話し合いを拒否することも考えられるわね」

杉村は会社の出方を気にしていた。

録音を勧めたのは良介だった。県立図書館前のベンチで良介は葉月に言った。

あなたにお願いしたいことが一つあります。それは、面談室での会話を録音しておく、ということです。はっきりと断言はできませんが、酷いことが行われた証拠として後々役立つような気がします。

その時には葉月は良介の言葉の意味が分からなかった。けれども今ははっきりと理解することができた。

「あのう……」

葉月は少し迷ったが、やはり話したほうが良いと思った。

「録音は私の大切な人が勧めてくれました」

葉月は両親と共に良介がずっと相談にのってくれたことを話した。

「良介さんが録音を勧めたことを話せば、会社はいいがかりをつけられないのではないでしょうか」

葉月が杉村に言った。

「正直に打ち明けてくれてありがとう。良介さんという方がご両親と共に、今まで能見さんを支えてくださったのね……」

杉村はしみじみと言ったが、すぐに明るい声に戻った。

「会社には『能見さんの最も信頼する人が、あまりに酷いパワハラを見かねて録音することを勧めた』と説明したいと思いますが、了解してもらえるかしら?」

「はい」

葉月がうなずいた。良介も理解してくれると思った。

「それでは今後の方針としては、早急に団交を開くように強く要求することと、団交では雇い止めの具体的な理由をはっきりさせること、そして録音の存在を突きつけることで臨みたいと思います」

書記長の野間が議事をまとめた。

「まだ予告の段階ですから、正式な通知が出る前に取り消させるように全力で取り組みましょう」

最後に委員長の内海が発言して会議を終えた。

葉月はアパートに帰るとすぐに宮崎の実家に電話した。父が電話口に出た。

「ああ、葉月か。元気でやっちょるか」

晩酌の酔いが少し回っているようなゆっくりとした口調だった。

「驚かせて悪いっちゃけど……」

また両親に心配をかけることになると思うと、しばらくためらった。

「今日渋谷部長に呼ばれて、一ヶ月後の契約更新は行わないと言われたつよ。だけど私は全く納得していないいっちゃ」

葉月は努めて平静に言った。

「何ちゅうこつじゃろか」

父は大声を発した後、しばらく電話の向こうで沈黙した。

「まさかとは思うちょったが、やはりそうじゃったか。あの柿田さんが画策したとしか考えられん」

父が呻くように言った。酔いがいっぺんに吹き飛んだようだった。

「退職理由を自己都合にすることもできるからご両親とよく相談しなさいと柿田さんから言われたっちゃ。だけど私は退職する意思がないことをはっきり言おうと思うけれど、お父さんはどう思う?」

葉月が訊ねた。

「お父さんはおまえの気持を何よりも大事にしたいと思うよ。おまえも自分を偽らないようにするこっちゃね」

父が諭すように言った。

「ありがとう、お父さん」

父の言葉に葉月は胸がつまったが、すぐに振り切った。

「キャビンユニオンが全力で会社と交渉してくれることになっちょるから、あんまり心配せんでいいよ」

「そうか、良かったな。お母さんにも伝えておくよ。おまえも頑張れよ」

そう言って父は電話を切った。葉月をわずらわせたくなかったのか、父は多くを訊ねなかった。

父との電話が終わると、葉月は良介に録音のことも付け加えて、これまでの経緯をメールで知らせた。

直接電話しなかったのは勉強を中断させては悪いと思ったからだったが、良介からはすぐに電話がきた。

「あれだけ頑張ってきた君がどうして雇い止め予告を受けなければならないんだ。僕は今すぐにでも君のところに飛んでいって励ましてあげたいけれどそれもできない」

良介は怒りと悔しさを滲ませた。そして付け加えた。

「あの録音は雇い止めをはね返す力として、ぜひ活用してほしいよ」

「録音のこと、了解してくれてありがとう。もう私はひとりじゃないから安心してね」

葉月が言った。

「今の君はこんなに酷い状況に追い込まれても、あの時のように酒で気持を紛らわせることがなくなったんだね。やはりキャビンユニオンの人たちが支えてくれているからなんだね」

良介がほっとしたように言った。


一週間後、葉月は札幌発五二五便で午後五時三〇分に羽田に着いた。機内の後片付けを終えると機外に出た。この後、自己都合か会社都合かの返事を渋谷と柿田にしなければならなかった。キャリーバッグを引いてコンコースを歩きながら、葉月は次第に緊張していくのを覚えた。

　目の前を白鳥が歩いていた。一週間前に雇い止めの予告を受けたことを、葉月はグループの誰にも話していなかった。話せば雇い止めが既成事実になるような気がして話したくなかったのだった。

　けれども、いつも葉月のことを気遣ってくれる白鳥にだけは知らせなければと思った。葉月は早足になって白鳥と肩を並べると、声をひそめて言った。

「つい一週間前のことですが、渋谷部長と柿田さんに呼ばれて、二回目の契約更新はしないと告げられました」

「えっ、柿田さんの退職強要がやっとなくなったので私もほっとしてたのに……。どうして？」

　白鳥が立ち止まった。白鳥はまったく予期していなかったのか大きく目を見開いて葉月を見つめた。

「到底納得できないのですが、私のミスが飛び抜けて多いというのが、その理由だそうです」

「津山さんがせっせとアドバイザリースリップを集めていたのは、やはりそのためだったのね。本当に酷い話だわ」

　白鳥が怒りを込めて言った。

「自己都合にすることもできると、柿田さんは言いました」

　葉月が周りに誰もいないことを確かめて言った。

「今まで柿田さんから辞めさせられた人たちは全員が自己都合で退職していったわ。柿田さんは、あなたも結局は自己都合で退職するだろうとみているのではないかしら。みんな夢と希望を持って入社したのにパワハラを受けて、あげくの果てに自己都合で辞めさせられるなんて残酷すぎるよね」

　白鳥が悲しげな目をした。

「私は雇い止めの理由が納得できませんし仕事を続けたいので、自己都合で辞める意思がないことをはっきりとお伝えしようと思っています」

　葉月が言った。

「まあ、よく決断したわね」

　白鳥が感嘆の声を上げた。そして歩き出しながら小さな声で言った。

「能見さんがやろうとしていることは、今まで誰もできなかったことよ。これからどうなっていくのか私には分からないけれど、たとえどうなろうとも私はどこまでもあなたの味方よ」

乗務後のブリーフィングが終わると、葉月は部長席に向かった。渋谷と柿田は既にソファに座っていた。葉月が来るのを首を長くして待っていたかのようだった。

「只今、参りました」

葉月はお辞儀するとソファに座った。

「自己都合の件、ご両親に相談したのでしょう？で、どうだったかしら」

柿田が単刀直入に切り出した。柿田は結論は既に分かっているとでもいうように、葉月に笑顔を向けた。

葉月は柿田の目を見て言った。

「私は客室乗務員の仕事を続けたいので、自己都合で退職することは考えていません。どうか二回目の契約更新をお願いいたします」

葉月は頭を下げた。

「えっ、ご両親には相談したの？」

「両親は、私の考え通りにしなさいと言ってくれました」

柿田は信じられないとでもいうように葉月を見つめた。柿田はこれまで狙いを定めた契約制客室乗務員を全て自己都合という「円満退職」に追い込んできた。柿田は不満そうに口を歪めた。しかし、もうあきらめたのか何も言わなかった。

「分かりました。それでは会社都合として、契約終了の手続きを進めます」

渋谷がまた事務的に言った。

四月の中旬になった。葉月は伊丹発一三〇便で羽田に午後七時四〇分に到着した。勤務が終わると、葉月はすぐにキャビンユニオンの組合事務所に向かった。時刻は午後八時半を回っていた。

明日夕方から、能見さんの雇い止めの問題で団交を行うことになりました。その結果をお知らせしますので、遅くなっても結構ですから乗務が終わったら組合事務所にいらしてください。

昨日、葉月は野間からメールをもらっていた。組合の粘り強い団交要求に、会社はようやく応じたのだった。事務所に行くと、内海、杉村、野間の三人が、ソファに座って葉月を待っていた。他の執行委員は既に帰宅していた。三人の表情は硬かった。

「団交の結果ですが、会社の態度は不誠実そのもので、聞く耳を持たなかったわ」

葉月がソファに腰を下ろすと、すぐに野間が言った。野間は団交が終わった後も怒りが収まらないらしく幾分頬が紅潮していた。

野間は言葉を続けた。

会社は私たちの追及に対して、最後まで雇い止めの具体的な理由を明らかにしなかったの。パワハラについても、柿田さんは粘り強く指導してきたのでありパワハラではないと繰り返すばかりだったわ。

そこで杉村さんが、柿田さんと能見さんの面談の録音がここにあると言ったの。あまりに酷い面談なので、能見さんが最も信頼している人から録音を勧められたことも付け加えて。そうしたら出席していた清川労務担当役員を始めとして、同席していた渋谷部長や事務方も唖然として言葉を失ったわ。特に渋谷部長はよほどショックだったらしく、うーんと唸ってずっと天井を向いていたわ。

少し間を置いて清川役員が、その録音をもらえませんかと言ったの。そこで内海さんが、お渡しすることはできません、柿田さんをここに呼んでください、一緒に録音を聞きましょう、そうすればパワハラか指導かがはっきりと分かりますと申し入れたわ。

清川役員はしばらく考え込んでから、いやそれはできませんと拒否したのよ。一緒に聞けば、形勢が不利になると思ったのではないかしら。そこで組合としては、パワハラが最も酷かった最後の三回分を文字化して、明日労務部に渡すことにしたわ。それをよく読んでいただきたいと言ってね。

「そして来週にもう一度団交を開くことを約束させました」

そう言って野間は話を終えた。葉月は録音さえ一緒に聞こうとしない会社の態度がいらだたしかった。

このままでは真相が明らかにされないまま雇い止めにされてしまう。けれどもキャビンユニオンの人たちが真剣に取り組んでくれているのだから、きっと進展があるだろう。

葉月は気を取り直した。

「雇い止めを撤回させるまで頑張ろうね」

内海が葉月の肩に手をかけて言った。

「はい、頑張ります」

葉月がうなずいた。


それから一週間が経った。その日、葉月は福岡からの便で夕方に到着して勤務を終えると、まっすぐにキャビンユニオンの組合事務所に行った。団交の結果を聞くためだった。今度こそ良い結果であってほしいと、葉月は思った。

事務所には一週間前と同じように、内海と杉村、野間の三人が葉月を待っていた。

「口々に詰め寄ったけれど、会社の態度は依然としてかたくなで、一切耳を傾けてくれませんでした。先日渡した三回の面談の内容についても、あれは指導の範囲ですと言ってはばからないのよ」

野間の声は怒りで震えていた。葉月は会社の態度が信じられなかった。

「あんなに酷いパワハラを認めず、具体的な理由も明らかにしないまま雇い止めにするなんて、絶対に許すわけにはいかないわ」

杉村も悔しそうに言った。部屋には重苦しい空気が漂っていた。

いったい私はどうなるのだろう。

葉月は次第に追い詰められていくのを感じた。四月末日の契約更新期限は、日一日と明白な形となって葉月に迫ってきた。

「会社は一歩も引かないけれど、決してあきらめないで最後まで撤回を求めることを、執行委員全員で確認したところよ」

重苦しい空気を追い払うように内海が口を開いた。

「それでもなお、会社が雇い止めを強行した場合のことだけど……」

内海は言い淀んだ。

ここに至っては雇い止めという最悪の結果も考えておかなければいけないのだ。もう楽観は許されないのだ。

葉月は自分が厳しい状況に追い込まれているのを思い知らされた。

雇い止めになった私は、ただ会社を去って行くしかないのだろうか。

葉月はその場面を思い浮かべた。そこにはうなだれて宮崎に帰る自分のみじめな後ろ姿があった。葉月はそんな姿を両親や良介に見せたくなかった。

「その時は裁判に訴える必要があると執行委員会では考えているの。このような理不尽な雇い止めを許さないためにね。でも、それには能見さんの大きな決断が前提となるのだけれど……」

内海は真剣な眼差しで葉月を見つめた。

「裁判……」

葉月は思いがけない言葉にとまどった。N航空を相手に、たった一人で裁判することなど無謀ではないだろうか。それに雇い止めとなった後の生活費はどうしたらいいのだろう……。

「私には裁判をやる自信がありません」

葉月がつぶやいた。

「裁判は大きな負担を伴うものだから、あなたの思いは私たちもよく分かっているわ……。だから、もし裁判になった場合は精神的にも物理的にも、みんなであなたを支えようと話しているのよ」

内海が落ち着いた口調で言った。

しかし葉月は決心がつかなかった。「やります」とは言えなかった。

「今すぐ決めなくてもいいのよ。ゆっくり考えてみてね。それに裁判しか道がないと決まったわけじゃないし、あくまで自主解決を会社に求めることに全力投球だから……」

内海が諭すように言った。

葉月は裁判はやりたくなかった。ほんのわずかでも望みがあるならばそうしてもらいたかった。けれども雇い止めは、もはや既成事実であるかのように葉月に襲いかかってくるのだった。


四月末日、羽田発五二七便は午後二時三五分に新千歳空港に着陸した。航空機の窓から見える千歳の空は雲に覆われていた。

空港を取り囲んでいる原野の灌木《かんぼく》の小枝は寒さにこごえていて、まだ芽吹くまでには至っていないだろうと、葉月はジャンプシートで思いを巡らした。

二年前の七月、葉月が入社後の訓練を終えて、初めて乗務したのもこの羽田―札幌線だった。あの時、葉月が上空から初めて見た北海道はどこまでも緑の大地が広がっていた。ちまちまとしていないその雄大な風景に、葉月は感動したのだった。

能見さんは今日がラストフライトです。

出発前のブリーフィングで、津山は最後にそう言った。ねぎらいの言葉はなかった。

けれども、葉月は津山の言葉が実感できなかった。会社が昨日までに二回目の契約更新をしなかったのはまぎれもない事実なのに、明日も明後日もずっと乗務が続くような気がしてならなかった。

キャビンユニオンは昨日まで葉月の雇い止め撤回を求めて会社に激しく迫った。しかし会社は撤回しなかった。そして昨日の夕方、葉月は乗務終了後に渋谷に呼ばれた。そこで雇い止めの理由書をようやく渡された。

葉月は理由書を受け取るとすぐにキャビンユニオンの事務所に行った。理由書には葉月のミスと断定した五一項目におよぶ事例が列記されていた。それを見て葉月は衝撃と怒りを覚えた。身に覚えのないものが数多く列記されていたからである。

こんな些細なミスを並べ立てたら、誰だってすぐに五一項目になるわよ。

こんなことで雇い止めになるんだったら、私なんかとっくになっているわ。

この理由書には、ミスをでっち上げてでも能見さんを雇い止めにするという柿田さんの強い意図が隠されているわね。

杉村や野間など、そこに居合わせた組合員たちが口々に憤慨した。しかしもう契約更新の期限は明日に迫っていた。会社は反論の余裕を与えないために、今日になってやっと出してきたのだった。

葉月は札幌から引き返す便でも、行きと同様に後部のD区分のキャビン担当だった。

五二四便が午後三時三〇分に離陸して一〇分後、水平飛行に入ると「ベルト着用」のサインが消えた。

葉月はすぐにジャンプシートを立ち、ギャレーに向かった。ギャレーに行くと、葉月は窓の外を見た。

葉月はもう一度、北海道の大地をこの目で確かめたいと思った。しかし、窓の外は綿のような雲が地上を覆っていて何も見えなかった。葉月は見えない大地に向かって「さようなら」とつぶやいた。

それからすぐに飲み物カートを押して客席に向かった。ゴールデンウィークに入っているため、往復便ともほぼ満席だった。葉月にとってはこの便が最後だった。葉月はいつもの通り、乗客一人ひとりに心を込めて飲み物を提供した。

一番後ろの客席になった。通路側に四〇歳代の母親と、その隣に中学生らしい女の子が座っていた。

母親は地味な身なりだったが、女の子は真っ赤な長袖のワンピースを着ていた。

「ご搭乗ありがとうございます。お飲み物はいかがですか。温かいコーヒーと、リンゴとレモン味の二種類のジュースがございます」

葉月が母親と女の子を交互に見ながら、笑顔で訊ねた。

「コーヒーをいただくわ」

母親が言った。

「私はリンゴジュース」

女の子は弾んだ声で答えた。

「承知いたしました」

いつもの何気ないやりとりだけれど、お客様へのサービスはこれがいよいよ最後だと思うと、胸に迫るものがあった。

その間、女の子は葉月の一挙手一投足を見逃すまいとでもいうように、目を凝らして見ていた。

「お待たせいたしました」

葉月はコーヒーを母親のテーブルに、そしてリンゴジュースを女の子のテーブルに置いた。

「ありがとうございます」

女の子が微笑んで言った。

「お仕事中恐縮ですが、少しだけお時間をいただいてよろしいでしょうか」

母親が改まったように言った。

「はい」

葉月は突然のことに少し緊張した。

「この子がお聞きしたいことがあるというものですから」

母親が女の子の横顔を見ながら言った。女の子は顔を赤らめて、恥ずかしそうにもじもじしていた。

「お姉さんはお忙しいんだから早く聞きなさいな」

母親が急かした。

「あのぅ、客室乗務員のお仕事は楽しいですか？」

女の子は思いきったように言った。

「あなたも将来は客室乗務員になりたいの？」

　葉月が微笑みながら訊ねた。女の子はこくりとうなずいた。

「ええ、楽しいわよ。客室乗務員には、お客様を安全にお運びすることと、機内で快適にお過ごしいただくことの二つの任務があるの。責任は重いけれど、お客様をおもてなしして喜んでいただいて、そして無事に飛行場に着いた時には、客室乗務員をお仕事に選んで良かったなと思うわ」

　葉月は女の子の夢を壊したくなかった。パワハラがあったり、ものの言えない職場であることなどは話したくなかった。

「わあ、やっぱり私は客室乗務員になる」

　女の子は目を輝かせて母親を見た。

「お姉さんに教えてもらって良かったね」

　母親が女の子に言った。

「お勉強、頑張ってね。そして、あなたの夢を実現させてね」

　葉月は女の子に上体を近づけて言った。

「はい、頑張ります」

　女の子は元気な声で返事した。

　葉月は笑顔でその場を離れた。母親と女の子は、葉月が今日で雇い止めになることなど知るよしもなかった。あの子が客室乗務員になる頃には、パワハラのない明るくて自由にものが言える職場になっていてほしいと、葉月は強く思うのだった。


　五二四便は午後五時過ぎに羽田に着陸した。乗務後のブリーフィングが終わると、すぐに塩地が来て言った。

「渋谷部長と柿田さんがお呼びだ」

　葉月が塩地に付いて部長席に行くと、渋谷と柿田がソファに座っていた。

　葉月がお辞儀して座ると、柿田が満面の笑みを浮かべて言った。

「今日までご苦労様でした」

　言葉とはうらはらに、葉月をねぎらう意思などまったく感じられなかった。型通りに言っただけだった。

　柿田の隣で渋谷は、やれやれこれでやっと一件落着だとでもいうような安堵の表情を見せていた。

「その社員証《ラスター》を返してくれないか」

葉月の隣に座った塩地が、葉月の首にかかった社員証を横目で睨んで言った。葉月は首からラスターを外した。

ああ、私はこれで本当にN航空の客室乗務員ではなくなるのだ。

葉月は悔しさのあまり涙が滲んできた。けれども渋谷と柿田には、涙は絶対に見せたくなかった。輪郭がぼやけた渋谷と柿田に向かって、葉月は叫んだ。

「私がいったい何をしたというのですか。どんな迷惑をかけたというのですか。私は雇い止めに承服できません」

葉月はいたたまれなかった。席を立つと小走りに部屋を出ていった。

廊下に出るとハンカチを目にあてた。

「能見さん」

顔を上げると、すぐそばに白鳥と反町が佇んでいた。葉月を待っていたのだった。

「お役に立てなくてごめんね」

白鳥が潤んだ目で葉月を見た。

「いいえ。白鳥さんは私がつらかった時、いつも励ましてくださいました」

白鳥は、柿田や滝本や津山にいやがらせを受けていた葉月をずっと気にかけてくれたのだった。白鳥の顔を見つめていると葉月は胸がいっぱいになった。

「能見さんがこんなことになるなんて思ってもみませんでした。私は酷いことを言ってしまって……」

反町が下を向いた。顔が歪んでいた。反町はあの日のことをまだ引きずっていた。

「私はもう忘れたから気になさらないで……。これからも頑張ってくださいね」

葉月は無理に笑顔を作った。

「あなたの勇気は希望の灯火《ともしび》だったわ。あなたは去って行くけれど、いつまでも私の心に点《とも》って励ましてくれると思うわ。私にできることってわずかだけれど、これからもあなたの力になりたいから、いつでもメールしてね」

白鳥がカードを差し出した。

「嬉しいです。さようなら」

葉月はカードを受け取ると歩き始めた。

「さようなら、お元気でね」

背後から白鳥と反町の湿った声が追いかけてきた。葉月は振り返らなかった。振り返れば涙がこぼれそうだった。

葉月は「開かずの扉」を開けた。そしてうす暗い廊下を小走りに歩いた。

雇い止めになった葉月には、もうキャビンユニオン事務所しか行くところがなかった。

事務所には委員長の内海を真ん中に、大勢の組合員が葉月を待っていた。内海の両隣には杉村、野間、金沢の姿があった。

「能見さんを励まそうと、みんなが集まってくれたのよ」

内海が言った。

こんなに多くの人が、私を心配して駆けつけてくれたんだわ。

そう思うと、葉月は緊張が一気にほぐれて、こらえていた涙があふれた。内海が近づいてきて葉月の肩を抱いた。内海は葉月の腕の中で激しく嗚咽した。内海は葉月の背中を優しく撫で続けた。

やがて葉月が顔をあげた。目にはまだ涙を湛えていたが、きっぱりと言った。

「私はこの雇い止めを認めたくありません。職場からパワハラをなくすためにも、これから夢を持って入社する人たちに私のようなつらい思いをさせないためにも、裁判をしたいと思います。そして裁判に勝って、もう一度客室乗務員の仕事がしたいです」

裁判することに不安はあったが、もうそれを乗り越えていこうと葉月は思った。

「決意してくれてありがとう。一緒に頑張ろうね」

内海が葉月の両手を握りしめて言った。

「これから、『能見さんを励ます会をやりましょう』っていうことになったの。例の火鍋の中華料理店を予約しておいたわ。いいでしょう？」

内海の隣の杉村が葉月を誘った。

「はい」

葉月はこのまま一人になるのがいやだったので、みんなの心遣いが嬉しかった。

中華料理店内の全てのテーブルには、既に火鍋の黒い鉄鍋と大皿に盛られた具材、それに小皿のおつまみが並んでいた。狭い店内は二〇人程のキャビンユニオンの組合員でまたたく間に埋め尽くされた。

ほどなくして、女主人と若い店員が中ジョッキを両手に二、三本ずつ抱えて運んで来た。全員に行き渡ったのを見計らって、野間が立ち上がった。

「本日、能見さんは裁判所に提訴することを決意しました。その勇気に敬意を表したいと思います。能見さんの職場復帰を必ず実現するために、私たちも全力で頑張る決意をこめて、乾杯！」

「かんぱーい」

力強い唱和が響いた。

女主人が次々に料理を運んで来た。みんな思い思いに鉄鍋に具材を入れ、コンロに点火した。煮立ってくると黙々と食べ始めた。

頃合いを見て野間が言った。

「どなたからでも、能見さんへの励ましの言葉をお願いします」

金沢がすぐに立ち上がった。

「私たちは、勇気を持ってキャビンユニオンに加入してくれた能見さんに励まされました。今度は私たちが能見さんを励ます番です。みんなで力一杯支援しましょう」

金沢の呼びかけに大きな拍手が起きた。

「こんなに酷い雇い止めが起きた事を、社員だけでなく世間にも訴えていきましょう。私は会社の門前だけでなく、駅頭でも裁判所前でもビラ撒きをしたいと思います」

金沢と同年配の組合員が言った。

「賛成」

「私もビラ撒きをやります」

次々に声が上がった。

私は一人ぼっちで裁判するのではないのだ。みんながついているのだ。

葉月は心の不安が少しずつやわらいでいくのを覚えた。年輩の組合員が立ち上がった。その人は二ヶ月前の組合大会で発言していたのを葉月は思い出した。

あの人は木原さんというお名前の大先輩の一人で、いつも契約制の人たちのことを気にかけて発言してくださるわ。

あの時、隣に座っていた金沢が葉月にそう耳打ちした。

「能見さんのご両親はどんな思いでいらっしゃるでしょうか。大事に育てた娘が酷いパワハラを受けたあげく、理不尽な雇い止めにされて、さぞや悲しみと憤りでいっぱいだろうと思うと、私は胸が張り裂けそうです。私も一人の母親です。能見さんをお産みになったお母様の気持を思うと涙が止まりません」

木原は言葉を詰まらせたが、葉月を見て言葉を継いだ。

「私の娘もあなたと同じ年頃です。もし娘があなたのような目にあったらと思うと、いても立ってもいられません。私はまもなく定年を迎えますが、今日決心しました。定年後もずっとあなたの力になりたいと思います」

木原の言葉をみんな静かに聞いていた。葉月は木原に感謝の言葉を伝えたかったが、胸がいっぱいで何も言えなかった。ただ頭を下げた。

励ます会は午後一〇時過ぎに終わった。

外に出ると、遠くで大太鼓を連打するような低くくぐもった音が聞こえた。

あれは春雷だろうか。葉月は夜空を見上げたが雲はなかった。かすかに星がまたたいているのが見えた。明日からは新しい闘いが始まるのだ。葉月は春雷を聞きながらそう思った。

八章　踏み出す

今日は出勤するのがいやだなあ。乗務《フライト》が終わったら柿田さんの面談が待っている……。

あなたには適性が全くありません。「今度失敗したら辞めます」という一文を今すぐこの決意書に書き足しなさい。もう、国際線乗務の夢などあり得ません。いつまでこの会社にしがみついているつもりなの？　自分から身を引くのが美学というものよ。辞める日を明日決めて下さい。

柿田の言葉が次から次へと襲いかかってきた。

「うわぁ」

葉月は自分の悲鳴で目が覚めた。額には汗がびっしり浮かんでいた。悪夢にうなされていたのだった。柿田から受けた心の傷はまだ癒えていなかった。

「夢だったんだわ」

葉月はため息を洩らした。窓に目をやると、夏の朝の強い日差しがカーテン越しに降り注いでいた。

今日は外出の予定がなかった。このところ慌ただしい日々を送っている葉月にとって、久しぶりにゆっくりできる日だ。葉月はそのままベッドに身を横たえた。四月末に雇い止めになってから、またたくまに三ヶ月余りが過ぎていった。

葉月はそれまでとはまったく変わってしまった日々を、天井を見つめながら思い返した……。


明日のメーデー、一緒に行こうよ。キャビンユニオンの仲間だけでなく、パイロットや整備の人たちなど航空労働者も大勢参加するんだよ。

「励ます会」が終わった後に、葉月は杉村から誘われた。

はい、私も参加させて下さい。

葉月はやはり一人になるのが心細かったので、杉村の誘いに応じたのだった。

葉月は杉村と途中で待ち合わせて、代々木公園内のメーデー会場に行った。新緑の大木に取り囲まれた広い会場には赤、黄、青、緑などの色とりどりの旗や幟《のぼり》がそよ風に揺れていて、それぞれの旗や幟の下には労働者たちが思い思いに座って地面を埋め尽くしていた。葉月は初めて見る光景に目を見張った。

ここには製造現場や医療、教育、公共機関などあらゆる職場の人たちが集まっているの。キャビンユニオンと同じように、職場の声を取り上げて闘っている人たちなのよ。長時間労働やサービス残業に苦しめられたり、あなたと同じように雇い止めにあった若者たちも元気に参加しているはずだわ。

杉村が言った。杉村は直射日光がまぶしそうだった。行き交うどの顔も晴れやかで、生気にあふれていた。

ここに集まっている人たちはお互いの心が通じ合っているんだわ。私のこともきっと分かってもらえるに違いない。葉月は心細さが、いつの間にかなくなっているのを感じた。

メーデーに参加してから数日後、葉月は杉村に連れられてパイロットの組合事務所を訪ねた。パイロットのメールボックスに組合機関紙を配布する作業を、アルバイトとしてさせてもらうためだった。

R航空の青田さんの解雇事件が解決したところだったので、ちょうどよかった。彼女の代わりに能見さんにお願いしましょう。応援してるよ。頑張ってね。

応対した執行委員はそう言って、杉村の要請に快く応じた。

ありがとうございます。

葉月は深くお辞儀した。雇い止めになって収入が途絶えた矢先にアルバイトが見つかったので、葉月は胸をなでおろした。葉月はパイロットの組合が、解雇された航空労働者たちを経済的にも支援していることを初めて知ったのだった。

メールボックスは全部で二〇〇〇箇所で、全て配布するのに三時間ほどかかった。配布作業は週二、三回ほどあった。葉月がメールボックスに機関紙を脇目もふらずに配布していると、パイロットたちがご苦労さまと言ってねぎらったり、ありがとうと言ってくれたりした。気軽に声をかけられて葉月は嬉しくなった。そして機関紙の配布という単調な作業が、とても大事なことのように思えるのだった。

それからしばらくして、葉月は杉村に町工場が並ぶ一角の、簡素な二階建ての家に連れて行かれた。

そこは、乳幼児の服をデザイン・製造し、インターネットを通して販売する小さなアパレル会社だった。その会社の女社長は杉村の親しい友人で、あらかじめ杉村が葉月の事情を話していたのだった。女社長は葉月に深く同情した。

就業日や就業時間などは、あなたの都合に合わせていいわよ。

そう言って女社長は葉月をアルバイトとして雇った。裁判準備などに追われている葉月にとっては、とても有り難いことだった。時給も、相場よりもずっと高く設定してくれた。

仕事の内容は、注文を受けた品物を段ボールで梱包して発送手続きをするというものだった。洗練されたデザインと配色が好評で注文が多く、主婦二人が発送に精を出していた。

予定があるんだったら私たちに遠慮しないで、いつでも帰っていいわよ。

二人は葉月の事情を女社長から聞かされているらしく、いつも温かい声をかけた。

葉月はその心遣いに感謝しながら、裁判準備の打ち合わせがある時などは早引きさせてもらったりした。杉村のこうした計らいで、つつましいながらも日常生活を維持する基盤を作ることができたのだった。

一方、裁判の準備作業は五月に入ってから着々と進んだ。内海、杉村、野間らが中心になって南法律事務所の担当弁護士とともに訴状を作成した。

葉月はキャビンユニオンの執行委員や弁護士の指導を受けながら、アルバイトの合間を縫うようにして陳述書の作成に没頭した。陳述書を書きながらパワハラの場面を思い出して、葉月は幾度も胸が苦しくなった。

訴状と陳述書が完成した七月下旬、葉月はN航空と柿田を相手取り、雇い止めの撤回を求めて東京地裁に提訴した。

提訴後、すぐに「N航空契約制CAを空にもどす会」（通称「もどす会」）が結成された。

「もどす会」は多忙な執行委員会に代わって、葉月を職場に戻すための闘いを職場だけでなく、社会的にも大きく広げることを目的としたものである。

「もどす会」の事務局には、葉月が雇い止めになった日に、励ます会を開いてくれた組合員たちを中心に三〇人ほどが結集した。事務局長には全員一致で木原が選出された。

また、会の活動を支えるために年会費を一〇〇〇円にして多くの人に加入を呼びかけることと、東京地裁での公正な判決を要請するためのハガキを広めることが決められた。

私は裁判を始めることに不安がいっぱいだったけれど、こうして振り返ってみると多くの人たちに支えられてここまできたんだわ。今後どのように闘っていけばいいのか、私にはまだわからないことばかりだけれど、木原さんをはじめとする「もどす会」の人たちとともに足を踏み出さなければ……。

葉月はベッドの上で思いっきり手足を伸ばした。


「わっしょい、わっしょい」

その時、窓の外から子どもたちの弾ける声が聞こえてきた。時計を見ると正午近くになっていた。何だろう。葉月はベッドから離れると、カーテンを少し開けて道路を見下ろした。

白いねじり鉢巻にハッピを着た大勢の子どもたちが小さな御輿《みこし》を担いで、丁度アパートの前にさしかかったところだった。前後には数人の大人たちが付き添い、笛を吹いていた。夏祭りの子ども御輿だった。焼けつくような炎天の下、全てが息をひそめている中で、その周りだけが躍動していた。

「わっしょい」

「ピッピ」

「わっしょい」

「ピッピ」

威勢のいい子どもたちの掛け声を聞きながら、葉月もまた小学生の頃、あのようにお揃いのハッピとねじり鉢巻で、子ども御輿を担いで町内を練り歩いたことを懐かしく思い出していた。

葉月は宮崎が急に恋しくなった。父と母と良介に会いたいと思った。雇い止めになった日の夜遅く、葉月は実家に電話した。

何《なん》ちゅうこっちゃろか。酷いこつを言われたあげくに雇い止めにされて……。あんたをそんげな悪い子に育てた覚えはないがね。

母は怒りと悲嘆を滲ませて言った。

裁判するとなれば長引くから、体に気をつけんといかんね。お父さんとお母さんのこつは心配せんでいいかい、会社に負けんごつ精一杯頑張んないよ。

そう言って父は励ました。父の心情は怒りを通り越していた。

しばらくしてから葉月の口座に両親から多額の金が振り込まれた。両親はやはり雇い止めになった後の、葉月の生活を気にしていたのだった。両親を海外旅行に連れて行くという親孝行の夢が絶たれたばかりか、こうして両親に心配をかけ続けることに、それが理不尽な雇い止めのせいだと分かっていても、葉月は申し訳ないと思った。

両親から送られてきた金は、葉月には御守りのように思われて手をつけられなかった。今まで生活を切り詰めて貯めたわずかの預金があったが、これからの生活を思うとそれを使って宮崎には帰れなかった。宮崎がますます遠くなったような気がした。

「ピンポーン」

ドアのチャイムが鳴った。宅配業者だった。段ボールの箱を受け取ると、ずしりと重かった。ラベルには良介の名前があった。

僕は君の雇い止めを絶対に認めることはできない。こんなことが許されればこの世は終わりだ。僕はどこまでも君の裁判を支えるよ。

あの日、良介は電話の向こうで怒りに震えて叫んだ。それから毎月一回、良介から宅配便が届けられた。新鮮な野菜や特産の夏みかんだったり、良介の母の手作りの味噌や庭に咲いた花が添えられたりしていた。

段ボールを開けると、一番上に茎の切り口を湿った綿でくるんでビニールで覆った白百合が数本大事そうに置かれていた。その下には透明のビニール袋に入った米と、新聞紙にくるんだジャガイモと里芋があった。

白百合の横には封筒が添えられていた。開けると良介からのメモだった。

米は宮崎の早場米です。精米したてを真っ先にお送りします。ジャガイモも里芋も裏の畑で穫れたものです。白百合はまもなく花が開くでしょう。

しばし故郷の味と香りを堪能して元気をつけて下さい。　良介より葉月は白百合を花瓶に挿すと、急いで米を研ぎ炊飯器のスイッチを入れた。ほどなくして芳《かぐわ》しい早場米の香りが小さな部屋に満ち始めた。葉月は良介が会いに来てくれたような気がした。

九月になった。晴れわたった日の朝早く、葉月はオペレーションセンターに向かった。ビラを撒くためだった。ビラは木原をはじめ、「もどす会」の会員と一緒に、昨夜遅くまでかかって印刷したのだった。

能見さんが受けたパワハラと理不尽な雇い止めの事実、そしてその雇い止めを不服として東京地裁に提訴したことを、一人でも多くの社員に知ってもらうことが大切じゃないかしら。能見さんの勇気ある行動はパワハラを受けながらも、ものが言えずに泣き寝入りしている契約制の人たちにきっと大きな励ましを与えると思うわ。だから、「もどす会」の最初の行動として、オペレーションセンターの玄関前でビラを撒きましょうよ。

先日の「もどす会」の会議で木原が提案し、その提案に参加者の全員が賛成した。

もちろん葉月にも異論はなかった。ただ、ビラ撒きの時に柿田や津山に会ったとしたら、自分は平静な心でいられるだろうかと不安になったりもした。

葉月は地下の駅を下りるとターミナルビルを出て南側の角を曲がった。その奥にオペレーションセンターがあった。オペレーションセンターの玄関には既に一〇人近くの「もどす会」の仲間が集まっていた。誰もが公休を利用して参加していた。

金沢さんは娘さんを保育園に預けてきたのだろうか。他にもお子さん持ちの方がいるかもしれない。昨夜の遅い便で到着した人もきっといるはずだ。ここに参加している人たちは皆、自分の用事をなげうったり、休息の時間を削って私のために集まってきてくれているんだわ。

そう思うと葉月は胸が熱くなった。

「さあ、明るく元気に撒きましょうね」

木原が全員を見回しながら言った。

「はぁい」

「頑張りましょう」

それぞれが口々に返事して木原からビラを受け取

り、玄関前の通路の両側に等間隔に並んだ。葉月は木原の隣に立った。パイロットや客室乗務員は出発時間がまちまちなので一度に大勢が出勤することはなかったが、電車やバスが到着したときには三々五々ターミナルの角から姿を現した。

これから乗務に向かうためか、一様に緊張した表情をしていて足早に通り過ぎた。私も雇い止めにさえなっていなかったら、今もこの人たちと同じように出勤しているだろう。

葉月はやるせなくなって、佇《たたず》んでいた。

「おはようございます。どうぞビラをお読み下さい」

「パワハラの末に雇い止めになった契約制CAを職場に戻すために、ご支援願います」

両側に並んだ仲間たちは、出勤して来た人たちに笑顔で声をかけながら、ビラを配り始めた。葉月は気後れがして声が出なかった。自分自身のことなのにこれではいけないと思ったが、体が硬直していた。

「大丈夫だから自信を持って。ビラを配るコツは、勢いよく差し出すことなのよ。そうすると受け取ってくれるわ」

木原が笑顔で葉月に言った。

「はい」

木原に背中を押されて、葉月はようやくふんぎりがついた。

「おはようございます」

葉月は近づいてきた客室乗務員に声をかけると、思い切ってビラを差し出した。するとその人は軽くお辞儀をして受け取った。葉月はほっと胸をなでおろした。次の人も、その次の人も受け取った。初めは硬かった葉月の表情も次第に柔らかくなっていった。

「能見さん」

一人の客室乗務員が葉月に声をかけた。白鳥だった。

「まあ白鳥さん、お元気ですか」

葉月が懐かしそうに白鳥を見つめた。

「あなたを職場に戻すための会が発足したのね」

白鳥がビラを見ながら言った。

「はい、白鳥さんにも会に入会していただきたいと思いますし、東京地裁に対して公正な裁判を要請するハガキもお願いしたいのですが……」

葉月が足元のトートバッグから「もどす会」への入会申込書とハガキを取り出した。

「能見さんが一日でも早く職場に戻ってこられるように私も入会させていただくし、ハガキも親しい人たちに頼んでみるわね」

「ありがとうございます」

白鳥は今でも葉月のことを気にかけてくれていた。

「ところで能見さんにお伝えしなければならないことがあるのだけれど、ここでは無理だから後でメールするわね」

そう言うと白鳥はキャリーバッグを引いて、玄関に消えていった。葉月には白鳥が言おうとしたものが何なのか見当もつかなかった。

しばらくして反町が現れた。

「反町さん」

今度は葉月から声をかけた。

「あっ、能見さん」

反町は驚いたように葉月を見た。そして、ビラを受け取るとささやくように言った。

「またご一緒に乗務《フライト》がしたいです」

葉月は「もどす会」への入会を訴えようとしたが、反町は周りの目を気にしているのかすぐにその場を離れた。

それから数分後、五人ほどの客室乗務員がひとかたまりとなって現れ、それぞれがビラを受け取った。けれども、一番後ろから隠れるように付いてくる人だけがビラの受け取りを拒むかのように下を向いたまま、目の前を通り過ぎようとした。

葉月はその人の横顔を見て、あっと小さな叫び声をあげた。それは津山だった。

津山が葉月を見ることはなかった。津山は葉月と目が合うのを避けているかのようだった。いや、津山はひたすら足元だけを見つめて歩いていたから、葉月がいるのさえ気づかないのかもしれなかった。

津山さんはきっと私が裁判所に提訴したことを根に持って、私を睨《にら》みつけるだろう。

葉月はそう思っていた。けれども目の前の津山から受ける印象はまったく違っていた。その横顔は何かを思い詰めているようだった。津山は悄然《しょうぜん》とした足取りで葉月の前を通り過ぎていった。

ビラ配りを始めてから既に一時間が経っていた。

葉月は照りつける日差しに首筋が熱くなってくるのを感じた。汗が額に浮かんだ。

出勤する人たちも次第に少なくなった。

「ではそろそろ終わりにしましょう」

木原が声をかけた。

みんなが玄関先の日陰に集まった。一様に上気した顔をしていて、首筋や顔の汗を拭いたりペットボトルの水を飲んだりした。

葉月はその時、柿田がまだ出勤していないのに気づいた。いつもなら柿田が出勤する時間帯のはずだった。年休でも取ったのだろうかと葉月は思った。いずれにしても柿田と顔を合わせることがなかったので、葉月は内心ほっとした。

家庭の用事などで自宅に戻るという人たちと別れて、葉月と木原はオペレーションセンターの玄関をくぐった。そして、葉月は右手の入館受付のカウンターに行った。雇い止めになって社員証《ラスター》を取り上げられた葉月は、キャビンユニオンの事務所に行くのでさえ、その度に手続きをしなければならなかった。

午後に、葉月は木原と一緒にG労働組合で支援の訴えをすることになっているので、それまではキャビンユニオン事務所で待機することにしたのだった。木原は昨日と今日が公休だった。

事務所には内海と杉村と野間が打ち合わせ用のテーブルに座っていた。午後からの執行委員会の準備のために、早めに出てきたとのことだった。葉月と木原もテーブルに座った。

「初めてのビラ配りはどうだった？」

野間が葉月に笑顔を向けた。

「最初はとまどいましたが、木原さんからアドバイスをいただいて、それからは自然に配れるようになりました」

葉月は初めてのビラ配りを、無事にやりこなしたことが嬉しかった。

「そう、良かったわね。ご苦労さまでした」

杉村がねぎらった。

「ほとんどの人がビラを受け取ってくれたわ。やはりこの闘いへの関心は相当高いわね」

木原はビラの手応えを感じていた。

葉月はふと、後でメールを送ると言った白鳥の言葉を思い出した。急いで携帯を開くと、確かに白鳥からのメールが届いていた。

久しぶりにお会いした能見さんは堂々として自分の生き方に自信を持っているように見えました。柿田さんからパワハラを受けていた頃のおどおどした様子はみじんも感じられませんでした。

とても嬉しかったです。私にはあなたのそのようなお姿が羨ましくさえ思えたのです。

(あなたの苦労も知らないまま、勝手なことを言ってごめんなさいね)

「もどす会」入会のこと、ロッカールームで反町さんに話しました。入会はできないけれど、年会費と同額を毎年カンパしたいと言ってくれました。私と反町さんの分を合わせて、後日あなた宛にお送りします。

ところであなたにお伝えしなければならない重大なこと、それは柿田さんが八月末日をもって退職したことです。

突然のことでした。上昇志向の強かった柿田さんがなぜお辞めになったのか、私にはまったく分かりません。ご本人からの説明もないままでした。津山さんは茫然自失の状態です。

時間がなくなりました。とりあえずそのことをお知らせします。

葉月は信じられなかった。もう一度読み直した。やはりまぎれもない事実だった。

「柿田さんが退職なさったそうです」

葉月が携帯から目を外して言った。四人とも一瞬ぽかんとしていた。

「まさか……」

杉村が唸るように言った。

「本当?」

野間も信じられないようだった。

「たった今、同じグループだった白鳥さんからのメールで知りました」

葉月が答えた。しばらく沈黙が続いた後、内海がおもむろに言った。

「結局、柿田さんは詰め腹を切らされたんじゃないかしら。能見さんを希望退職に追い込めず、裁判にまでなったあげくに、パワハラの実態が白日の下に晒《さら》される……。柿田さんはその責任を取らされたんだと、私は思うわ」

「確かにそうとしか考えられないわね」

杉村がしきりにうなずきながら言った。

柿田が退職した理由は葉月にも分からなかった。ただ、柿田が前まえから退職するつもりでいたとしたら、あれほどのパワハラはしなかっただろうと思った。


葉月と木原は、午後二時半にG労働組合の代議員大会の会場に着いた。

G労働組合は、N航空の関連会社であるG社の社員で組織されていて、キャビンユニオンと同じように会社から分裂差別の攻撃を受けながらも、それに屈することなく闘っている労働組合である。

分かりました。午後二時半頃に一〇分間の休憩をとる予定ですので、再開したらすぐに訴えてください。

G労働組合の書記長は昨日、木原からの急な申し入れにも快く応じてくれたのだった。


代議員大会の会場は羽田空港から程近い、広い公園の一角にある集会所だった。

葉月が大勢の人を前にして、支援を訴えるのは初めてのことだった。

果たしてうまく話すことができるだろうか。私の話に耳を傾けてくれるだろうか。

木原と歩きながら葉月は不安ばかりが先に立って、木原が話しかけてくる言葉もうわの空だった。

葉月と木原が集会所に到着すると、ちょうど休憩に入ったらしくドアから次々に男たちが出てきた。

しばらくしてずんぐりした陽に焼けた男性が現れた。

「ご苦労さまです。書記長の武藤です」

武藤は親しみをこめた笑顔を浮かべた。

「貴重なお時間を割いていただいて、本当にありがとうございます」

木原がお礼を言った。

「あなたが当事者ですか。よく頑張りましたね」

武藤は葉月を見ながら感心するように言った。

「私たちの組合は、あなたが受けたパワハラも雇い止めも絶対に認めません。職場復帰まで全力で応援します。今日は北海道から九州までの全代議員が参加していますので、全国に支援の輪が広がるように思いっきり訴えて下さいね」

「はい、よろしくお願いします」

葉月は緊張した面持ちで返事した。

G労働組合など航空労組連絡会傘下の労働組合には、既に葉月の闘いを支援するように要請がなされていたのだった。

葉月と木原は休憩時間を利用して、急いで全員の机の上にビラと「もどす会」の申込書、そして公正な判決を要請するためのハガキをセットにして配った。

一〇分後に議事が再開された。全員が着席した。会場は教室のような机の並びになっていて、三〇人ほどの代議員が前を向いて座っていた。

「雇い止めになった契約制客室乗務員の方が、支援の訴えに来られました。議事に入る前にぜひ聞いてください」

議長が全員を見回して言った。

「それではお願いします」

議長が壁際に立っている葉月と木原に発言を促した。

葉月は木原の後から議長団の横に並んだ。

葉月は全員の目が自分に注がれているのを感じて、つい下を向いてしまった。支援のお願いに来たのに下を向いたままではいけないと思って顔を上げたが、一人ひとりの顔がぼやけていた。

葉月は木原を見た。木原は落ち着き払っていて、その横顔にはかすかな笑みさえ浮かんでいた。

「今日は訴えをさせていただく機会をいただきまして本当に有り難うございます。私の隣にいるのが酷いパワハラの末に不当な雇い止めを受けた本人です」

木原はそう言って葉月を紹介した。葉月は深くお辞儀した。木原は言葉を続けた。

「本人は雇い止めを不服として、七月に東京地裁に提訴しました。私たちはこの裁判に必ず勝利して、彼女を一日も早く職場に戻させるために、『契約制CAを空にもどす会』を結成しました。私は事務局長の木原と申します。今日は『もどす会』への加入と、裁判所に公正な判決を要請するためのハガキをお願いに参りました。それでは本人が直接訴えますので、どうぞよろしくお願いいたします」

木原が葉月を促した。いよいよ葉月が話す番になった。緊張で足がかすかに震えてきた。

「私は……」

葉月はそう言ったきり言葉につまった。声もうわずっていた。直前まで話したいことがいっぱいあったのに頭の中が真っ白になってしまって、いざとなると何を話していいのか混乱してしまった。みんなが葉月をじっと見つめて、次の言葉を待っていた。

早く何か言わなければ。そう思えば思うほど葉月は焦って、言葉が胸につかえて出てこなかった。

葉月は助けを求めるように木原を見た。

「あなたの今の気持を、率直にお伝えすればいいのよ」

木原が小さな声で言った。

確かに今の私にはそれしかできない。葉月は話し始めた。

「こうして、人前でお訴えさせていただくのは、今日が初めてで、すっかり上がってしまって、うまく話せなくて、申し訳ありません……。雇い止め撤回に向けて頑張りますので、どうぞご支援をよろしくお願いいたします」

葉月はぎこちなく言って頭を下げた。するといっせいに大きな拍手が起きた。

「分かってるよ」

「入会するからね」

「ハガキもまかせといて」

「頑張ってね」

葉月を励ます声があちこちから起きた。思いもよらなかった拍手と励ましの言葉に、葉月はびっくりして木原を見た。木原はゆっくりとうなずいた。

「皆さんの机に、『もどす会』の入会申込書が配ってあると思いますが、ご本人を励ますためにも一人でも多くの人がこの場で入会するようお願いします。なおハガキは職場に持ち帰って、たくさん集めてください」

議長が会場を見回して言った。

「了解」

「もちろん入会するよ」

みんながいっせいに申込書にペンを走らせた。

葉月はようやく落ち着いてきた。今だったら訴えができそうな気がした。

改めて会場を見回すと、葉月よりかなり年上で肩幅が広くがっしりした体つきの男性ばかりだった。

彼らは航空機を駐機場《スポット》に誘導したり、大きなコンテナを航空機に収納したり、あるいは航空機から搬出したりするのが仕事だった。

彼らもまた、客室乗務員と同じように航空機に直接関わりながら働いていたが、葉月はこれまで顔を合わせたり言葉を交わしたりしたことはなかった。

「入会申込書を書いた人は、会費を添えて持ってきてください」

武藤の呼びかけに次々に立ち上がって、武藤の机に置いた。

しばらくして武藤が言った。

「出席している三一人全員が入会してくれました。申込書と年会費三万一〇〇〇円をお渡しします」

武藤が葉月に手渡した。

見ず知らずの、まともに話もできない私を、これほどまでに温かく応援してくださるなんて……。

「こんなに多くの方々に入会していただいて、本当にありがとうございます」

そう言うのが精一杯だった。

「良かったわね。あなたもこうして少しずつ鍛えられていくのよね」

木原がささやいた。

「頑張ってね」

みんなの励ましの言葉を背に受けて、葉月と木原は会場を後にした。


一〇月中旬の朝、葉月はパイロットのメールボックスに組合機関紙を配るために、羽田空港行きの電車に乗った。葉月はその配布作業を、パイロット組合からアルバイトとして請け負っていた。

空港に着くと、誰かいるかもしれないと思いながら、先ずキャビンユニオンの事務所に行った。

事務所に足を踏み入れると、思いがけなく甘い香りが漂っていた。見ると、大ぶりのペットボトルに差した金木犀《きんもくせい》の一枝が、打ち合わせ用のテーブルの中ほどに置かれていた。

その小枝には、山吹色の小さな花が身を寄せ合うように固まって咲いていた。葉月は甘い香りに引き寄せられた。葉月は鼻を近づけた。

誰が手折ったのだろうか。この緊迫した時期に、みんなの心を少しでもなごませたいという心遣いを垣間見る思いがした。

「私はマネジャーから『あなたは整理解雇のリストに入っていると思われます、あなたが残る確率は一割もないと思って下さい、整理解雇になれば退職金が出ない怖れがあります、是非とも希望退職を勧めます』と言われたの。もちろん私は、『辞めません』とはっきり断ったわ。私はそのマネジャーが新人の時、手取り足取りして仕事を教えたことがあるのよ。本当に悔しくて……」

聞きなれない声だった。

葉月がソファに目をやると、その人は杉村と木原に向かい合って座っていた。

会社は九月下旬になって、「整理解雇の人選基準（案）」なるものを発表した。削減目標に達しなかった場合は、病気欠勤者および年齢の高い順に整理解雇を行うというものだった。

会社は同時に、キャビンユニオンに対して、客室乗務員の人員削減数とは頭数ではなく稼働数であるという、新たな考えを突然提示してきた。それは病気欠勤者や深夜業免除者が何人退職しようとも削減数には加えないというものだった。

そして一〇月に入ると、希望退職者数が稼働数による目標には届かなかったとして個人面談を始めた。

個人面談の対象者は四五歳以上の一般職で、昇格差別によって一般職にすえおかれたままのキャビンユニオンの人たちが大半だった。

内海や杉村を始めとする多くの執行委員もそうだったし、「もどす会」の事務局メンバーでも多くの人がその対象となっていた。

対象者には自宅待機を命じた上で、成田空港近くの寮の個室に順次呼び出しては、部長や室長、マネジャーなどが整理解雇をちらつかせて退職を勧めた。それは退職の強要そのものだった。

これに対して、キャビンユニオン執行部は面談会場近くのカフェレストランに交替で詰めて、呼び出しを受けた人たちを励ましていた。

その中には従業員組合所属の組合員もいた。彼女たちには親身になって相談にのってくれる相手や語り合える場がなかったのだ。従業員組合を脱退してキャビンユニオンに加入することを決意した人たちも現れた。

今日も内海など複数の執行委員たちが、そのカフェレストランに待機していた。

「高階《たかしな》さんは二人のお子さんを一人で育てているから、とても退職に応じるわけにはいかないわよね。あなたの事情は会社もよく知っているはずなのに……」

杉村も怒りをにじませた。そして言葉を継いだ。

「私は部長から『会社はあなたが辞めるのを望んでいます。後進に早く道を譲ってください』と言われたわ。まるで邪魔者扱いよ。もちろん私は、それは退職の強要にあたると、強く抗議したわ。症状が回復していないのに一方的に労災を打ち切られた組合員は、『あなたは会社に貢献していないのだから整理解雇になる可能性が高い。退職金がもらえる今のうちに退職したほうが良い』とマネジャーが自宅に電話してきたそうよ。仕事が原因で、家事も満足にできない体になってしまったのに、非情にも会社は放り出そうとしてるわ」

葉月は金木犀の枝の傍に立ったまま、二人の話に耳を傾けていた。葉月がずっと心配していた退職の強要が始まったのだった。

N航空の安全と快適なサービスを長年にわたって支えてきた人たちや、仕事が原因で病気になった人たちを会社は強引に辞めさせようとしている。なんという仕打ちだろう。

けれども、キャビンユニオンの人たちは退職の強要に負けることなく、きっとはね返すだろうと葉月は思った。

「能見さん、こっちにいらっしゃい」

木原が葉月に気づき手招きした。

葉月は高階の隣に座った時、彼女が二月下旬の組合大会で「子どもたちは大学生と高校生だからまだまだ働かなければなりません」と発言したのを思い出していた。

「あなたが能見さんね。あなたはあれだけの酷いパワハラにも負けなかったのよね。しかもたった一人でね。だから私も頑張らなくちゃと思っているのよ」

高階が葉月を見て言った。

「能見さんが柿田さんの執拗な退職の強要に負けなかったことは、面談を受けた組合員たちにも大きな励ましになっているわ」

　杉村も高階に同調した。

「いえ、私の方こそ……」

　葉月はとまどった。思いがけない高階と杉村の言葉だった。面はゆい気がして葉月は顔を赤らめた。

　私が頑張れたのはキャビンユニオンの人たちの励ましがあってのことだった。自分ではよく分からないけれど少しでもみんなの役に立っているのなら、とても嬉しい。

「ところで、木原さんは会社から定年退職についての説明会通知を受け取っていたのに、自宅待機にされているのよね。まったくおかしな話ね」

　杉村が言った。木原は残り三ヶ月足らずの一二月末日をもって、六〇歳の定年退職を迎える。

　会社は通例として定年退職者には、複雑で多岐にわたる退職に伴う諸手続きを事前に説明している。木原もその説明会参加要請の通知を八月には受け取っていた。ところが会社は一〇月に入ると木原に自宅待機を命じた。定年まで残り三ヶ月足らずの木原にである。

「会社はそんなにしてまでも、キャビンユニオンの組合員を一刻も早く、一人でも多く退職に追い込みたいのかしら。こんなやり方は絶対におかしいわ。だから私は今日の退職者説明会に出ることにしたの。私は納得のいくまで説明を求めるつもりよ」

　木原は強い口調で言った。

「木原さんは、自分が納得しない限り、けっして会社に妥協しないのよね」

　杉村はそう言って話し始めた。

「会社は、今すぐ退職に応じれば企業年金額も従来通りだし退職金も上乗せするけれど、もし定年まで勤めるならば大幅に削減すると言ってるわ。木原さんは定年まで三ヶ月足らずしかないけれど、その会社の誘いに応じなかったのよね」

　杉村は敬意を込めた眼差しをした。

「いえ、私は大それたことをした訳ではなく、当たり前のことをしたまでのことよ」

　木原は照れくさそうに謙遜した。

「私がこうして定年まで働き続けることができたのも、キャビンユニオンのお陰だと思っているわ……。そうだわ、せっかくの機会だから私がそう思うようになった訳を能見さんにも話すわね」

木原が葉月を見て言った。

「はい」

葉月は今まで木原から聞いたことがなかったので、ぜひ聞きたいと思った。

「私が入社した頃はものの言えない暗い職場で、キャビンユニオンも会社言いなりの、いわゆる御用組合だったの。労働条件も劣悪で、陰では不満が渦巻いていたわ。今では考えられないけれど、当時は女性の客室乗務員の定年は三〇歳で、妊娠したら退職しなければいけなかったの。入社してから三年ほど経った頃かしら。相次ぐ航空事故によって多くのお客様や同僚を亡くしたことで、自分たちの命を守るためにも自由にものの言える職場に変えようという声が次第に強くなっていったわ。組合選挙で、そのような声に推された候補者が大半当選して、キャビンユニオンは民主的な組合に生まれかわったの。そして団結の力と争議権を背景に安全問題や労働条件を改善させたり、妊娠退職制度の撤廃や、六〇歳定年制も実現させたのよ。凄《すご》いでしょう……。そういうキャビンユニオンの運動があったからこそ、私も子どもを産み、育てながら乗務を続けることができたわ。けれども会社は民主化されたキャビンユニオンを目の敵にして、分裂と差別の労務政策を徹底的に推し進め、それは今日まで続いているの。そして再び、ものの言えない職場になりつつあるのよね」

木原は表情を曇らせたが、すぐに毅然とした顔に戻って話を続けた。

「私は、キャビンユニオンが灯してきた火を消してはいけないと思っているの。いや、もっともっと大きくしなければ安全も労働条件も守れないわ。だから、私は定年まではキャビンユニオンの一員でありたいし、定年になった後も、能見さんの雇い止め撤回をはじめ、退職強要や整理解雇反対の闘いに、ささやかだけれど力になりたいと思っているわ」

葉月は木原が目先の利益に惑わされることなく、自分の信念を貫いてきたことを知った。それは、今も変わることない木原の決意でもあった。

葉月は心の中で、木原への信頼がいっそう深まっていくのを覚えた。

葉月は木原と空港ビル地階のレストランで一緒に昼食を済ませた後、別れた。

木原はその足で、定年退職者説明会の会場に行くのだと言った。葉月はパイロット組合の事務所に向かった。葉月が事務所に足を踏み入れると、いつもの和やかな雰囲気ではなく、押し黙った沈鬱な空気が流れていた。

会社は、客室乗務員と同じように、希望退職者数が目標に届かなかったとして、五五歳以上の機長や四五歳以上の副操縦士などを自宅待機としたうえで、部長が個人面談を始めた。実質的な退職の強要だった。そのことが事務所にも暗い影を落としているのだった。

葉月はその場にいてはいけないような気分になった。葉月は印刷機横の機関紙の束を台車に乗せると、メールボックスが置かれた四階の部屋までエレベーターで行った。だだっ広い部屋には二〇〇〇ものメールボックスの棚が背中合わせに、整然と並んでいた。

葉月はそのメールボックスを一つずつ引き出しては機関紙を入れ、元に戻す作業を二〇〇〇回繰り返すのである。最初の頃は全部を配り終えるのに三時間ほどかかったが、今では慣れてきて二時間半で終えることができた。

部屋には一〇人ほどの人影があったが、ここでも談笑する姿はなかった。メールボックスから書類を取り出すと、すぐに部屋を出て行った。照明までもが暗く感じられた。

葉月は台車から機関紙を一つかみ取り上げると機関紙に目をやった。いつもはそのまま配り始めたが、タイトルに釘付けになった。

タイトルは『これが一九年間の結末か！』と太いゴシック体で書かれていた。葉月は思わず記事に見入った。それは一人のパイロットの投書だった。そこには次のように書かれていた。

私は入社してから一九年間安全運航に努め、まじめに乗務してきました。

現在、会社より乗務を外されて自宅待機させられた上で、部長から退職の強要を受けております。

「退職の意思はありません」と表明しても「あなたの戻る場所はありません、新たな道を考えて下さい」と繰り返し言われています。

この先どうなるのか不安で、私は精神的に追いつめられており、食欲もなく夜も眠れません。
子どもたちの笑い声は日々少なくなり、妻の疲労の色も日々濃くなってきています。私たち家族は普通の生活を取り戻したいだけなのです。一刻も早い乗務への復帰を強く望みます。

一九年もの間、安全運航に努めてまじめに働いてきた結果が、退職の強要とはなんということだろう。そしてこの人の家庭は絶望の淵に立たされようとしている。

経営破綻の原因は国の誤った政策や会社の放漫経営などにあるというのに、どうしてこの人とその家族は酷い仕打ちを受けなければいけないのだろう。この人だけでなく多くの人たちが同じ目にあっているのだ。なんという理不尽なことだろうか。

つい半月前、私はパイロット組合の大会に、木原さんと共に支援要請に行った。私はもうG労働組合の時のようにしどろもどろになることはなかった。大勢の人たちが、私を励ましてくれた。あの時、「もどす会」に入会してくれた人たちの中にも、自宅待機をさせられている人がいるのだろうか。

機関紙をメールボックスに配布する度に、「ご苦労さま」と声をかけてくれたり、手伝ってくれた人たちも、自宅待機をさせられているのだろうか。

葉月はとても他人事とは思えなかった。機関紙を持った手元がかすかに震えるのを覚えた。一刻も早くみんなに知らさなければ。

葉月は急いで配り始めた。

一一月中旬のある日の夕方だった。葉月はパイロットのメールボックスに機関紙を配り終えると、争議権確立の投票をするためにキャビンユニオンの事務所に向かった。投票の締め切りは間近に迫っていた。

会社は一〇月下旬になって、「人員削減数が目標に達していないので整理解雇の可能性が高まった」とキャビンユニオンに通達してきた。

既に頭数としては目標削減数を超過していたにもかかわらず、新たに提示してきた稼働数には達していないということだった。

このような切迫した情勢のもとで、先日キャビンユニオンの大会が開催された。その中には従業員組合の組合員も多数参加していた。会場には怒りと不安が渦巻いた。

　葉月も参加した。内海の説明を聞いて、葉月は会社が整理解雇を行う場合には、最高裁が判例として示している「四要件」を厳格に適用しなければならないことを知った。

「四要件」とは、（一）人員削減に高度な必要性はあるか、（二）解雇回避努力を尽くしたか、（三）対象者の人選基準は合理的か、（四）手続きには妥当性があるか、である。

　しかし会社はこれまで解雇回避について組合と真摯に協議する姿勢をまったく見せなかったし、組合側が提案した一時帰休やワークシェアリング、希望退職応募条件の年齢制限撤廃など、解雇回避のための提案を歯牙《しが》にもかけなかった。

　一方、会社の営業収益は予算額を大幅に上回り、経営は破綻状態から脱却して回復の兆しを見せていた。その点だけからも整理解雇する理由はまったくなかった。

「四要件」を守ろうともせず、その上稼働数という新たな考えを持ち出したのは、はっきりとものを言ってきたキャビンユニオンの人たちが邪魔だから、この際に整理解雇に追い込もうとしているからだわ。私を雇い止めにした時と同じで、会社は辞めさせたいと思う人間を何が何でも排除しようとしている。

　葉月は膝の上で拳を握りしめた。

　大会では、整理解雇を絶対にさせないために、争議権を確立する全員投票を行うことが決められた。

　争議権確立の全員投票を開始して、しばらく経ってからのことだった。管財人はキャビンユニオンとの事務折衝のなかで、「争議権が確立したら、支援機構が予定している三五〇〇億円の出資はできない」と発言した。三五〇〇億円を出資しなければ二次破綻になるぞ、という脅しだった。

　キャビンユニオンは、管財人の発言は不当労働行為にあたるとして直ちに抗議した。

　組合の抗議にもかかわらず、職場では乗務前後の打ち合わせ《ブリーフィング》の度にマネジャーが管財人と同じ発言を繰り返した。

　会社はキャビンユニオンの争議権確立を何として

も阻止しようと、系統的、組織的に動いていた。

キャビンユニオンは管財人と支援機構の争議権確立に対する介入を、不当労働行為として東京都労働委員会に提訴した。

葉月は争議権の投票には、賛成の項に○を付けることに決めていたが、管財人の発言が不安を呼び起こしたのもまた確かだった。


葉月がキャビンユニオンの事務所に足を踏み入れると木原がいた。

乗務を終えたばかりの木原は制服姿でソファに座って、「キャビンユニオンニュース」を読んでいた。制服を着た木原の姿は、水を得た魚のように見えた。しかし木原には六〇歳の定年退職日まで一ヶ月余りしか残されていなかった。

一〇月中旬のあの日、木原は葉月と別れてから人事部主催の定年退職者説明会に出席したのだった。そこで人事部の担当者に対して、定年退職者説明会の案内を受けたにもかかわらず、希望退職を促すための自宅待機となっている理由を質した。人事部の担当者はその事実を知らなかった。自宅待機を指示したのは労務部だった。両部の担当者は事前の調整をしていなかったのである。人事部の担当者はあわてふためき、事務所に引き返して労務部の担当者と打ち合わせをした。その結果、木原を乗務に復帰させざるを得なかったのだ。

ああ、私ももう一度制服を着たい。

葉月は木原の制服姿をじっと見つめた。

木原が葉月に気づいた。

「能見さん、争議権確立の投票は終わった？」

「これからです。私は争議権を確立したいので賛成に○をするつもりですが、少し気がかりなことがあって……」

葉月が木原に近づいて言った。

「何かしら。聞かせてくれる？」

木原が小首をかしげた。

「支援機構が本当に出資しなくなったら、会社はどうなるのでしょうか？」

葉月はソファに座ると、木原に訊ねた。

「ああ、そのことね」

木原がうなずきながら言った。

「能見さんがそう思うのは無理もないわね。会社が言いふらしているものね。でもね、そう思うことが、会社の思うつぼにはまることなのよ」

「会社の思うつぼ……」

　葉月が繰り返した。葉月にはその意味がよく分からなかった。

「ええ、支援機構の出資と、争議権の確立はまったく別のものなの。出資の条件には争議権のことなどどこにも書いてないわ。会社のねらいはただ一つ、争議権を確立させないで、すんなりと整理解雇を行いたいだけなの」

　木原は一呼吸置いて言葉を継いだ。

「争議権は、法律で労働者の権利として保障されているわ。そして会社が争議権の確立を妨害することも、不当労働行為として法律で禁止されているのよ。だから、堂々と争議権を行使していいのよ」

　木原はきっぱりと言い切った。

「能見さんは会社あっての労働者だと思う？　それとも労働者あっての会社だと思う？」

　葉月は木原の問いにとまどった。今まで考えたことがなかった。

「会社あっての労働者だと思いますが……」

　葉月はなんとなくそう思った。

「私は労働者あっての会社だと思うわ。端的に言うと、労働者がストライキをしたら飛行機は飛ばせられないもの。だから私は、労働者はもっと誇りを持つべきだと思うの。けれど、経営者は労働者にそのような自覚を持たせないようにいつも妨害している わ。労働組合を分裂させたり、ものの言えない職場にしたりしてね」

　葉月は木原の話を聞きながら、自分もまた労働者であることへの自負心がまったく足りなかったと思った。

「木原さんのお話ですっきりしました」

　葉月から迷いが消えていた。労働者であることが誇らしく思えた。葉月は投票用紙をテーブルに置くと、力強く○を描いた。

　木原が話を切り替えた。

「ところで来週は、J労働組合の大会で訴える予定だけれど、大丈夫よね」

　木原が葉月に確認した。J労働組合は整備員たちが中心に組織しているN航空の地上職の組合である。J労働組合もまた、会社の分裂・差別攻撃に屈することなく闘っていた。

「はい」

葉月はうなずいた。

二人はこれまで、木原の公休と葉月のアルバイトの日程を調整しながら様々な集会に参加した。

この一ヶ月に限っても、八箇所ほどの集会で訴えた。既に退職したキャビンユニオンのOB・OGの懇親会には夕方から参加した。OB・OGたちもまた、現役時代には会社による激しい分裂・差別攻撃と闘ってきた。

僕たちは誰に媚びることもなく、おかしいことはおかしいと言い続けて安全を守ってきたんだよ。だから退職後もこうやって胸をはって生きていけるんだよ。

お互いに久しぶりに会ってアルコールでやや頬を染めたOB・OGたちは、キャビンユニオンの組合員であったことを今でも誇りにしていた。

かわいい後輩が雇い止めされたというのに、黙って見過ごすなんてとてもできないわよねぇ。

そう声を掛け合いながら、全員が「もどす会」に入会し、事務局で手伝うことも幾人かが表明した。

OB・OGたちが、退職しても応援してくれることに葉月は励まされた。

「働く女性の中央集会」では四〇〇人ほどの参加者を前にして壇上から訴えることができた。

私も若い頃に職制のいじめにあったから、あなたのことがよくわかるわ、頑張ってね。

年輩の人が近づいてきて、演壇を下りた葉月の手を固く握った。

O区労協の大会でも、葉月の訴えに「あの近代的な会社で、そんな酷いパワハラが起きているのか。とても信じられない」と驚きの声が上がった。

両親も良介もそうだったが、スマートなイメージが先行するN航空で、上司によるいじめが横行していることなど思ってもみないことだったのだ。

どの集会でも数多くの人たちが「もどす会」に入会し、公正な判決を要請するハガキの取り組みを約束した。

葉月は場数を踏むにつれて、落ち着いて発言できるようになっていった。そして集会で訴える度に、確実に支援の輪が広がっていくのを感じるのだった。

「いつも私のために公休を割いてくださってすみません。ご家族の人にとても申し訳なく思っています」

葉月が木原に申し訳なさそうに言った。

「あなたは余計なことに気を使わなくていいのよ。私の家族はあなたを応援しているから安心してね」

木原は葉月に心配をかけさせまいとでもいうように笑顔を見せた。葉月は早く一本立ちして、木原にあまり負担をかけないようになりたいと思った。けれども今はまだ、かつてキャビンユニオンの執行委員でもあった経験豊かな木原を頼りにするしかなかった。一人では心細かった。葉月は集会ではいつも緊張したが、木原がそばにいてくれるだけで落ち着いて訴えることができるのだった。

全員投票の結果、争議権は約九〇パーセントの圧倒的賛成で確立した。組合員たちは管財人やマネジャーの脅しに屈しなかった。「整理解雇は絶対にさせない」という全組合員の強い意思を、会社は砕くことができなかったのだ。

一方、パイロットの組合は、会社側の異常な干渉で争議権確立の全員投票さえも行えなかった。

パイロットの組合もまたキャビンユニオンと共に、管財人と支援機構の争議権確立に対する介入を、不当労働行為として東京都労働委員会に提訴した。

師走も中旬に入った。朝の羽田空港には寒い木枯らしが吹き荒れていた。

旅客ターミナルビルの玄関口で、ビラを撒いている葉月の指先がかじかんできた。

「お早うございます。どうぞお手にとってご覧下さい」

葉月は指先に息をふきかけては、目の前を通り過ぎる乗客にビラを差し出した。

長いターミナルビルのどの玄関口にも、整理解雇の予告を受けたパイロットや客室乗務員たちの他に、キャビンユニオンやパイロット組合の組合員たちも大勢参加して、乗客にビラを配っていた。

葉月の隣には高階が立っていた。

「N航空はベテランのパイロットと客室乗務員を整理解雇しようとしています。安全を守るためには豊富な知識と経験がなにより大切です。どうかご理解とご支援をお願いいたします」

そう訴えながら高階はビラを配っていた。乗客のほとんどが高階のビラを受け取った。中には、「頑張って下さい」と声をかける乗客もいた。高階の思いが通じたのだった。葉月は首筋を撫でる木枯らしも、かじかんだ指先も気にならなくなっていた。一人でも多くの乗客にビラを読んでもらいたいという熱い思いが全身を満たした。

しばらくの間、乗客が途絶えた。

葉月がなにげなく前方の空を見上げると、朝の光を浴びたN航空機が機首をもたげて上昇しているところだった。

私ももう一度乗務したい。

葉月は目で追いながら思った。ふと見ると高階も見上げていた。高階もきっと同じ思いなのだと葉月は思った。

葉月は高階の横顔を見ながら、一〇日前の夜に高階とばったり会った時のことを思い出していた。

アパレル会社でのアルバイトを終えた葉月が、JR蒲田駅の改札口を出て階段を下りていた時だった。葉月は階段を上がってくる高階に気づいた。

高階は思いつめたような表情をしていた。一歩ずつ上がる足取りは重かった。うつむき加減の高階は葉月にまったく気がつかなかった。

「高階さん」

葉月はすれ違いざまに声をかけた。高階は立ち止まると驚いたように顔を上げた。心なしか顔色が青白かった。

「ああ、能見さん」

高階は肩を丸めて、ひどく疲れているように見えた。

「偶然ね。でもお会いできて良かったわ。あなたにお見せしたいものがあるの。少しお時間いただけるかしら?」

そう言うと、高階は階段を上がっていった。葉月は高階に従って引き返した。

二人は改札口の正面にあるコーヒーショップに入った。店内は混んでいたが奥の席に向かい合って座ることができた。

「お見せしたいものって、これなの。三日前に会社から内容証明付きで送られて来たわ」

高階は無造作にハンドバッグからA4の紙を取り

出すと、葉月に手渡した。ひときわ大きい文字が目に飛び込んできた。葉月は紙面に釘付けになった。

高階艶子殿
　更生会社・株式会社N航空
　管財人　片野栄三
　解雇予告通知書
貴殿は就業規則第52条第1項第4号の「企業整備等のため、やむをえず人員を整理するとき」に該当するため、平成22年12月31日付で解雇いたしますので、予め通知いたします。
（追申）
平成22年12月10日より27日13時までの期間において、解雇予告通知の被通知者を対象者として、「希望退職措置」を実施することといたしました。
希望者は当該期間満了までに、別途お渡しする申請書をご提出願います。
以上

葉月はあまりのことに言葉がなかった。会社はキャビンユニオンやパイロット組合による整理解雇を回避するための具体的な提案をまったく無視して、いかなる手立ても行わなかった。にもかかわらず、「やむをえず人員を整理する」とは、なんと白々しく虚偽に満ちた文章なんだろう。しかも、大晦日に整理解雇するとは……。葉月はその冷酷さに背筋がぞくっとするのを覚えた。

そして、（追申）で、解雇予告通知の被通知者を対象者として「希望退職措置」を実施すると述べていることに、葉月はふと自分が雇い止めになった時のことを思い出した。

あの時、柿田は葉月に言った。

契約更新をしないことは会社として決めたことだから、もう変えることはできません。ただ、退職の理由を、会社都合ではなく自己都合にしてあげることはできます。一週間の猶予をあげますから、どちらにするかよく考えてきてください。

あの時の柿田の言葉とまったく同じだと葉月は思った。整理解雇に追い込みながら、その一方で自主退職を迫るとはなんと卑劣な手段なんだろう。

「こんな文書を一方的に送りつけられるなんて思ってもみなかったわ。三〇年間一生懸命働いてきたのに、その全てを否定されたわ。それに希望退職措置で退職を誘うなんて、本当に私たちを馬鹿にしてるわ」

高階は怒りで声が震えていた。

高階の話では、客室乗務員が一〇八人、パイロットが九四人、合計二〇二人に解雇予告通知書が送られたということだった。

「しょんぼりしていては何の解決にもならないから、整理解雇撤回のために頑張らなくてはね。これからは街頭でのビラ撒きや労働組合への支援要請などなんでも参加するわ」

高階が自分自身を励ますように言った。

葉月は雇い止めの予告を受けて、不安にさいなまれた日々を思い起こしていた。そんな葉月を支えてくれたのが、キャビンユニオンの人たちだった。今度は私が高階さんたちを支援する番なのだ、と葉月は思った。

高階と別れてアーケード街にさしかかると、クリスマスキャロルが流れてきた。クリスマスイブが間近いのに葉月は気づいた。

大晦日も残り数時間になった。葉月は底冷えの中を、首をすくめながらアパートに辿り着いた。葉月はつい先ほどまでウイングビルでの組合大会に参加していて、そこから歩いて帰ってきたのだった。部屋は冷え切っていたのでエアコンのスイッチを入れた。そしてテーブル席に座り頬杖をついた。

整理解雇を撤回せよという切実な声を、会社が聞き入れることはなかった。

大晦日をもって、五三歳以上と病欠者などの客室乗務員が八四人、五五歳以上の機長と四八歳以上の副操縦士そして病欠者などのパイロットが八一人の、合計一六五人が整理解雇された。

私をずっと支えてくれた内海さんや杉村さん、そして「もどす会」の人たちも整理解雇されてしまった。高階さんはまだ学生のお子さん二人を抱えてこれからどのように生活するのだろう。高階さんだけでなく、一六五人とその家族一人ひとりの平穏な日常が壊されて、悲しみのどん底に突き落とされてしまったのだ。

葉月はその悲しみの大きさと深さを冷静に受け止めることができなかった。葉月の目からとめどなく涙がこぼれた……。

ウイングビルの広い会議室は、整理解雇された人たちと支援の労働者であふれていた。

発足したばかりの「N航空の不当解雇撤回をめざす国民支援共闘会議」を代表して、全労連の大山議長が発言した。

この整理解雇は皆さんだけの問題ではありません。労働者全体にかけられた攻撃です。私たちは自分自身の問題として解雇撤回まで全力で闘っていきます。

共闘会議には、全労連、全労協、全国港湾などの労働団体をはじめ、婦人、商工、農民、法曹などの広範な団体が結集した。

多忙な政務の合間に駆けつけた日本共産党の稗田衆議院議員が激励の挨拶をした。

今回のベテランパイロットと客室乗務員の整理解雇は道理もなく、乗客の安全をないがしろにするものです。監督すべき政府の責任を厳しく追及し、指導を求めていきます。

高階も整理解雇者の一人としてマイクを握った。

こんな理不尽なことを私は絶対に許すことができません。私は整理解雇を撤回させるまで頑張ります。

声を詰まらせて話し始めた高階だったが、最後はそう言って話を締めくくった。

会場は悲しみと悔しさにだけ支配されたのではなかった。会社への怒りと解雇撤回に向けて闘う決意が全体にみなぎっていた。

葉月は涙を拭った。これからは自分の雇い止め撤回と共に、整理解雇撤回も闘って行こうと心に決めた。

玄関のチャイムが鳴った。ドアを開けると宅配業者が小ぶりの箱を二つ抱えていた。それは母と良介からだった。葉月は年末には宮崎に帰りたかったが、大晦日をもって整理解雇になる人たちのことを思うと帰れなかった。せめて大晦日には一緒にいてあげようと思った。

「旅費がないなら送るよ。遠慮せんでいいよ」

葉月が自分の思いを母に告げると、母は電話の向こうで言った。母は葉月が帰れない本当の理由はそこにあるのではと思っているらしかった。母はやはり帰ってきて欲しかったのだ。

「お世話になった人たちじゃもんね。あんたの気持はよくわかったよ」

母は最後には納得してくれた。

「会えないのはすごく残念だけど、君のその思いを僕はなによりも大切にしたい。今度会うときには、お互いに良い知らせができるように頑張ろうね」

良介もまた心残りを断ち切るように言った。

葉月は急いで二つの小包を開けた。母の小包には保冷剤にくるまれた重箱が入っていた。蓋を取ると、数の子、紅白の蒲鉾《かまぼこ》、海老、田作り、それに葉月の好きな鰯の押し寿司と煮しめ、大根とシラス干しの酢の物が、それぞれ少しずつ収まっていた。母の心づくしのおせち料理だった。

良介の小包には大小の白く円い餅と、蒸したサツマイモと一緒に搗《つ》いた柔らかな餅が入っていた。ほんのりと甘いサツマイモの餅は葉月の好物だった。その横にウラジロと赤い実をつけたセンリョウが一枝ずつ添えられていた。鏡餅にして少しでも正月の気分を味わって欲しいという良介の心が伝わってきた。

遠くから除夜の鐘が聞こえてきた。今年もまもなく幕を閉じるのだ。今年はこれまで経験したことのない大きな試練にさらされた。はたして来年はどのようなことが待ち受けているのだろうか。たとえどうあろうとも私はこれからも前向きに生きていこう。それがこれまでの人生のなかで私が学んだことだから。そこからきっと私は何かを摑むことができるだろう。

葉月は断続的な除夜の鐘を聞きながら、そう思うのだった。

九章　明日へ

五月になった。葉月が雇い止めを受けてからちょうど一年、東京地裁に提訴してから九ヶ月が経った。一方、昨年末に整理解雇されたパイロット七四人、客室乗務員七二人の合計一四六人が一月中旬に東京地裁に提訴してから三ヶ月余りが過ぎていた。

葉月はこの日、証人尋問の朝を迎えた。葉月だけでなく、柿田も証人として出廷することになっている。葉月は昨夜ほとんど眠れなかった。

葉月は昨日も代理人の南法律事務所の早川弁護士とリハーサルを繰り返した。会社側代理人による反対尋問の想定問答も作成して、入念にリハーサルしたが、果たして実際にうまくいくのかとても不安だった。法廷で柿田の顔を見た時、面談の記憶が甦って来て平常心を失うのではないかという不安にも襲われた。

葉月は午前六時にベッドを離れると身支度を始めた。

裁判長に落ち着いた印象を与える身なりが好ましいわね。

昨日リハーサルが終わった後、葉月の問いに早川弁護士は答えた。濃紺にするかグレーにするか葉月は少し迷った後、グレーのスーツとクリーム色のブラウスを身に付けた。化粧は薄めにした。

それから、いつもの通りオーブントースターでパンを二片焼き、スクランブルエッグを作り、コーヒーを淹れた。睡眠不足のために食欲はなかったが、尋問に備えて少しでも食べておかなければと思った。コーヒーの爽やかな香りが、葉月の心を落ち着かせた。葉月はコーヒーを飲みながら、今年に入ってからの出来事を思い浮かべた。

新年早々から、様々な労働組合の「旗びらき」に連日のように招かれた。葉月はアルバイトの間を縫うようにして、大晦日に整理解雇されたパイロットや客室乗務員の原告たちと一緒に参加した。

原告の人たちは整理解雇撤回の支援を訴えた後、「一四七人目の原告をご紹介します。雇い止め撤回の裁判で頑張っている契約制客室乗務員です。私たちと同様、ご支援をお願いいたします」といつも、葉月が発言する場をお膳立てしてくれた。

原告団は自らの訴えだけでなく、葉月のことも決して忘れなかった。葉月がアルバイトの都合などで参加できなかった時には、木原や原告団が葉月に代わって訴えた。

また、「もどす会」が独自に設定した支援の訴えに、葉月と一緒に原告団の人たちも参加した。

こうして「もどす会」の加入も公正な判決を要請するハガキも大きな広がりを見せた。

葉月は雇い止めの闘いを積み重ねるにつれて、自信を深めていった。

葉月は朝食を済ませると、午前八時にアパートを出た。地下鉄に乗り換えて、電車が霞ヶ関の駅に近づくにつれて、葉月は再び不安と緊張に苛まれた。

電車が霞ヶ関の駅に着いた。葉月はこのままどこか遠くに行きたいと一瞬思った。扉が開くとその思いを振り切るように電車を降りた。葉月は重い足取りでA1出口の階段を上がっていった。

上がりきったところで、葉月は目を見張った。地下鉄の出口から地裁の門までの三〇メートルほどの幅広い舗道の両側に、立錐の余地もないほど多くの人たちが立っていた。

それは整理解雇された原告団、「もどす会」の会員、現役のキャビンユニオン組合員、OB・OG、外部の労働組合の仲間たちだった。彼らは横断幕を掲げたり、幟を立てたり、道行く人たちにビラを配ったりしていた。

横断幕には「N航空の真の再生をめざして・契約制CAの不当な雇い止めの撤回を求めます」と二段に大書されていた。

空高く伸びた栃《とち》の街路樹の下に横付けした、航空労組連絡会の宣伝カーの上では木原がマイクを握って支援を訴えていた。

葉月を励ますために、みんな朝早くから駆けつけたのだった。葉月は今までの不安が一気に吹き飛ぶのを感じた。

「……私の発言はこれで終わります。今日の証言台に立つ本人が只今参りました。それでは、本人から決意表明をしてもらいます」

木原が宣伝カーの上から、葉月に笑顔を向けた。葉月が木原に代わって宣伝カーに上がった。見上げると、横に伸びた栃の枝が頭上を覆っていた。

葉月が宣伝カーに上がるのは、これが初めてではなかった。今まで整理解雇の原告団の人たちとともに幾度か訴えた。

最初は栃の枝に煎餅《せんべい》のような枯れ葉がしがみついていた頃だった。二回目の時は、栃の木が丸裸になっていた。その次は芽を吹いた頃だった。そして今は、つややかな緑の葉がそよ風に揺れている。葉月は季節の移ろいを感じた。栃の木は、ずっと私たちを見守っているのだと葉月は思った。

葉月はマイクを握ると深呼吸をした。もう足が震えることもなかった。

「今日は私のために、こんなに大勢の方々が激励にきてくださいまして、感謝でいっぱいです。正直なところ不安で仕方がなかったのです。でもこの場に着くと、すぐに私の不安は払拭されました。今日はかつての上司も証人尋問を受けますが、私はしっかりと真実を証言したいと思います。そして、裁判に必ず勝利して、不当にも整理解雇された先輩の方々と一緒に乗務したいです。どうぞ今後ともご支援をよろしくお願いいたします」

いっせいに拍手が起きた。宣伝カーを下りると、葉月は支援者たちに見送られて、木原と共に地裁の玄関をくぐっていった。控室で開廷を待つためだった。木原は葉月が心細い思いをしないように付き添ったのだった。

開廷時刻の一〇分前になったので、葉月と木原は控室から五二七号法廷に入った。

原告席の前列には、葉月の代理人の弁護士が五名着席していた。葉月は代理人に促されて、彼らと並んで座った。

相対する被告席にも柿田の代理人の弁護士が五名座っていた。右手の傍聴席には、いかにも会社の動員と思われる背広姿が数人座っている他は、支援者で埋め尽くされていた。

法廷は静まりかえっていて、緊張した空気に満ちていた。柿田はまだ入廷していないようだった。葉月は腕時計を見た。柿田の証人尋問が始まる午前一〇時が迫っていた。柿田さんはどうしたのだろうと、葉月は思った。

ふと被告席を見ると代理人の弁護士の肩越しに、

隠れるようにして中年の女性がうつむいているのに葉月は気づいた。茶色の地味な身なりで、白いものが目立つ髪は後ろで無造作に束ねられていた。顔も艶がなかった。

あっ。葉月は思わず声をあげそうになった。その中年の女性はまぎれもなく柿田だった。

驕《おご》りたかぶっていたあの頃の面影はどこにもなかった。まるで別人のようだった。葉月はその変わりように思わず息を呑んだ。

そのとき、左手の一段高くなっている裁判官席の後ろの扉が開いて、黒いガウンをまとった五〇がらみの裁判官が姿を現した。

「起立、礼!」

書記官の声に全員が立ち上がり、裁判官に一礼した。

裁判官に促されて柿田がゆっくり立ち上がり、証言席に向かった。その間、葉月は柿田から目を逸らさなかった。柿田も葉月が前列に座っていることを知っているはずだったが、柿田が目を合わせることはなかった。

裁判官は柿田の氏名を確認すると、宣誓書を読みあげるように柿田に言った。

「良心に従って真実を述べ、何事も隠さず、偽りを述べないことを誓います」

柿田が宣誓書をぼそぼそと読み上げた。張りのない声だったが、面談の時に葉月を苦しめたあの声に違いなかった。

主尋問が始まった。柿田の代理人は四〇代の小太りの弁護士で、柿田の経歴をなぞる形で尋問を始めた。それから尋問に入った。

「能見さんが場所を間違えてリフレッシャー教育に遅刻するということがありましたが、あなたは能見さんにどのような指導をなさいましたか」

代理人が柿田に尋ねた。

「能見さんがなぜあの場所に行ったのか、私は理解できず非常に不安になりましたが、掲示板を確認すれば防げるミスですし、本人には今後よく注意するように言いました」

柿田が答えた。

「その他、印象に残っている出来事などはありますか」

「はい、あります。例えば、お母様が幼児を一人で座らせていたことに気がつかなかったこと、安全マニュアルの差し替えを忘れていたこと、寝坊して配車のタクシーに乗れなかったことなどがありますが、それらはほんの一例です」

　柿田と代理人は、葉月が異常にミスの多い客室乗務員だったという印象を、裁判官に与えようとしていた。

「そのようにミスの多い能見さんをどう思いましたか」

「彼女をどのように指導していけばいいのか、非常に心配し、悩んでいました。ただ、本人が自覚して改善にさえつなげれば、まだ、一縷《いちる》の望みというんでしょうか、やっていけるとは思っていました」

　柿田の証言は、退職を強要した事実とあまりにもかけ離れていた。柿田はその後も、葉月の注意力、判断力、理解力、業務姿勢、適性などがいかに劣っているかを縷縷《るる》と述べた。

「それでは最後になりますが、能見さんの約二年間の仕事を、あなたはどのように評価していましたか」

　代理人が尋ねた。

「国内線の一年目の基本姿勢さえも身についておりませんでした。ですから、サービスリーダーには任命できませんでした」

「一年目のレベルにも、残念ながら二年経っても達していなかった、ということですか」

「はい」

「改善する兆しはありましたか」

「私たちは諦めずに指導を続けておりましたが、最後まで私たちの指導を受け入れることなく、改善には至りませんでした」

「終わります」

　柿田の主尋問が終わった。柿田は事実を歪めて証言した。それは当然予想されたことだったが、葉月はやはり悔しかった。

　反対尋問になった。原告代理人の舟山弁護士がゆっくり立ち上がった。舟山弁護士は白髪のベテランの弁護士だった。

「乙第一一号証の『パフォーマンスチェック』の細部にわたる項目は、先任の方がＡＢＣＤＥの五項目の評価をなさる訳ですね」

舟山弁護士が念を押すように聞いた。それは一年四ヶ月前の二〇〇九年一月に葉月が受けた習熟度試験の査定結果で、会社が証拠書類として提出したものだった。

　あなたは標準レベルに達していませんでした。あなたには客室乗務員としての適性がありません。会社をお辞めになることをお勧めします。

　習熟度試験から二週間後、柿田は面談室でそう言った。あのときから柿田のパワハラが始まったのだった。

「はい」

　柿田が答えた。

「一般論として聞くのですが、このパフォーマンスチェックは、先任が既にレ点を記載していながら、上司がそれを取り消して別の査定を記載するということはあるんですか」

「それはありません」

　柿田は当然だとでもいうように答えた。

「そんなことはないでしょうね」

　舟山弁護士が相づちを打った。

「はい」

「このパフォーマンスチェック表に『指示事項の確認』という項目がありますね。この項目のC欄の四角い枠が、右半分消えていますが分かりますか……。そしてD欄の四角い枠の中にレ点が入っていますね」

「はい」

　舟山弁護士はC欄のレ点が消されて、D欄にレ点が入っている項目を四ヶ所にわたって指摘した。Cは「標準」、Dは「やや劣る」である。

　会社が提出したこの証拠書類は、原紙ではなくコピーだった。しかも、これらの枠の消去はよほど注意しなければ気付かないほど些細なものだったが、舟山弁護士はそれを見逃さなかった。

「それをいつ、誰が修正したのですか」

「最終的に私が滝本さんと合意の上で修正しました」

「あなたが修正したんですか」

「はい」

「先ほど、このパフォーマンスチェックは先任が記載するものだと答えられましたね」

「……はい」

柿田の声は上擦っていた。柿田はその時、舟山弁護士の意図をはっきり理解したようだった。柿田にとっては想定外だった。

「あなたが消したのですね」

舟山弁護士が念を押した。

「修正したのは……」

柿田が口ごもった。

「あなたですかと聞いているんですから、イエスかノーかで答えて下さい」

「滝本さんが自分で修正したところもありますので……」

「いや、あなたが消したかどうかを聞いているんですから、端的に答えて下さい」

柿田は言葉を濁すのに必死だった。しかし、舟山弁護士の鋭い追及に、ついに観念したように答えた。

「私が修正しました」

「あなたはなぜこうまでして、標準のC項目を減らそうとしたのですか」

舟山弁護士が少し強い口調で尋ねたが、柿田は下を向いたままだった。

滝本も偏見に満ちた評価を行い、その上で葉月が標準レベルに達していないと結論づけていたのだったが、柿田は更に標準のC項目を減らし、D項目を増やしていたのだった。

「次に移ります……。七月下旬の面談では『これ以上先に進めないので、契約改更にならないからね。もう後がないので、そこはちょっと自分でも覚悟を決めて仕事をするしかないよね』と発言した記憶はありますね」

舟山弁護士は顔を上げて柿田を見た。

「……はい」

柿田は少し間を置いて、うつむいたまま苦しげに答えた。柿田も録音内容を文字化した原告側の証拠書類を前もって読んでいたので、認めないわけにはいかなかった。

「これは、辞めなさいということじゃないんですか」

「違います」

柿田は即座に否定した。

「じゃ、覚悟を決めてとは、どういう意味ですか」

「私は覚悟して辞めなさいとは言っていないです。

覚悟してやりなさいと言っています」

「これ以上先に進めないので、と能見さんに言うことが、あなたにとって指導・育成だったんですか」

「私はそれまでにも改善を図るように、繰り返し繰り返し話をしてきましたけれども、能見さんは全く理解も自覚もしなかったのです。私も本当に、何で自分がそこまで言わなきゃいけないのかと思いましたよ」

柿田はまるで自分の方が被害者であるかのように言った。

舟山弁護士は録音に記録された面談の事実を次々に突きつけて、柿田を追及していった。

柿田は取り繕うのに必死だった。裁判官や舟山弁護士に媚《こ》びを売るような視線を送ったり、半ば喚《わめ》いたり、泣き言を言ったりした。葉月はこれほどまでに取り乱している柿田を今まで見たことがなかった。

「『乗務員としての資格はありませんので、お辞めいただくのが筋です』とまで言っていますよね。そこまでおっしゃった記憶はあるでしょう？　テープに残っていますよ」

「……はい」

動かぬ数々の証拠を突きつけられた柿田の横顔は歪んでいた。会社を辞めるように葉月に迫った事実を、柿田はついに認めた。

葉月の脳裏に面談の場面が次々に甦った。涙が一筋、葉月の頬を伝ってこぼれ落ちた。

午後は葉月の主尋問から始まった。弁護人の早川弁護士は葉月を落ち着かせる配慮からか、ゆっくりと穏やかな口調で尋問を進めた。

「乙第七号証のなかで、『離陸前にお客様が赤ちゃんを隣座席に座らせていることに気づかず、別の乗務員が気づいて案内を実施した』と指摘されていますが、あなたはその赤ちゃんが座っていることに気がつかなかったんですか」

「いいえ、違います。私は気がついていたのでお声掛けするところでした」

「あなたがそのお客様に声を掛けたんですか」

「はい、私がそのお客様に声をお掛けして、お子様を抱いていただきました」

「柿田マネジャーはL４の場所から一部始終を見て

いたと報告していますが、L4の場所からあなたとL5担当者との会話や、あなたとそのお客様との会話というのは聞こえる距離ですか」

「いずれも聞こえない距離です」

葉月が断言した。その距離は一〇メートル以上も離れていて、機内は常にエンジン音や乗客の会話などの騒音が充満しているので、柿田に聞こえるはずがなかった。

「乙第四〇号証を示します。そこに『虚言があったため、L5担当者の報告と食い違うことを指摘すると渋々認めた』とあるんですが、あなたは自分が声を掛けなかったと、柿田さんにおっしゃったのですか」

「いいえ、私は柿田マネジャーに、自分が気づいていたということと、その後自分がご案内したことをお伝えしましたが、一切聞き入れてくださいませんでした。渋々認めたということもありません」

私はこの目ではっきり見ていたし、沢村さんもその通りだと言っているのよ。どうしてあなたは正直に認めないで、そういう嘘をつくの。

あのとき、柿田はそう言って葉月を責め立てた。

しかし葉月はたとえ嘘つきと言われようとも、決して事実を曲げなかった。

早川弁護士と葉月は、会社があげたミスの数々を一つひとつ反論していった。

最後に早川弁護士が尋ねた。

「柿田マネジャーとの度重なる面談の中で、一番つらかったのはどんなことでしょうか」

「長時間の乗務の後でいつも一人だけ残されて、また長時間の面談を受けるのだと考えるだけでとてもつらかったのですが、退職を暗に促されたり、また私の性格を決めつけるような発言をされ続けたことが一番つらかったです。乗務ではお客様に喜んでいただいたり、他の乗務員の方に褒めていただいたりすることもありましたが、柿田マネジャーからは全く適性がないと言われるばかりで、認めていただくことはありませんでした。何かある度に私のミスにされたり、また些細なことでも退職を強要されたり、適性がないと言われるのではないかと思って、すっかり気持が萎縮してしまい本当につらい毎日でした」

葉月はあふれる思いを抑えながら、言葉を嚙みしめるように話した。

　続いて反対尋問が始まった。会社側の弁護士はすらりとした三〇半ばの、まだ経験の浅い弁護士のように思われた。

　いよいよ反対尋問がはじまるのだ。葉月は無意識のうちに背筋を伸ばした。

「乙第六号証は二〇〇八年一二月頃、あなたが滝本さんに送ったメールですね」

　それは葉月が滝本に送った個人的なメールだった。それを会社は証拠書類として提出したのだった。

「送った記憶がありますので、そうだと思います」

　葉月は落ち着いた声で答えた。

「このメールの中に『ダメな部分を沢山教えて下さってありがとうございます。最近失敗ばかりしてしまい悩んでいます』とありますけれども、これはあなた自身の認識と一致しますか」

「私は乗務を始めてから半年しか経っていなくて、先輩の方々と比べてまだまだ未熟でしたので、謙虚になろうとしてそのようなメールを送りました」

　あの頃は葉月がキャビンユニオンに出会うずっと前で、滝本のいやがらせに途方にくれた日々を送っていたのだった。

「先輩の方々とおっしゃいましたが、他の乗務員と比べてミスや失敗を多くしていると認識されていたのですか」

　この弁護人もまた、葉月にはミスや失敗が多かったことを印象づけようとしていた。

「いいえ、私は同期の者と同じ程度にミスしていると認識していました」

　葉月はきっぱりと言った。

　弁護人はその後も、会社が葉月のミスと断定した五一項目を引き合いにだして尋問したが、葉月はその都度、事実を証言した。

　最後に弁護人は鬼の首でも取ったかのように、リフレッシャー教育の遅刻、タクシー不乗、マニュアルの差し替え不備を持ち出して葉月を尋問した。

　葉月はこれらについては一切弁解せず、深く反省して同じミスを繰り返さないように努力した、と答えた。

　反対尋問が終わった。裁判官が閉廷を告げた。葉月は一気に緊張が解けるのを感じた。そして、ぐったりするような疲労が全身を覆った。傍聴席からいっせいに拍手が起きた。葉月は一礼すると、証言席を立って原告席に歩いていった。

「堂々として立派だったわ」

傍聴席の前列にいた木原が、目を潤ませながら葉月にささやいた。

九月半ばになった。

葉月は改札口を出ると踏切を渡り、アパートに通じる駅前通りを歩いて行った。夜の一〇時を過ぎたというのに昼間の蒸し暑さがまだ漂っていた。

午前から始まった「もどす会」の事務局会議に続いて、ビラの印刷をようやく終えたのだった。事務局会議では勝利判決を確実にするために、「もどす会」への入会と公正な判決を求める要請ハガキを、さらに広めることなどが話し合われた。

駅前通りは既にシャッターが下りて、街灯だけが夜道を照らしていた。葉月は街灯の下を歩きながら、これまでの裁判の経過を思い返した。裁判は八月中旬に結審となり、一〇月末日には判決が言い渡されることが決まった。

葉月の証人尋問から二週間後、かつて第三乗員部で契約制客室乗務員の指導員をしていた、キャビンユニオン組合員の桜井が証言に立った。

「入社してから二年間はやるべき課題がいっぱいあって、その習熟度に限界があるのも明らかです。乗務員というものは、経験を積み重ねることによって業務に習熟し、技術も上がり、一人前になっていくという経緯をたどります。能見さんの雇い止めの理由になった五一項目というのは、能見さんが認めているものを含めて、指導すれば十分に克服できることばかりです。それを能見さんの性格を理由に改善不可能と判断するのは、あまりに不合理だと思います。

能見さんが柿田さんから受けた扱いは、人材の育成という観点からはほど遠いものです。裁判官におかれましては、能見さんが是非とも復職できますよう、心から公正な判決をお願いいたします」

桜井はそう言って証言を締めくくった。

葉月と桜井の証言および舟山弁護士や早川弁護士などの代理人の尋問は、会社側の主張をことごとく論破し、柿田などの証言とその代理人による尋問を圧倒した。葉月や木原だけでなく、キャビンユニオンの誰もが勝利判決を確信した。

葉月はゆっくり歩いてアパートに着くと、いつもの通り入口の壁に部屋の数だけ並んだ「郵便受け」を開けた。開ける時にはいつもひそかな期待があった。郵便物を手に取ると、投げ込まれた幾つもの宣伝用チラシの間に、白い封筒が一通、挟まっていた。

うす暗い照明にかざして裏を見ると、白鳥悠子の名前が目に飛び込んできた。

白鳥とは葉月がオペレーションセンター前でビラを配っていた時の偶然の出会い以来、ずっと会っていなかった。その白鳥が忘れることなく手紙をくれたことに葉月は嬉しく、また懐かしい思いがした。

葉月は足早に階段を上がり部屋を開けると、急いで封を切った。中には手紙と現金が入っていた。

能見葉月様

すっかりご無沙汰いたしております。元気でお過ごしでしょうか。いいえ、お聞きするまでもなく、あなたが元気で生き生きと活動している様子は「キャビンユニオンニュース」に、あなたご自身が連続的に寄稿している「徒然日記」をいつも読ませてもらっていますので、よく分かっています。

あなたの「徒然日記」は、私たちの職場でもよく読まれていますよ。「まるで私の気持を代弁してくれているみたいです」と、一年前に入社した新人は、私にそっと話してくれました。あなたの率直な思いが、ものの言えない新人たちの共感を呼んでいるのです。

五月初めの証人尋問に柿田さんが出廷したことも、「徒然日記」で知りました。

その時の柿田さんの様子とあなた自身の思いが、「徒然日記」に次のように記されていて、私は深い感銘を受けました。

五二七号法廷に入り、一人の見知らぬ女性がいると思ったら、その方がマネジャーでした。マネジャーの変わり果てた姿に、私は大変なショックを受けました。証言では必死に事実を隠そうとしているることが、誰の目からも明らかでした。内心やましいことがあるため、平常心ではいられないのだと感じました。

昨年の四月末に一方的に雇い止めにされ、苦しいことも沢山ありましたが、私の一年間は、人を信じる心を取り戻すために必要な時間だったと思います。成長させて下さった方々に、感謝でいっぱいです。

裁判の勝敗はまだ決まっていませんが、生き方という点で間違っていなかったと確信し、勝利判決をいただいたような晴れやかな気持で法廷を後にしました。

あなたは人間として、あの頃より一回りも二回りも大きくなったのだと、私は思いました。理不尽な雇い止めに、決して挫折することなく雄々しく立ち向かっていくあなたに、心からの敬意をお伝えします。裁判に勝利して、再び職場に戻ってこられることを信じています。

少ないですが、「もどす会」の年会費千円とカンパ四千円、それに反町さんからお預かりしたカンパ千円の、合わせて六千円を同封します。（反町さんは先日、国際線に異動になりました）

最後になりましたが、あなたに是非お伝えしたいことがあります。

それは第三乗員部では、契約制の人たちに対する退職の強要がなくなったことです。契約制の人たちを退職に追い込む度に、マネジャーたちがハイタッチしていた、あのおぞましいほどの光景も影をひそめました。

そうなった理由は明らかです。それはあなたの雇い止め裁判の過程で、その酷い実態が白日の下にさらされたことで、会社はマネジャーに対して、「退職の強要はしないように」と指示せざるを得なくなったからです。

もちろん、ものの言えない職場であることに変わりはありませんし、マネジャーや先任たちのパワハラは依然としてありますが、退職の強要がなくなったことは大きな前進です。もし、あなたが裁判に訴えなければ、ずっと続いていたことでしょう。

私はそのことをどうしてもあなたに伝えたいと思って、筆をとりました。心からありがとうと、申し上げます。

くれぐれもお身体には気をつけて下さいね。これからも「徒然日記」であなたにお会いできることを楽しみにしています。

白鳥悠子

パワハラと退職の強要を職場からなくしたい。後に続く人たちに、私が柿田さんから受けたような辛い思いを絶対にしてもらいたくない。

そのことは葉月が裁判を決意した理由の一つだった。切実に願ったことの一つが、現実のものとなって実を結んだのだ。判決はまだ下されていないけれど、提訴して本当によかったと、葉月は思った。

葉月は教宣部の依頼を受けて、「徒然日記」と題したエッセイを、「キャビンユニオンニュース」の一ページを使って、月二、三回のペースで載せていた。葉月はそこに、日々の闘いと生活の中で感じた決意や喜び、悲しみや不安の数々を思いのままに綴った。


はたしてみんなが目を通してくれるだろうか。原稿を教宣担当者に渡す度に葉月はそう思ったが、白鳥の手紙を読んでホッと胸をなでおろした。

手紙から顔を上げてふと窓を見ると、半開きのカーテンの隙間から円く大きな月がくっきりと浮かんでいるのが見えた。


それから二ヶ月余り過ぎた一〇月末日、ついに判決の時がきた。

葉月は開廷の一〇分前に、証人尋問の時と同じように代理人の隣に座った。木原は傍聴席の一番前に座っていた。傍聴席も「もどす会」や整理解雇原告団の人たちで埋め尽くされていた。被告席には会社側弁護士三人だけが座っていた。

刻一刻と判決の時が迫り、法廷内は次第に緊迫した空気に満たされていった。葉月は動悸が増していくのを感じた。

裁判官は正しい判決を下すに決まっている。大丈夫、きっと勝てる。勝利の判決が出たら、真っ先に両親と良介さんに知らせよう。

葉月は自分に言い聞かせた。

その時、裁判官席の後ろの扉が音もなく開いて、黒い法衣の裁判官が現れた。

「起立、礼！」

書記官の声に全員が立ち上がり、一礼して座った。

「それでは、判決を言い渡します」

裁判官は書類に目を落とした。葉月は、額が広く眼鏡をかけた裁判官の口元を凝視した。

「控訴人による地位の確認ならびに賃金の請求を棄却する。人権侵害行為に基づく損害賠償請求については、その一部の行為について人権侵害と認め、慰謝料として二〇万円を相当とする」

裁判官は一切の感情を排除するかのように淡々と読み上げた。それから顔を上げて付け加えた。

「詳細は判決文によるものとします」

それだけ言うと、裁判官は席を立ち上がり、そそくさと後ろの扉に向かった。法廷にうめくようなどよめきが起きた。

「不当判決！」

扉の向こうに消える裁判官の法衣の背に、傍聴席から鋭い声が突き刺さった。


葉月は裁判官の言葉が信じられなかった。なぜ、どうして。この二つの言葉が心の中で空回りしていた。もう一度乗務に復帰したいという願いは叶えられなかったのだ。裁判官は正しい判決を下すと固く信じていたのに。歯を食いしばって闘ってきた日々は、一体何だったのだろう。葉月は激しい虚脱感に襲われた。葉月は誰もいない裁判官席を茫然と見上げていた。

「能見さん、大丈夫？」

木原が傍聴席から心配そうに声をかけた。

「はい……」

葉月は力なく返事をした。

「こんな判決って、あり得ないよね」

木原が怒りを込めて言った。葉月はうなずくのが精いっぱいだった。


それから一週間後、団体交渉が開かれた。会社からは清川労務担当役員、渋谷部長、塩地などが出席した。塩地は客室本部の労務担当マネジャーに昇格していた。

キャビンユニオンは委員長の内海を始め、執行委員全員、それに葉月も出席した。

　判決がでてから、葉月はずっと悩んでいた。支援の輪が大きく広がり、証人尋問でも圧倒していたのに、判決は会社側の主張のほとんどを認めていた。組合側の主張については、最も激しかった九月中旬の二日間の面談を、退職強要として認めるにとどまっていた。葉月の心には、裁判所への失望と不信とが渦巻いていた。

　たとえ控訴しても、勝利判決など到底期待できないのではないだろうか。たった二日間だけど柿田さんの行為が「退職の強要」として認められたこと、職場から退職の強要がなくなったということだけでも、これまでの闘いは決して無駄ではなかったといえるだろう。だから、私はもう控訴を止めて、気持を切り替えて新たな人生を歩み始めたほうがいいのではないだろうか。そういう思いが葉月を支配していた。

「今回の判決は、退職強要の事実をはっきりと認定しました。私たちは原告が雇い止めになる前の団交で、録音の内容を文字にしてお渡しし、幾度も退職強要の事実を認めるように迫りましたが、会社はそれを無視して雇い止めを強行しました。その退職強要が断罪されたのです。会社はこのことをどのように受け止めていますか」

　内海が口火を切った。正面に居並ぶ会社側の出席者は黙ったままだった。

「原告はずっと辛い目にあってきました。会社として、本人にきちんと謝罪していただきたいと思います」

　内海の決然たる態度に、彼らは口元を曲げてただ黙っていた。判決は柿田マネジャー個人だけでなく、会社も使用者責任を負うとしていた。しかし、会社側はその責任を認めたくないようだった。労務責任者の清川役員も謝罪の言葉を口にしなかった。

「この雇い止めは、退職強要が認定された元マネジャーによって仕組まれたものですよ。私たちはそのような雇い止めを絶対に認めることはできません。判決の翌日、私は自主解決を求めて社長とのトップ交渉を申し入れましたが、未だ回答がありません。この場で返事をしてください」

　内海が迫った。しばらく沈黙が続いた後、清川役員がようやく口を開いた。

「会社としては、あの判決を不服として控訴を予定しております。ですので、自主解決をするつもりはありません」

「何故ですか」

内海が問い詰めた。

「退職強要は、しておりませんので……」

マネジャーになったばかりの塩地が横から口を挟んだ。渋谷部長は塩地の言葉にうなずいていた。

「ええーっ」

キャビンユニオン側の席からいっせいに抗議の声が沸き起こった。

葉月は耳を疑った。葉月は塩地を睨むように見つめた。それに気づいた塩地と目が合った。塩地はバツが悪そうにすっと視線を外した。けれども葉月は目を逸らさなかった。

会社はたった二日間の退職強要の断罪さえ認めようとしない。このままでは再び退職強要が横行する。それを見過ごすことなど、私は絶対にできない。

葉月にもう迷いはなかった。葉月はこの瞬間に、控訴を決意した。


東京高裁に控訴してから七ヶ月余りが経った。六月下旬のその日、葉月は宮崎行の便に乗っていた。

予備試験の短答式試験に合格したとの通知を受け取ったよ。予備試験はこれから論文式試験と口述試験が待ってるし、それらに合格してようやく司法試験を受験できるんだ。道のりはまだまだ険しいが頑張るよ。僕はこの機会に君のご両親に挨拶がしたい。飛行機代を送るから、とんぼ返りでもいいので帰ってきて欲しいんだ。

一週間前、良介から電話があった。良介の声は喜びに震えていた。良介が司法試験を初めて受験してから既に四年が経っていた。良介は不合格になっても毎年挑戦し続けた。

良介さんの長年の努力が報われたのね、よかったね、私も嬉しい。

葉月は胸がいっぱいになって、それだけしか言えなかった。

裁判に勝利するまでは帰らないと決めていた葉月だったが、自分でもやや意固地になっているような気がしていたのだった。葉月が最後に帰省したのはキャビンユニオンに加入した直後だったので、それから既に二年八ヶ月が経っていた。

帰ってきて欲しいという良介の言葉を聞いたとき、葉月は心が軽くなるのをはっきりと感じた。

ありがとう。でも交通費は大丈夫だから。

葉月は丁重に断った。切り詰めた生活をしている良介から飛行機代を出してもらうわけにはいかないと、葉月は思った。

葉月は後方の座席に座って、微かな揺れを感じながら目を閉じていた。今、葉月が乗っているのはN航空の便ではなく、他社の便だった。一昨年末、会社はパイロットと客室乗務員合わせて一六五人を整理解雇した。雇い止めに続いて、整理解雇を断行したN航空の便にはどうしても乗りたくなかった。

東京地裁は三ヶ月前の三月末の判決で、整理解雇はやむを得なかったとする会社の主張を全面的に認めた。原告団は直ちに控訴した。

雇い止めに続いて、整理解雇撤回裁判もまた不当な判決だった。裁判所は正義の判決を下すところでも、労働者の味方でもないのだろうか。裁判所はただ会社を勝たせることだけしか念頭にないのだろうか。葉月は裁判所への疑念をいっそう深めていった。

航空機は予定より三〇分程遅れて午後二時半に梅雨空の宮崎空港に着陸した。到着ロビーに出ると、濃紺の背広姿の男が片手を上げて合図した。良介だった。日焼けした顔は以前と変わらなかった。ただ、Tシャツとジーパンなどラフな格好しか見ていない良介の背広姿が、葉月には眩しく映った。

「おめでとう、よかったね」

葉月が声をかけた。

「まだ道半ばだから……」

良介がはにかむような笑顔を向けた。それから腕時計を見た。到着が遅れたのを気にしているようだった。

「じゃあ、行こうか」

「ええ、そうしましょう」

母には、午後二時半頃に家に着く予定だと電話していた。これからすぐに向かっても三時過ぎになりそうだった。

空港ビル前の駐車場には、例の古ぼけた白い軽トラックが駐車していた。座席も端がすり切れたままで、背広姿の良介には不釣り合いに思えた。けれども良介はまったく意に介さないようだった。

しばらく走ると信号待ちにひっかかった。

「飛行機代、もらってくれないだろうか。僕の気がすまないんだ」

良介がポケットから小さな紙袋を出すと、葉月に渡そうとした。

「気にしなくていいのよ」

葉月が軽く押し返した。良介はとまどっていたが、すぐに笑顔を向けた。

「それじゃ、『もどす会』にカンパするから。それなら受け取ってくれるよね」

葉月は良介の心遣いを素直に受け入れようと思い直した。

「ありがとう。大事に使わせていただくわ」

葉月が小さな紙袋を両手で受けた。良介は小さくうなずいた。

信号が青になった。良介の車は幹線道路から外れて、畑の広がる道を進んだ。

「君も柿田さんにさえ会わなかったなら、こんなに苦労、しなかったのにねぇ……」

良介が運転しながら、ため息混じりにつぶやいた。

「確かに柿田さんとは不幸な巡り合わせだったわ。けれども柿田さんのパワハラがなければ、私は良介さんに会いに図書館に行かなかったかもしれない。そして今頃、二人は別々の人生を歩いていたかもしれないわ」

「え？」

良介が怪訝そうな顔をした。

「あの時、私は耐えきれずに良介さんに助けを求めたのよね。そして柿田さんのパワハラが激しくなるにつれて、良介さんと私の絆も強くなっていったわ。二人が今あるのは、柿田さんのお陰かもしれないわね」

葉月はそう言って、ふふっと笑った。

「君はなんて強くなったんだろう」

良介が感嘆した。葉月の実家が近づいてきた。

「長い間ご挨拶しなかったけれど、ご両親には快く迎え入れていただけるだろうか」

「心配しないで。大丈夫だから」

葉月が良介を励ました。

一週間前、「良介さんが短答式試験に合格したよ」と父に知らせた時、父は心底安心したように言った。

そりゃあよかったね。実はお父さんは、もう無理じゃろうと思うちょった。

車が葉月の実家の前に着いた。

葉月は玄関の引き戸を引いた。

「ただいまぁ」

葉月の明るい声が玄関に響いた。コロが居間から飛び出してきた。

「コロ、元気だった?」

葉月がコロを抱き上げた。コロは体を小刻みに震わせながら葉月の顔を嘗め回した。

「今か今かと待っちょったよ」

母が居間から顔を出して言った。

「ご紹介するわ。こちらが良介さんよ」

葉月が良介を振り向いて言った。良介は緊張した面持ちで玄関の外に立っていた。

「高原良介です」

長身の良介が上半身を折り曲げてお辞儀した。

「葉月の母です。よくいらっしゃいました。さあ、どうぞお上がりになって」

母がやわらかな眼差しを良介に向けた。それから階段を見上げて言った。

「お父さん、良介さんが来なさったよ」

「ああ、すぐに行く」

二階からいつものゆったりとした父の声がした。

「今までご挨拶にも伺わずに、まことに申し訳ありませんでした」

父と母に向かい合ってソファに座ると、良介は深々と頭を下げた。

「これまで親身になって葉月の相談相手になってくれて本当にありがとう。こちらこそお礼を申し上げるのが遅れてしまって……」

父が軽く頭を下げて応じた。良介がほっとした表情を浮かべた。

「短答式試験に合格なさったそうですね。私たち夫婦も本当に喜んでいますのよ」

母がお茶を湯呑みに差しながら言った。

「ありがとうございます。ようやく光が見えたばかりで、あと何年かかるかわかりませんが、一年でも早く弁護士になれるよう頑張ります」

「どういう分野の弁護士をめざしてるの？」

父が訊いた。

「労働の分野です。葉月さんの雇い止めや整理解雇の理不尽さを知って、少しでも労働者の役に立ちたいと思ったのです。たとえ葉月さんの裁判には間に合わなくても、苦しんでいる労働者の力になりたいのです」

葉月は良介の横顔を見つめた。初めて聞く良介の言葉だった。良介はそこまで考えていたのだ。良介は短答式試験に合格したことで、ようやく自分の思いを口にできたのだと、葉月は思った。

「葉月を雇い止めにしたり、パイロットや客室乗務員の人たちを整理解雇したN航空も酷いが、そのどちらの訴えも棄却した裁判所も酷い限りだ。それにこの頃は、非正規社員の増大や過労死、サービス残業など、労働者にとっては本当に生きづらい世の中になったね」

父が語気を強めて言った。その後、父と良介の話は社会全般に及び、キュウリやゴーヤの育成と病害虫対策といった父の専門の農作物にまで広がっていった。二人の話は尽きることがなかった。

母の提案で、良介は夕食を共にすることになった。

葉月は宮崎の実家に五日間ほど滞在した。短い間だったが、両親や良介と夜遅くまで裁判のことや、とりとめのない話をして過ごした。葉月にとっては、久しぶりに安らぎに満ちた日々だった。

良介に連れられて、キュウリ畑で良介の両親にも会った。ふたりとも小柄で朴訥だった。葉月はこれまでの心遣いにお礼を言った。

「こんげ若い人がつらい目におうて……。のさんごつなったら、いつでん帰ってきない。一緒にキュウリやゴーヤを作ろうや」

良介の母は冗談とも本音ともつかない口調で葉月に言った。良介があわてたように母をたしなめた。葉月はただ微笑んでいたが、ふとそれもいいかなと思ったりした。

東京に帰ってからまもなく、高裁での証人尋問が始まった。控訴したのが昨年の一一月中旬だったから、既に八ヶ月も経っていた。証人尋問が大幅に遅れたのには訳があった。

二月上旬の第一回口頭弁論の時だった。裁判長は、新たな立証の必要はないので結審したいという意向を示した。しかし、原告側は証拠調べがどうしても必要であると強く主張した。合意が得られず、次回に持ち越された。

裁判長の意向を知ったキャビンユニオンの客室乗務員やパイロット組合の運航乗務員たちは、葉月のミスとされる五一項目よりもっと深刻なミスが現場では度々起きていることや、柿田のパワハラの異常さなどを指摘した陳述書を高裁に提出した。その人数は葉月を支援する他社の客室乗務員の陳述書を含めて、五〇人以上にも及んだ。

葉月は多くの人たちが陳述書を書いてくれたことに胸をうたれた。その声はきっと裁判長に届くはずだと思った。

三月上旬に第二回口頭弁論が行われた。

組合側は、葉月と柿田、元キャビンユニオン委員長の飯野、それに現役客室乗務員の深井の計四人を証人として採用するように求めた。

第一に、柿田の証人尋問を求めた。

組合側の要求で、会社側が提出してきた葉月の「パフォーマンスチェック表」の原紙を調べた結果、柿田が「現時点においては、実務・知識はほぼ標準レベルに達した」という当初の記述を、「現時点においても、実務・知識は標準レベルに達しておらず」と修正液で改竄《かいざん》している事実を新たに確認したのだった。

第二に、葉月の証人尋問も求めた。

地裁判決は葉月が柿田から受けた長期で長時間にわたる面談を、「概ね適切に指導育成を行っていた」としたり、会社が葉月のミスとしてでっち上げたものを含む五一項目をそのまま認めて「極めて多数回に及びまた繰り返されているところに問題があり」と断定していた。また柿田に強制された反省文についても「原告が認めている」ことの証拠とするなど、判決は会社側の主張をことごとく受け入れたもので、事実をねじ曲げていた。

第三に、現役客室乗務員である深井の証人尋問を求めた。

地裁が「多数回」と断定した五一項目については、誰もが経験する些細なミスばかりであることや、数え上げれば誰でも同程度の回数に及ぶことなど、現役の立場から立証するためだった。

そして第四に、キャビンユニオンの元委員長である飯野の証人尋問を求めた。

契約制客室乗務員制度が導入された経緯と異常な労務管理を明らかにするためだった。

これら四人の証人の必要性について述べ始めた早川弁護士に対して、裁判長はとたんに不快な表情を浮かべて「もういいです」「結構です」「お座り下さい」と再三にわたり発言を遮った。

葉月は、「裁判官は穏やかで人格的に優れた人」という先入観を持っていたが、目の前の裁判長は度量が狭く、怒りっぽい一人の中年男性としか思えなかった。裁判長は聞く耳を持たなかった。原告側の強い要請にようやく飯野の証人尋問だけを渋々認めたが、他の三人についてはかたくなに拒んだ。

三人の証人採用が却下されれば、地裁判決の不当性を明らかにすることができない。葉月の不安は膨らんでいった。裁判長の高圧的な態度に、ついに舟山弁護士が毅然として言った。

これでは公平な裁判は到底期待できません。忌避を申し立てます。

裁判長は一瞬驚いたような表情を見せた。

忌避だって。

両側の裁判官に小声でそう言うと、裁判長を先頭に扉の奥に消えていった。

忌避の申し立ては、裁判官が不公平な裁判を行うおそれのある場合に、その裁判官をその事件の職務執行から排除する制度である。

葉月は舟山弁護士の気迫に圧倒されて、小刻みに身を震わせていた。何が起きたのかもすぐには理解できなかった。

裁判を傍聴した人たちは、すぐさま裁判長の独善的な進行に抗議する忌避陳述書を提出した。そして「もどす会」を中心に、五〇〇筆以上の裁判長に抗議する団体署名を集めて提出した。

けれども東京高裁はこれらをことごとく無視して、「忌避申し立て」を却下した。組合側は直ちに最高裁に特別抗告したが、それも二ヶ月後の五月中旬に却下された。裁判官が交代されることはなかった。そして飯野だけが証人として採用された。

飯野は整理解雇された八四人の客室乗務員の一人

だった。多忙な整理解雇撤回の闘いと並行して、証言のための準備に取りかかった。

お忙しいのに申し訳ありません。

葉月が飯野に言った。整理解雇撤回の闘いに支障をきたすのではと、葉月は心配したのだった。

大丈夫よ。私の証言だけしか裁判長は認めなかったのだから、私の責任は重大ね。能見さんが勝利するように精一杯頑張るわね。

飯野は笑顔で言った。飯野は証人になることの苦労を少しも厭わなかった。

そうして七月中旬の今日、飯野の証人尋問が始まった。早川弁護士が証人席の飯野に尋ねた。

「あなたが委員長の時に、N航空は契約制客室乗務員制度の導入を発表しましたが、その経緯について述べて下さい」

「はい、会社が契約制客室乗務員の導入を発表したのは、一九九四年のことです。最初の案は、子会社に契約制の客室乗務員を採用させた上で、N航空に出向させるという仕組みでした。そしてその雇用形態は一年間の有期雇用、更新は二回、最大三年間で雇い止めにするというものでした」

飯野の張りのある声が法廷に響いた。

「その会社提案に対する、当時のキャビンユニオンの見解をお聞かせ下さい」

早川弁護士が尋ねた。

「私たちは次の理由で強く反対しました。子会社からの出向となれば、他社で雇用された客室乗務員が機長の指揮のもとで働くことになり、労働者派遣法違反の疑いが強いこと、それに航空法で定める自社運航という原則にも反していることです。また、保安要員としての任務を持つ客室乗務員が契約制で、しかも三年で雇い止めにされれば経験の伝承ができなくなること、さらに雇用形態の違う者が一緒に乗務することになりますとチームワークにも影響して、安全上も問題があることとです。もう一つは、正社員の採用を中止して契約制に置き換えることが、将来的には労働条件の低い契約制に、総入れ替えをすることにつながるものだったからです」

飯野は当時を思い出すかのように、時折天井に目をやりながら話した。

「キャビンユニオンはこの契約制客室乗務員の導入

に対して、反対運動を展開していったのですね」

早川弁護士が飯野に確認した。

「はい、私たちは街頭でのビラ配布、シンポジウムの開催、銀座パレードなどで世論の喚起を行いました。反対署名は三ヶ月間で一〇万人分を集めました。また、当時の運輸省や労働省、各政党にも要請しました」

早川弁護士は二、三度軽くうなずくと尋問を続けた。

「その結果はどうでしたか」

「会社は当初の計画を見直さざるを得なくなりました。子会社からの出向ではなく、N航空の直接雇用に切り替えました。そして雇用形態も、一年間の有期雇用ではあるが三年経過後には、本人の希望・適性・勤務実態を踏まえて、正社員に切り替えるようにしました。ただ、本当に全員が正社員に切り替えられるのか、まだ明確ではありませんでした」

当時反対運動の先頭に立っていた飯野の話は、淀みがなく流暢だった。

「その問題を解決するために、どのような取り組みをしたのですか」

「各政党に要請した結果、日本共産党の中崎議員が運輸委員会で『よほどの問題とかトラブルがない限りは、無条件で本採用になるということですね』と確認してくださいました。それに対して当時の亀岡運輸大臣は『これは委員のご指摘の通りでございます。新たに採用試験等を行わずに身分を切り替えるということにしております』と答弁されました。また後日の団交で、会社も『犯罪行為をするなど、よほどのことがない限り正社員に登用する』と発言しました。ところが現場では、マネジャーたちによる退職の強要が行われ、能見さんのように雇い止めになったり、自己都合で辞めさせられる事態が起きていたのです」

飯野の声は国会や団交の場での約束を守らなかった会社への怒りで、かすかに震えていた。

早川弁護士は飯野を落ち着かせるかのように、少し間を置いて尋ねた。

「では、次に移ります……。契約制客室乗務員が配属される第三乗員部は、どのような目的で設けられたのでしょうか」

「第三乗員部の先任や乗務指導員は、そのほとんどが従業員組合の組合員で占められています。正社員になるまでの三年間、キャビンユニオンの組合員から隔離して、会社の方針に従順な、ものの言えない客室乗務員に育て上げることが目的でした」

飯野は落ち着いた口調で答えた。

「契約制客室乗務員制度の導入は、人件費削減と労務対策にあったといえるのですね」

最後に早川弁護士が飯野に念を押した。

「はい、その通りです。契約制客室乗務員制度が導入される前の正社員の三年間と、契約制としての三年間は、仕事の内容はまったく同じなのです。それなのに、それまでの正社員に比べて、契約制の人たちの賃金は約半分ほどしかありませんでした。契約制客室乗務員の導入は、コスト削減が目的だったのです。そして何よりも契約制の人たちを全員、強制的に従業員組合に加入させることにより、キャビンユニオンの組織力を弱めることをねらったのです。私たちキャビンユニオンは、理不尽な契約制客室乗務員制度を廃止して正社員にするように求めてきましたが、これからも要求し続けてまいります」

飯野の証人尋問が終わった。飯野が証言する間、傍聴席は静かに耳を傾けていた。

もし、契約制客室乗務員制度が導入されなければ私は正社員として入社しており、雇い止めになることなんかなかっただろう。

葉月はやり場のない憤りが湧いてくるのを覚えた。

閉廷近くになって、裁判長は次回の第四回口頭弁論を一〇月上旬に行い、それをもって結審する旨を告げた。

「起立、礼！」

書記官の言葉に全員が立ち上がった。葉月が満員の傍聴席に目をやると、前方の席に見なれない一団が立っていた。白髪交じりの七〇代の男性、ジーパン姿の三〇代の男性、それに葉月と同世代と思われる女性の、三人連れだったが、葉月はその人たちを知らなかった。彼らはすぐに法廷を出て行った。

裁判所の玄関を出ると、焼けるような午後の日差しに襲われた。葉月は木原と一緒に舗道まで足早に歩いて、栃の木陰に身を寄せた。栃の木陰は直射日光こそ遮っていたが、熱風が押し寄せていた。葉月の額に汗がじわりと湧いてきた。

「あの裁判長が曇りのない目を持っていれば、他の三人の証言はなくても今日の飯野さんの証言だけで、『雇い止め無効』の判決を、十分書けると思うわ」

そう言って、木原は小さくため息をした。そして言葉を継いだ。

「けれども、あなたの雇い止めや整理解雇の地裁判決で分かるように、裁判所を手放しで頼りにしてはいけないことを、いやというほど見せつけられたわ。やはり、裁判に勝つためにはどれだけ運動を広げるかにかかっているわね。頑張ろうね」

木原が額の汗を拭いた。

「はい、頑張ります」

葉月は大きく頷いて返事をした。

葉月は地裁判決から今日までの道のりを振り返った。判決の後、控訴すべきかどうか一週間ほど迷っていたが、「退職強要はしていない」という団交での会社の発言を聞いて、葉月は控訴を決断した。

けれども葉月は一度萎《しお》れかけた心を奮い立たせることが、しばらくできなかった。

その時に葉月を引っ張るようにして、ビラ撒きや支援要請の労組回りなどで先頭に立ってくれたのが「もどす会」のメンバーであり、整理解雇撤回裁判の原告団であり、木原だった。葉月は木原や原告の人たちに連れられて、仙台での農協労連の大会、静岡での国労の大会、熱海での裁判勝利全国集会など、遠方にまで足を伸ばして訴えた。

「もどす会」の入会者や公正な判決を求める要請ハガキ、個人署名などが日毎に増えていき、葉月は元気を取り戻していった。

「私の闘いは支援してくれる全国の人たちに支えられているのだということを、改めて実感しました。でも、私は支援を受けるばかりで、私からその人たちには何もしてあげられなくて……」

葉月は、それがずっと気がかりだった。

「そんなことないのよ。若いあなたがマネジャーの酷いパワハラに負けなかったこと、そしてこうして雇い止め撤回の裁判に立ち上がっているその姿こそが、沢山の人たちに大きな励ましと勇気を与えているのよ」

木原の言葉には優しい響きがあった。

「さあ、行きましょうか」

そう言って、木原は強い日差しの中を歩き始めた。これから近くの貸しホールで、裁判の報告集会が持たれることになっていた。


それから二ヶ月半が経った。一〇月上旬の今日、第四回の口頭弁論が始まった。

葉月は原告席の前列の端に座った。傍聴席は既に埋まっていた。午前一一時半ぴったりに、三人の裁判官が正面席の後ろの扉から姿を現した。

「では、原告の意見陳述をお願いします」

裁判長の声に葉月は立ち上がった。

葉月に与えられた時間は一五分間だった。

たったの一五分で、パワハラの実態と私の思いの全てを、どれほど分かってもらえるだろうか。いえ、分かってもらわなければ、そして真実の判決を出してもらわなければならない。

葉月は自分にそう言い聞かせて陳述書の作成に没頭した。そうして出来上がった陳述書を、葉月は暗唱できるほどに幾度も読み返した。陳述書を棒読みするのではなく、心を込めて訴えたかった。

葉月は裁判長を見ながら陳述を始めた。

「二〇〇八年、私は期待と希望を胸にN航空に入社しました。しかし、私を待ち受けていたのは一人のマネジャーによる執拗なパワハラと理不尽な退職強要の日々でした。そして、二〇一〇年に雇い止めにされました。在職中の二年間、一人のマネジャーによって深く傷つけられた私の心は、今もなお癒えることがありません」

葉月の第一声が法廷の隅々にまで満ちた。

葉月は一呼吸すると、言葉を継いだ。

「乗務開始後、六ヶ月目に行われた習熟度試験について述べます。私は試験官だった滝本先任の口頭質問にも、また実際の乗務でも、ミスを指摘されることなく無事に終了しました。けれども通常行われるはずの試験後の講評面談が、なぜか私にはありませんでした。そして二週間後に柿田マネジャーから、不合格を言い渡されました。その直後から柿田マネジャーによる面談が始まりました」

葉月は長時間にわたる連日の面談、ミスのでっち上げ、休みの日でも反省文を書かせられて、心も体も休まらなかったことなどを述べた。葉月は当時の出来事が甦《よみがえ》ってきて、胸が苦しくなっていった。

葉月は最後に言った。

「私は航空法で定められた訓練・試験にも合格して客室乗務員としての発令を受け、日々の業務にあたってきました。大きな問題を起こしたことも、成績不良を理由に乗務を降ろされたこともありませんでした。地裁判決はとても納得できませんでしたので、控訴を決意して今日に至りました。高裁の裁判官におかれましては、是非とも正しいご判断をいただけますよう切に願っております。どうぞよろしくお願いいたします」

葉月は裁判長に一礼して着席した。

葉月が陳述している間、三人の裁判官は表情を全く変えることなく、また黒い法衣に包んだ体を動かすこともなかった。

続いて代理人の堀田弁護士が陳述した。堀田弁護士には一〇分間しか与えられなかった。

堀田弁護士は地裁判決の誤りを多角的に論駁《ろんばく》した後、締めくくった。

「控訴人が裁判に訴えてから二年以上が経過していますが、代理人として、控訴人の真面目さや誠実さを常に実感してきました。それだけに被控訴人会社の控訴人に対する評価とのギャップは理解を超えるものです。裁判所におかれては、本件事案の本質を摑み、原判決の犯した事実認定及び法解釈の誤りに惑わされることなく、適切な判決を下されることを強く希望して、私の意見陳述を終わります」

陳述が終わると、裁判長は一ヶ月半後の一一月末に判決を言い渡すことを宣言して、閉廷となった。

葉月が傍聴席を見回すと、前回見かけた幅広い年齢の組み合わせの人たちがいた。お礼を言わなければと思ったが、すぐに法廷から出て行った。

葉月は後を追ったが、既にエレベーターで去ってしまった後だった。少し遅れて裁判所の玄関を出ると、街路樹の栃の下で、木原が白髪交じりの七〇代の人と談笑していた。既に顔見知りのように見受けられた。

「能見さん、丁度良かったわ」

葉月に気づいた木原が手招きした。

「こちらは関東争議団の人たちなの。解雇や雇い止めなどで、あなたと同じように頑張っている人たちなのよ」

そう言って、木原が紹介した。

「私は関東争議団の議長の大関です。一人で闘っているあなたの裁判を、私たちはいつも気にしているのですよ。今日は応援のために連れだってきました」

白髪混じりの人が言った。

「ご挨拶が遅れました。前回も傍聴においで下さいまして、ありがとうございます」

葉月がお辞儀をした。

「それでね、大関さんから争議団への加入のお誘いをいただいたの」

木原が言った。

「関東争議団はお互いの闘いを、みんなで支え合い励まし合う組織です。よかったら一緒にやりませんか」

大関は終始にこやかだった。

裁判に勝つためにはどれだけ運動を広げるかにかかっているわね。頑張ろうね。

葉月は、木原の過日の言葉を思い出していた。

争議団に加入すれば、闘いの輪が広がるだけではなく、私自身もまたみんなを支援できるのではないだろうか。

葉月は木原を見た。木原が笑顔でうなずいた。

一一月末日になった。判決の日は確実にやってきた。穏やかに晴れ上がった初冬の午後、葉月は東京高裁八一二号法廷の原告席に座っていた。

これまでに、「もどす会」を中心にして集めた公正な判決を求める署名、合計約一万九〇〇〇筆を六回にわたり東京高裁に提出していた。

署名をしてくれた一人ひとりの声や、陳述書を書いてくれた五〇人以上もの客室乗務員・パイロットの人たちの声は、きっと裁判官にも届いているはずだと葉月は思った。

一年前の地裁判決では、言い渡される直前まで「大丈夫、きっと勝てる」とずっと自分に言い聞かせていた。それは不安の裏返しでもあったが、今はただ静かに判決を待っていようと葉月は思った。

三人の裁判官が、午後三時ぴったりに裁判官席の背後の扉から姿を現した。席に座ると、裁判長は机の判決文に目を落とした。

その間、裁判長は一度も葉月を見ることも、法廷内を見回すこともなかった。

「それでは、判決を言い渡します。第一審原告の本件控訴を棄却する。第一審被告らの本件控訴をいずれも棄却する。詳細は判決文によるものとします」

それだけ言うと、三人は早足で扉に向かった。

「不当！」

「不当判決！」

満員の傍聴席から幾つもの強い抗議の声があがった。地裁に続く不当判決だった。

私はこのような判決を受け入れることはできない。ここで諦めるわけにはいかない、もう最高裁に上告するしかない。

葉月は裁判長の背中に鋭い視線を送りながら、そう決意した。


年が明けて二〇一三年になった。一月中旬の午後、葉月はJR大塚駅の改札口で木原と待ち合わせて、構内を出た。駅前広場には強い北風が吹いていて、空は鼠色の雲に覆われていた。二人とも寒さで無口になっていた。都電の線路を横切り、信号を右に渡ると関東争議団の事務所はもうすぐだった。


昨年の一一月下旬に東京高裁で控訴棄却の判決が出た後、葉月は関東争議団に加入したい意向を、「もどす会」事務局とキャビンユニオン執行部の双方に伝え、どちらも諸手をあげて賛成したのだった。

二人はレイバービルに着くと、エレベーターに乗った。五階に関東争議団の事務所があった。今日は月一回の例会が、午後一時半から開かれることになっている。

今日から、関東争議団の一員としての新しい闘いが加わるのだ。

葉月は緊張していくのを覚えた。

会議室は机がロの字型に並んでいて、二十数人が集まっていた。葉月と木原は、議長の大関の隣に座った。

「それでは例会を始めます。先ず、新しく加入された『N航空契約制客室乗務員を空にもどす会』の、能見葉月さんと事務局長の木原さんをご紹介します」

大関に促されて、葉月と木原が立ち上がってお辞儀し、葉月が挨拶した。今では木原はできるだけ葉月を前面に立てていた。

「能見葉月と申します。管理職によるパワハラとミスのでっち上げで、雇い止めにされました。裁判に訴えましたが地裁、高裁とも棄却され、上告しています。関東争議団に加入して、闘いを広げて勝訴したいと思っていますので、どうぞよろしくお願いいたします」

全員が大きな拍手で歓迎した。

「それでは自己紹介を、右端の人からお願いします」

大関の言葉に、七〇代と思われる恰幅のいい男性が立ち上がった。

「私は染矢隆一で、隣が家内の茂子です。私たち夫婦は一人息子を過労死で亡くし、労災認定を求めて裁判しています。一審の東京地裁では労災が認定されましたが、国側が控訴して逆転敗訴になりました。現在、上告して闘っています」

次は三〇代の男性だった。

「三浦聡志と言います。プログラマーとして、長年にわたり偽装請負させられていました。私は正社員として採用してくれるよう何度も頼みましたが、派遣元に圧力をかけて私を解雇にしました。こんな卑劣なやり方は許せません。ＩＴユニオンに相談して、『支える会』を結成し、地裁に提訴して闘っています」

三浦は葉月の裁判の傍聴に来ていた。

「池上規子と申します。スーパーで働いていた時に、店長が消費期限が過ぎたお総菜のラベルを張り替えているのを目撃しました。本社に告発したら、逆に雇い止めになりました。私は黙って引き下がることなどできませんでした。首都圏若者ユニオンと出あって、雇い止め撤回を求めて闘っています」

池上は葉月と同世代のように見えた。池上も裁判の傍聴に来ていた。

池上の後も自己紹介が続いた。

賃金差別、再雇用拒否、解雇などの扱いを受けている中学や高校の教師たち、職業病で解雇された通信会社の女性、残業代も支払われず長時間働かされてうつ病になったコンビニの店長、雇い止めされた区立図書館の嘱託職員、労働組合を結成したことを理由に解雇されたトラック運送の労働者たち、長年にわたり賃金差別を受けている大手の明和乳業の労働者たち……。大関は明和乳業争議団の団長でもあった。

自己紹介の内容は、葉月が初めて知ることばかりだった。一人ひとりが葉月と同じように厳しい現実と闘っていた。

その後、現状報告と意見交換に移った。闘いの道のりは長くて険しい。時として不安と苦だからこそ話し合い励まし合って、再び歩き出すのだ。

葉月は討議を聞きながらそう思った。

例会は午後六時過ぎに終わった。葉月は予定があるという木原と、玄関で別れた。いつの間にか夜空に粉雪が舞っていた。

「能見さん」

振り向くと池上がいた。池上は焦茶色のダウンジャケットを着ていた。

葉月は池上と話がしたかった。

「食事でも、ご一緒にいかが？」

葉月が誘った。池上はすぐに返事をしなかった。しばらく歩いてから池上が言った。

「私のアパートに来ない？　池袋から私鉄で三つ目の駅だから、近いよ」

葉月は戸惑った。

「いらっしゃいよ。何もないけど……」

池上の誘いはやや強引だった。

池上の住むアパートは、古びた木造の二階建で、階段を上がると池上の部屋があった。狭い玄関の右側に流しとガスコンロ、左側には小さな冷蔵庫と棚があった。部屋は四畳半で、真ん中に電気こたつが置かれていた。

「以前はもっとましなアパートだったんだけど、雇い止めになってからここに越してきたの。寒いから、熱いコーヒー淹れるわね」

池上がお湯を沸かしてコーヒーカップに淹れてきた。熱いコーヒーは冷え切った体にしみわたった。

「ところで池上さんの出身地はどこ？」

葉月はなんとなく知りたかった。

「福島よ。両親と有機・無農薬の野菜を作っていたの。でも、あの原発事故で放射能に汚染されて、家も畑も失ったわ。私たち一家はその時、『原子力はクリーンで安全、原子力で明るい未来を』って宣伝していた国と東電に騙されていたことに、ようやく気づいたの。両親はそれからずっと、いわきに避難してるわ。私もしばらく一緒にいたけれど、故郷にはもう帰れないだろうと思って、東京に出てきたの。でも、いつか故郷に帰って再び両親と野菜を作りたいなぁ」

池上は遠くを見るような目をした。

「ごめんね。つらいことを思い出させて」

葉月が申し訳なさそうに言った。

「いいのよ。私も聞いてもらいたいから……。安心、安全な野菜を消費者に提供することを何より心がけていた私は、店長がラベルを貼り替えていたのを見過ごせなかったの」

池上は深いため息をした。池上がラベルの張り替えを告発した背景には、食の安全への思い入れがあったのだ。

「お腹空いたわね。大したものではないけれど、一緒に食べない？」

池上が気分を変えて言った。

「気にしないで。そろそろ帰らなくちゃ」

葉月が断った。

「誰かと一緒に食べられるだけでも、嬉しいわ」

池上はそう言って流しに立った。葉月は背中越しに、池上がヤカンでお湯を沸かしたり、フライパンで何かを炒めたりするのを感じていた。

「お待ちどおさま」

池上が湯気の立つどんぶりと、手製のおにぎりを二個並べた皿を葉月の前に置いた。どんぶりには即席ラーメンに生卵を浮かせ、その上に炒めたもやしがたっぷりのっていた。

「これが私の夕食なの。さあどうぞ」

池上も座って食べ始めた。

ここに来る途中で食事に誘った時、池上が応じなかった理由を葉月はようやく理解したのだった。けれどもそれは、どんな豪華な料理よりも美味しかった。

春になった。午前一〇時、葉月は関東争議団や「もどす会」の人たち一六人とともに、最高裁判所の正門に立っていた。葉月と染矢夫妻の上告受理の要請を行うためだった。要請の参加人数は一七人以内と決められていた。

最高裁への要請は一団体に付き、月に一回だったが、キャビンユニオンが独自に行う他に、関東争議団としても行うことになったので、月二回の要請が可能になった。

　この日、冷えこんだ朝の八時から最高裁の西門付近で、三〇人ほどがビラ撒きをした。また葉月、木原、染矢夫妻、大関、支援者たちが街宣車のマイクを握って、高裁判決の不当性と上告受理を訴えたのだった。

　職員の先導で最高裁の正門を入ると、玄関ホールから薄暗い廊下へと歩き、会議室に案内された。まもなく訟廷書記官が現れ、正面に座った。

「それではお聞きします」

　書記官は机にノートを広げると、背を丸めてすぐに筆記の体勢をとった。

「本日は、染矢ご夫妻と能見さんの上告受理要請に来ました。それでは中立人から訴えさせていただきます」

　大関が口火を切った。書記官は黙ってうなずいた。

　最高裁は上告が受理されない限り、裁判官に直接訴えることができなかったので、目の前の書記官に要請するしかなかった。

「息子はレンタルビデオ店で、店長として働いていた一年八ヶ月の間、毎月一〇〇時間を超える残業と深夜を含む不規則な勤務で、しかもたった一日の有給休暇さえ取れませんでした。疲労困憊の末に退職しましたが、蓄積疲労が回復しないまま再就職した直後に、くも膜下出血で死亡しました。二七歳の若さでした。労災認定をしていただきますようお願い致します」

　そう言って染矢は深々と頭を下げた。

「日ごとに生気を失っていく息子に、『早く辞めなさい』となぜ言わなかったのか、私は今でも自分を責め続けています。過労死が認められなければ、息子は浮かばれません」

　妻の茂子が声を詰まらせた。

　死ぬまで働かされるなんて。葉月は染矢夫妻の心中を思うと、胸が痛んだ。

　次に葉月が要請した。

「私は航空法で定められた救難訓練に合格し、英語検定も社内基準を満たしていました。けれども、地裁でも高裁でもパワハラを行ったと認定された管理職によって、身に覚えのない数々のミスを押しつけられて雇い止めにされました。私は地裁、高裁の判決に納得がいきません。雇い止めを取り消して下さいますよう、お願いいたします」

その後、参加者一人ひとりが高裁判決の不当性を指摘し、上告の受理を強く要請した。

その間、書記官は一言も発せず、ただひたすらペンを走らせていた。

「皆さんのご意見は承りました」

最後に書記官が言った。

最高裁の門を出る頃には、既に午前一一時をまわっていた。葉月が振り返ると、大理石の壁に覆われた最高裁が、何者をも寄せ付けない岩山のように聳《そび》えていた。

季節は梅雨に入ったが、その日は真夏を思わせる強い日差しが朝から降りそそいでいた。陽が昇るにつれて次第に蒸してきた。

一つ目の都庁前から始まった関東争議団による総行動は、三つ目の池上を雇い止めにしたスーパー大吉の本社前に集結した。総勢一〇〇人を超える人たちが赤や黄や青の幟《のぼり》を立てて一直線に並んでいた。

葉月は木原と一緒に「もどす会」の幟を持って参加した。

「スーパー大吉への抗議行動を開始します。池上さんから発言をお願いします」

車道に横付けした街宣車の前で、大関がマイクを握って言った。

「私は消費期限のラベル張り替えは消費者を裏切る行為であり、絶対にやってはいけないことだと思っています。当然のことを言ったまでの私を、なぜ雇い止めにするのですか。今日こそはっきり答えてください。そして雇い止めを撤回して下さい」

池上が声を振り絞って訴えた。

参加者全員が「ラベルの張り替えは止めろ」「池上さんの雇い止めを撤回せよ」と、いっせいに抗議の声を上げた。葉月も思いっきり拳を突き上げた。

その後、大関、首都圏若者ユニオンの代表、そして池上の三人が揃って玄関に行き、会社の担当者に要求書を手渡した。

戻ってくると、大関がマイクを握った。

「過去三回の抗議行動では、会社は一度も要求書を受け取りませんでしたが、今日は受け取りました。一歩前進です。徐々に会社を追い詰めてきています」

大関の報告に、大きな拍手が起きた。

「よかったわね」

葉月が声をかけると池上が微笑んだ。池上の笑顔を見るのは初めてだった。葉月は自分のことのように嬉しかった。

参加者は地下鉄に一五分ほど乗って、都心に近い駅で降りた。四つ目の抗議先は、三浦の偽装請負を長年にわたって続けた大手の現代電気だった。

まず、三浦がマイクを握った。

「現代電気は偽装請負の事実を認め、私を正社員として雇用すべきです。地裁で勧告された、和解の話し合いにもすぐに応じなさい」

絶対に後には引かないぞという、三浦の気迫が感じられた。

看護師をしている妻が「こんな理不尽な仕打ちに負けちゃだめよ、生活費は私がなんとかするから」と物心両面で支えてくれているので、これからも頑張ります。しかし、来年には子どもが小学校に入学するので、一日も早く解決したいのですが……。

三浦は先月の関東争議団の例会で、闘いの決意と不安もちょっぴりのぞかせた。

その後、大関、ＩＴユニオンの代表、三浦の三人が要求書を持って玄関に行ったが、担当者は受け取ることを拒んだ。

「現代電気の態度は以前と全く変わりませんが、私たちは決して屈しません。話し合いに応じるまで運動を強めていきましょう」

大関が怒りを込めて言った。

池上と違って、三浦はまだ話し合いの糸口さえ摑めなかった。

「三浦さんを正社員にせよ」「現代電気は和解に応じよ」と、参加者全員が強い抗議の声を上げた。葉月も力を込めて叫んだ。

時刻は午前一一時半を回っていた。五つ目は、昼休みを利用しての地裁前での宣伝行動だった。参加者全員が再び地下鉄に乗って、地裁前に向かった。

「話し合いが実現するといいですね」

葉月が隣に座った三浦に話しかけた。

「会社は全く応じないが、闘ってこそ道は開けるのだと僕は信じているよ。これまでも全国の労働者たちは、偽装請負と闘ってきたんだよ」

三浦はそう言って話を続けた。

例えばパナソニックPDPに偽装請負で働かされていた労働者は、「派遣先に雇用責任がある」という画期的な判決を大阪高裁で勝ちとった。しかしその後、国と財界の意を受けた最高裁が、「派遣先には雇用責任はない」という、全く逆の判決を下してしまった。労働者にとっては一転して不利な状況になったが、キヤノン非正規労働組合の組合員たちは支援の輪を広げて会社を追い詰め、和解によって正社員雇用を勝ち取ったんだ。僕はいつも闘う仲間の頑張りに励まされているよ。

それに僕らの闘いは安倍自公政権が進めている非正規や派遣労働の拡大、解雇の自由化など労働法制改悪の反対運動にも深く結びついているんだ。だから、たとえ僕の闘いが実を結ばなかったとしても、決して無駄じゃないと思っているんだよ。

三浦はきっぱり言い切った。

闘いは結果だけで判断するのではなく、もっと大きな意味があることを掴むことが大切なんだよ。

葉月には、三浦がそう言っているような気がした。

夏が過ぎようとしていた。その日は、キャビンユニオンと「もどす会」による最高裁要請行動だった。いつもの通り午前八時から西門近くで宣伝を行った後、会議室に入った。三月から始めた月二回の要請行動は、合計一二回にもなっていた。

「速やかに上告を受理していただいて、事実と証拠に基づいて判断し、能見さんの雇い止めを無効として下さいますようお願いいたします。これは公正な判決を求める署名です。ここに署名された一人ひとりのお気持を汲んでいただきたいと思います」

委員長の新川が、分厚い署名用紙を書記官に渡しながら言った。キャビンユニオンの委員長は、内海から現役の新川に交代していた。団体署名は八〇〇筆、個人署名は一万五〇〇〇筆を超えていて、更に増え続ける勢いだった。その後参加者全員が現役の立場から、「多数のミスがあった」として葉月の雇い止めを認めた地裁、高裁の判断が、いかに現実とかけ離れているかを訴えた。

最高裁の正門を出ると、強い日差しが葉月を射した。立秋を過ぎても猛暑日が続いていた。葉月が舗道に目を落とすと、一匹の蟬が力尽きたように足元に転がっていた。葉月はいい気持がしなかった。縁起でもないと思った。

秋も深まっていった。葉月がアルバイトを終えてアパートに着いたのは、午後八時過ぎだった。入口で郵便受けを開けると、思いがけなく良介からの手紙が届いていた。

何かあったのかしら。葉月は部屋に入ると、急いで封を開けた。

葉月様

宮崎でも朝夕は少し肌寒くなりました。上告してから、もう一〇ヶ月が過ぎましたね。最高裁がどのような判断を下すのか、不安な日々を送っていることでしょう。その不安を吹き飛ばすかのような葉月さんや木原さん、「もどす会」や原告団の人たちの精力的な闘いが、きっとよい結果をもたらすものと信じています。

嬉しいお知らせです。僕はこの度、二回目の挑戦でようやく論文式試験に合格しました。

予備試験最後の口述試験は、東京で行われます。そのため、一〇月二五日のN航空一八九〇便で、夕方に羽田に着きます。

弁護士への道のりはまだ半ばですが、その夢を叶える決意を込めて、その時に僕は君にプロポーズしたいと思います。

君が承諾してくれるなら、僕が帰る際に一緒に宮崎に来てくれませんか。君と僕の両親に報告がしたいのです。

会える日がとても待ち遠しいです。

良介

葉月の目から涙がこぼれて、万年筆で書かれた良介の字が滲んだ。

闘いの中で育んだ、良介さんとの愛が実を結ぶ。その日には殺風景なこの部屋いっぱいに、色とりどりの花を飾ろう。そして私はその花たちに囲まれて、良介さんのプロポーズを受けよう。

葉月は返信をしたためた。

良介様
論文式試験の合格おめでとうございます。頑張った甲斐がありましたね。

お手紙を読ませていただきました。私は今の気持をどうお伝えしたらいいのでしょう。

あなたのご用件にただお答えするだけの、この味気ない手紙をお許し下さいね。

一〇月二五日は到着口でお待ちします。そして、良介さんがお帰りになる時、私も宮崎へ一緒にお伴します。

どうぞ、気をつけておいでください。

葉月

それから一〇日余りが過ぎた。その日は朝から薄曇りで、日差しが弱かった。

全労連や東京地評、関東争議団などによる争議支援総行動が、「すべての争議の早期全面解決を！」のスローガンのもとに、五つのコースに分かれて行われる。五つのコースは、正午に明和乳業前でいったん合流して、午後からはまた五つのコースに分かれ、夕方にN航空本社前で再び合流することになっていた。原告団も大勢参加した。

「もどす会」の幟を持って、別々のコースに参加した方が宣伝効果も倍になるわね。

木原の提案に葉月も賛成した。

葉月は、池上の「雇い止め撤回」を求めるスーパー大吉前と、三浦の「正社員雇用」を求める現代電気前の抗議行動が組み込まれたBコースに参加した。Bコースの参加人数は一五〇人を超えていた。

午前中は、コンピューター関連サービス会社の退職強要や、電子機器会社のリストラに抗議する社前抗議集会を行った。いずれも超高層のモダンなビルだったが、労働者に酷い扱いをしている会社だと思うと、その洗練された外観も葉月には醜悪に見えた。

午後からは、まずスーパー大吉前の抗議行動だった。スーパー大吉はついに首都圏若者ユニオンとの話し合いに応じると返事した。雇い止め撤回まで、あとひと押しだった。

次は、現代電気前の抗議集会だった。現代電気は和解交渉にも応じなかったので、裁判闘争に入っていた。闘いは長期化することが予想された。そうしてもう一箇所、化粧品会社前で派遣社員の解雇に抗議する集会を行った後、浜松町駅でモノレールに乗り換えてN航空本社に向かった。

葉月が天王洲《てんのうず》アイル駅で下りた時、携帯電話の着信音が鳴った。木原からだった。

「たった今、南法律事務所から電話を受けたの」

木原の声は沈んでいた。木原はしばらく沈黙していたが、意を決したように言った。

「最高裁から、上告受理申し立てを棄却するとの通知があったそうよ」

「えっ」

葉月は小さく叫んだ。ふいに肘鉄《ひじてつ》を食ったような衝撃を受けた。最高裁もまた、真実の声を聞こうとはしなかった。もう一度空を飛びたいという葉月の願いは完全に絶たれた。

「く・や・し・い・ねぇ」

木原がうめくように言った。

「くやしいです」

ここまで積み上げてきた闘いが報われることはなかった。葉月は強い怒りがこみ上げてくるのを覚えた。けれども挫折感はなかった。絶望に陥ることもなかった。葉月はむしろ、清々しい気持にさえなっていった。

理不尽な雇い止めを撤回させることはできなかったけれど、私はこの長く厳しい闘いを力の限りやり切った。そして多くのことを学んだ。後悔することは何もない。

「ここまで闘ってこれたのは、木原さんを始め、皆さんのお陰です。本当にありがとうございました」

それは偽りのない葉月の言葉だった。

これからは良介さんとの新しい人生が始まるのだ。私と良介さんは、今まで私を支えてくれた全ての人たちと共に生き、この悔しさと怒りをバネに共に闘い続けていくだろう……。

良介の上京は明後日に迫っていた。

N航空の本社前に、労働者たちが赤や黄や青などの幟を持って次々に押し寄せた。あふれた労働者たちは、車道の向こう側の歩道にも長い帯を作っていた。

〈参考資料〉

(一) 日本航空契約制客室乗務員雇い止め裁判

- 準備書面（原告側・会社側）
- 陳述書（原告側・会社側）
- 口頭弁論速記録（原告側・会社側）
- 控訴理由書（原告側・会社側）
- 判決（東京地裁・東京高裁）

(二) キャビンクルーユニオンニュース

『女性のひろば』二〇一四年一月号〜一六年六月号に連載

井上文夫（いのうえ　ふみお）
1940年宮崎県生まれ
日本民主主義文学会会員、元日本航空労働者
著書　『時をつなぐ航跡』（2009年、新日本出版社）
『無限気流』（2004年、光陽出版社）
『濃霧』（2002年、東銀座出版社）

青《あお》空《ぞら》

2016年9月5日　初　版

著　者　井　上　文　夫
発行者　田　所　　稔

郵便番号　151-0051　東京都渋谷区千駄ヶ谷4-25-6
発行所　株式会社　新日本出版社
電話　03（3423）8402（営業）
03（3423）9323（編集）
info@shinnihon-net.co.jp
www.shinnihon-net.co.jp
振替番号　00130-0-13681

印刷　亨有堂印刷所　　製本　小高製本

落丁・乱丁がありましたらおとりかえいたします。

ISBN978-4-406-06055-4 C0095　Printed in Japan